古典詩歌研究彙刊

第十六輯

龔鵬程 主編

第 13 冊

南宋四家詩與宋型文化關係之研究（上）

蔡 淑 月 著

國家圖書館出版品預行編目資料

南宋四家詩與宋型文化關係之研究（上）／蔡淑月 著 -- 初版
-- 新北市：花木蘭文化出版社，2014〔民 103〕

序 2+ 目 6+226 面；17×24 公分

（古典詩歌研究彙刊 第十六輯；第 13 冊）

ISBN 978-986-322-831-8（精裝）

1.宋詩 2.詩評

820.91   103013522

ISBN-978-986-322-831-8

9 789863 228318

古典詩歌研究彙刊
第十六輯　第十三冊　　　　　ISBN：978-986-322-831-8

南宋四家詩與宋型文化關係之研究（上）

作　　　者　蔡淑月

主　　編　龔鵬程

總 編 輯　杜潔祥

副總編輯　楊嘉樂

編　　輯　許郁翎

出　　版　花木蘭文化出版社

社　　長　高小娟

聯絡地址　235 新北市中和區中安街七二號十三樓

　　　　　電話：02-2923-1455／傳眞：02-2923-1452

網　　址　http://www.huamulan.tw 信箱 hml810518@gmail.com

印　　刷　普羅文化出版廣告事業

初　　版　2014 年 9 月

定　　價　第十六輯 21 冊（精裝）新台幣 32,000 元

南宋四家詩與宋型文化關係之研究（上）

蔡淑月　著

作者簡介

蔡淑月，臺灣省彰化縣人。學術養成過程為：嘉義師專語文組，國立中興大學夜中文系，國立彰化師範大學國文研究所碩士班、博士班。碩士論文為《初唐四傑邊塞詩研究》，由張簡坤明教授所指導；博士論文為《南宋四家詩與宋型文化關係之研究》，由周益忠教授與張簡教授共同指導。個人主要研究領域為：唐詩、宋詩、美學、文化詩學、文學史、修辭學等

提　　要

　　本文從文化詩學的視角研究南宋四大家詩與宋型文化間的關係，經由歸納宋代政治制度上的佑文政策、國家局勢的積弱不振、相黨政治下的文人黨爭以及宋學滲透下的理性精神等，政治、社會、學術各面向探討，並從中析出宋型文化影響下的宋士大夫群體意識，如淑世精神、憂患意識、仕隱情懷、孔顏之樂等特質，對南宋四大家的詩歌意識指向作主題式探討。此外，本文也剖析四大家詩歌創作實踐與創作主張對宋調典型─江西詩派的背離，從橫向的文化聯繫與縱向的詩歌內部傳統的繼承與轉型研究，發現南宋四大家擺脫書齋雅興，投身現實的精神，促使四大家之詩作朝向唐詩以社會、自然為創作契機的審美範式回復。

自　序

　　錢鍾書先生云：「少年才氣發揚，遂為唐體；晚節思慮深沉，乃染宋調。」藉著本文的寫作，對此語的感受益發深刻。詩美的不同特質，正如大千世界的諸多事物，隨著歲月的遞嬗與心智的成熟，而有不同的體會與愛賞。翻閱詩卷，神交古人，宋代人文精神的豐富與深刻，直達我心。

　　藉著本文對宋型文化滲透下士人心態轉化的主題式探討，彷彿也經歷了一場宋代士人挺立士風、憂國憂民、遭遇挫折，以及歸向精神家園的心路歷程。本文的寫作也遭遇許多挫折，在過程中，感謝指導教授張簡老師、周老師的悉心指導與鼓勵，在此致上深摯的謝忱。另外，諸多前輩學者對四大家作品的探討成果，也提供了本文闡釋與論述的基礎，在此一併致謝。

　　八百多年前，詩人在月夜、在燈下，孜孜不倦的沉浸於書卷中，那份認真肅穆的神情如在目前，「幽窗燈一點，樂處超五欲。」（陸游〈燈下讀書〉），「卷裡光陰能屬我，人間聲利久忘渠。」（陸游〈秋夜讀書有感〉），「兩窗兩橫卷，一讀一沾襟。祇有三更月，知予萬古心。」（楊萬里〈夜讀詩卷〉）八百多年後的二十一世紀，燈下伏案時，對詩人們的心得與體會仍然可以產生共鳴。當然，這正是作品能流傳千古的原因，也是作品值得探究的所在。學術研究彷如航海者的探險，

本文寫作的完成也意味著另一場探險的開始。本此精神,在人生的路上永遠不輟,以此自勉。

民國百年元旦於彰化

目 次

第一章 緒 論

《文心雕龍・時序》云：「歌謠文理，與世推移。」〔註1〕又云：「文變染乎世情，興廢繫乎時序。」〔註2〕指出了詩歌風格與時代的文化背景、社會變遷緊密聯結。亦即作家的創作不僅是個人經歷、性格的反映，也是社會文化意識的積澱。換言之，文化精神在作品的意識指向上發揮了重大的影響。因此，在方法論上應採取一種文化研究的綜合研究視角，也就是將哲學、倫理、宗教、藝術乃至政治制度、社會風尚……等文化歷史因素視為整體，視為「具有共同生成機制與深層意義結構的文化符號」。〔註3〕尤其中國古代學術話語本身即是合哲學、倫理、宗教、藝術為一體的「綜合性文化類型」，各學術話語彼此交融、互滲、轉化、觸發，因此更適合於此種文化研究的模式。近來文化研究與文學研究的結合，逐漸受到學者的重視。其中尤以狹義的文化研究，即「文學的文化研究」〔註4〕，也就是將闡釋的重心

〔註1〕〔梁〕劉勰著，王更生注釋：《文心雕龍讀本》（台北：文史哲出版社，1991年9月），頁269。
〔註2〕同前註，頁273。
〔註3〕李春青：《宋學與宋代文學觀念》（北京：北京師範大學出版社，2001年10月），頁6。
〔註4〕徐潤拓：〈文學的文化研究和文化研究中的文學——有關文學理論與批評的定位與方向的思考〉，《文藝理論研究》第4期（2003年），頁14、15。此文中指出三種不同意義上的文化研究，其一為廣義的文

置於文學，而以外在於它的文化現象作為闡釋的契機和背景的研究方法。此種意義上的文化研究即新歷史主義者所謂的「文化詩學」〔註5〕（Cultural Poetics）。當然，文學與文化，如哲學思想、政治制度、經濟、風俗……等，各方面的橫向聯繫研究，並無法完全取代文學內部本身縱的繼承的研究。因此，本文以文化詩學的角度研究南宋四家詩與宋型文化間的關係時，除了剖析宋型文化特質對南宋四家詩的滲透外，也不能忽視南宋四家詩對宋調的繼承與轉型特色上的探討。

第一節　本文研究動機與方法

一、研究動機

人類學家在研究人與社會的關係時提出了「文化模式」的說法：

> 個人一生的歷史，主要而言乃是對其社群代代相傳下來的模式與標準進行適應的歷史。一個人自出生落地，社會的風俗就開始塑造他的經歷和行為，到了能言之時，他已經是文化的小產品，更進而到成年而能參加社會活動時，社會的習慣就是他的習慣，社會的信仰就是他的信仰，社會的盲點就是他的盲點。〔註6〕

這個「文化模式」的說法，為本文探討文學史上詩人作家與「文化」

化研究，凡所有人類活動所創造的一切都可以稱為文化，並作為文化研究對象。第二種文化研究可稱為「文化研究中的文學」，如大眾文化、女權主義……等，其中所涉及的文學只是文化研究的原始與基本材料。第三種即「文學的文化研究」，是將闡釋中心置於文學上，而以外在的文化現象作為闡釋契機與背景。

〔註5〕按：新歷史主義者所追求的是一種對結構性語境的關注，即把注意力擴展到形式主義所忽略的歷史語境，「將一部作品從孤立的文本分析中解放出來，置之於歷史的、社會的，乃至詩意的種種話語和非話語的實踐中。」如此，文學研究的視野將被擴大，深度亦將拓展。詳參韓書堂：〈文學研究的文化模式的演變〉，《文藝理論研究》第4期（2003年），頁22。

〔註6〕〔美〕潘乃德（R.Benedict）著、黃道琳譯：《文化模式》（patterns of Culture）（台北：巨流圖書有限公司，2001年5月），頁9。

〔註7〕間的特殊聯繫,提供了一個立論依據。亦即個人置身於整個社會環境中,風俗信仰、時代精神、社會思潮……,這些文化特質的影響是如影隨形的。所以,「作家的文學創作不僅是審美創造與體驗的過程,也是對人類歷史文化的認同和選擇的過程。」〔註8〕換言之,文學創作者面對社會的文化因素,首先必須通過自我的選擇和認同,找到個人價值與社會價值的契合點,才能「完成其社會文化人格的自覺轉化」〔註9〕。文學創作者對於文化環境中的文化氛圍、文化現象以及文化問題,是心思最爲敏銳的一群。因此,文學創作者文化傾向的形成與社會文化環境中的時代精神、文化傳統密不可分。

綜合上述,文學與文化間有著形影般的緊密關係,因此文學研究對於文化精神和文化環境的影響,是必須加以正視的。此即本文擬由文化角度切入,探討南宋四家詩與宋型文化關係的動機之一。

其次,近來宋代文學研究者普遍認爲:

> 相對於恪守單一的「反映論」的文學研究模式而言,以文化爲背景或從文化的角度切入,可開拓文學研究的思維空間,更新研究視角,以尋求研究範式的突破。〔註10〕

另外,張高評先生在宋詩研究的面向和方法上也曾提出三大選題,其中之一即「宋詩與宋代文化之整合討論」。認爲:宋詩之所以異於唐詩,宋型文化不同於唐型文化也是造成這種特殊體格的原因之一。並

〔註7〕 筆者按:這裡的「文化」是指狹義的文化而言。文化的定義一般有廣、狹之分。「廣義的文化史,指人類物質文明與精神文明的發展史,實際上與社會發展史相近;狹義的文化史則指社會意識形成以及與之適應的制度的發展史,亦即精神文化以及精神文化的物化現象的發展史。」參見姚瀛艇主編:《宋代文化史》(開封:河南大學出版社,1999 年 12 月),頁 1。本文亦集中於精神文化層面,探討宋型文化的核心精神與南宋四家詩的關聯。

〔註8〕 暢廣元主編:《文學文化學》(瀋陽:遼寧人民出版社,2000 年 6 月),頁 124。

〔註9〕 同前註,頁 119。

〔註10〕 張毅:〈二十世紀宋代文學研究觀念和方法的變遷〉,《首屆宋代文學國際研討會論文集》(上海:復旦大學出版社,2001 年 6 月),頁 100。

指出：宋詩的新與變，來自「發揚傳統文化之基因」，「體現宋型文化的意識」以及「反映當代哲學思潮」，這三者交互融合，乃涵蘊出「會通化成」的宋代詩學特色。〔註11〕又如王水照先生在〈宋型文化與宋代詩學〉一文中也指出：作爲文學創作主體的作家，不可能在封閉自足的心理結構中創作，勢必接受社會環境、時代思潮、文壇風氣的濡染。而在影響文學創作的眾多因素中，「作爲物質文明和精神文明綜合成果的文化，無疑是關係最直接、層次最深的因素。」〔註12〕

　　承上所述，爲開拓文學研究的思維空間以及更新研究視角，從文化的角度切入，探討南宋四家詩與宋型文化之關係，應是值得一試的研究方向。此即本文研究動機之二。

　　其三，近人錢鍾書先生在《談藝錄》中對唐、宋詩的特色曾有透徹分析：

> 唐詩、宋詩亦非僅朝代之別，乃體格性分之殊。天下有兩種人，斯分兩種詩。唐詩多以半神情韻擅長，宋詩多以筋骨思理見勝。……非曰唐詩必出唐人，宋詩必出宋人也。故唐之少陵、昌黎、香山、東野，實唐人之開宋調者；宋之柯山、白石、九僧、四靈，則宋人之有唐音者。〔註13〕

錢鍾書先生又更進一步說：「夫人稟性各有偏至。發爲聲詩，高明者近唐，沉潛者近宋，有不期而然者。」〔註14〕錢氏認爲：人的體格性分是造成唐、宋詩美的高揚與沉潛，主情韻或主思理的重要原因。唐、宋詩並非簡單的用朝代來劃分，文學即是人學，人的性情、氣質與人所生存的空間、時間，亦即時代、歷史等多層面文化活動的結構性因素，交互觸發、交互滲透，才是形成其作品風格色彩的重要因子。

〔註11〕張高評：《會通化成與宋代詩學》（台南：國立成功大學出版組，2000年 8 月），頁332。
〔註12〕王水照主編：《宋代文學通論》（開封：河南大學出版社，1997 年 6 月），頁1。
〔註13〕錢鍾書：《談藝錄》（台北：書林出版有限公司，1999 年 2 月），頁2。
〔註14〕同前註，頁3。

　　另外，龔鵬程先生對宋詩的研究也加入了文化性格影響論的意見，認為唐宋詩歌「體製既異，風調自殊；而格律本乎性情，體製之異，又必由唐宋間文化性質不同使然。」〔註15〕又云：

　　　宋詩之為自覺反省創造，唐詩之為直覺表現創造，非僅歌
　　　詩之異，實即文化性質之殊也。〔註16〕

上述錢鍾書先生「詩分唐宋」的看法，提供本文審視南宋四家詩與宋型文化關係時一個值得深思的意見；而龔鵬程先生的觀點，則說明了研究唐宋詩之差異實無法忽視文化性質的影響。顧炎武曾說：「詩文之所以代變，有不得不變者。」〔註17〕文學的演變有其「不得不變」的必然，否則無以開闢新境。同樣的，文學的研究也有「不得不變」的當然，不能只侷限於縱的探討，還必須顧及橫向的聯繫，亦即文化與文學的科際整合研究，是值得重視的研究方向。此即本文探討南宋四家詩與宋型文化關係的動機之三。

　　其四，宋代之文學創作主體與學術主體、參政主體三者乃互為一體，文人兼具多重身分，集政治家、學者、詩人於一身，是屬於複合型主體。不同層面文化彼此間必然有著內在聯繫，同時也影響了主體在文學創作中的價值取向，從而產生反映宋型文化的宋代文學。自傅樂成先生提出「唐型文化」與「宋型文化」文化類型對舉區分的說法後，也獲得研究唐宋文學研究者的重視，並普遍認為：以文化類型來探討唐宋文學的特質，較之以朝代區分更符合文學創作的實際精神。傅樂成先生認為：

　　　宋代提倡文人政治，科舉轉盛，而儒學益尊，科舉制度逐
　　　漸成為發展儒家思想學說的工具。〔註18〕

〔註15〕龔鵬程：《江西詩社宗派研究》（台北：文史哲出版社，1983 年 10 月），頁 173。
〔註16〕同前註，頁 184。
〔註17〕〔清〕顧炎武：《日知錄》（台北：臺灣商務印書館，1986 年 3 月，影印文淵閣四庫全書本），卷21，頁 20。見「詩體代降」。
〔註18〕傅樂成：《漢唐史論集》（台北：聯經出版事業公司，1981 年 6 月），頁 372。

再加以外患不息，北宋伐遼、南宋伐金，使宋人的民族意識日益深固。
因此，其文中標舉「民族意識，儒家思想和科舉制度是構成中國文化
本位的三大要素。」〔註19〕而這些要素都在宋代發展至極致。所以，
宋型文化可說是中國傳統文化的成熟定型期。〔註20〕傅氏文中也對唐
型文化與宋型文化的特質作了簡要結論，指出：

> 大體說來，唐代文化以接受外來文化爲主，其文化精神
> 及動態是複雜而進取的。……到宋，各派思想主流如佛、
> 道、儒諸家，已趨融合，漸成一統之局，遂有民族本位
> 文化的理學的產生，其文化精神及動態亦轉趨單純與收
> 斂。〔註21〕

此一唐、宋型文化特質說法獲得學界的共鳴：如王水照先生〈宋型文
化與宋代文學〉一文，結合文化與文學的研究，分析了「祖宗家法的
近代指向與文學中的淑世精神」、「天人之際的睿智思考與文學的重理
節情」……等面向；而張高評先生的《宋詩之新變與代雄》、《會通化
成與宋代詩學》在宋文化的背景下考察宋詩，以「出位之思」闡述《春
秋》書法、史家筆法、書道藝術以及儒家、道家、禪宗對宋代詩學的
影響。另外，龔鵬程先生的《江西詩社宗派研究》，則將江西詩派視
爲宋文化的代表，其書中第二卷「宋詩之背景與宋文化之形成」闡述
了宋詩的發展與宋文化息息相關。〔註22〕又如周裕鍇先生《宋代詩學
通論》則將宋詩學視爲宋型文化的反映，認爲：

> 一張巨大的文化之網，決定了宋代士人的基本心態，也決

〔註19〕同前註，頁 372。
〔註20〕筆者按：宋代文化的成熟與定型早已爲學者所公認。如王國維云：「故
　　　天水一朝人智之活動與文化之多方面，前之漢唐，後之元明，皆所
　　　不逮也。」詳參王國維：〈宋代金石學〉，《王國維遺書》第五冊《靜
　　　安文集續編》（上海：上海書店，1983 年），頁 70。陳寅恪亦云：「華
　　　夏民族之文化，歷數千載之演進，造極于趙宋之世。」詳參陳寅恪：
　　　〈鄧廣銘《宋史職官志考證》序〉，《金明館叢稿二編》（北京：三聯
　　　書店，2001 年 7 月），頁 277。
〔註21〕同註 18，頁 380。
〔註22〕同註 15，頁 61～138。

定了宋詩學的理論範疇及宋詩的審美特徵。宋詩學的每一
個命題，都與宋型文化有千絲萬縷的聯繫。〔註23〕

如宋代理學的思辨，影響宋詩尚「理」、主「意」、「明道見性」、「養氣治心」等觀念；政治上的「重文輕武」政策，提升文士地位及自尊自重士風，反映爲宋詩中的尚「雅健」、倡「氣格」；宋代歷史中的邊患頻仍、國勢孱弱，也使宋詩中不乏反映文人的政治使命感與憂患意識；而宋詩學中「活法」、「熟參」、「妙悟」等概念，則顯然受到宗教上禪學的影響。凡此，均可見文化整合的觀念貫穿於宋詩學的各個層面。〔註24〕其他，如劉方的《宋型文化與宋代美學精神》則集中於宋代美學思想基本特徵的形成、發展與宋型文化之間的研究。〔註25〕

基於上述傅樂成先生率先提出「文化範型」的概念，而諸多學者將此範型援用於解析、闡釋宋代文學的各個層面，已然形成一股熱門的研究命題。因此，本文亦擬以此「文化範型」的概念探討南宋四家詩與宋型文化間的關係，此爲本文研究動機之四。

其五，繼主宰北、南宋之際近百年詩壇，標誌著「宋調」典型完成的江西詩派之後，躍上南宋詩國舞臺的是以陸游（1125～1210）、楊萬里（1127～1206）、范成大（1126～1193）、尤袤（1127～1193）爲代表的「中興四大詩人」，或稱「南宋四大家」、「南宋四家」。南宋孝宗即位後，對金人的態度由消極轉趨積極，命張浚出兵北伐，雖有「符離之敗」，不得已再與金議和，金宋互稱叔姪之國。但由孝宗即位（1163）至寧宗開禧三年（1207）韓侂胄被殺的四十多年間，是南宋政治、經濟相對穩定、繁榮的時期，以陸、楊、范、尤爲主的中興四大詩人活躍的乾道、淳熙年間，宋調也有了轉型的契機。

〔註23〕周裕鍇：《宋代詩學通論》（成都：巴蜀書社，1997年1月），頁4。
〔註24〕同前註，頁4、5。
〔註25〕詳參劉方：《宋型文化與宋代美學精神》（成都：巴蜀書社，2004年8月）

　　嚴羽《滄浪詩話・詩體》論及宋代詩壇時曾云：「以人而論則有，……東坡體、山谷體、王荊公體、邵康節體、陳簡齋體、楊誠齋體。」〔註26〕在南宋詩壇獨標舉楊誠齋。而姜特立《梅山續稿》則說：「今日詩壇誰是主？誠齋詩律正施行。」〔註27〕凡此均可得知，楊萬里在宋代詩壇的重要地位。楊萬里之所以不可忽視，實與「誠齋體」擺落江西，新創文機，「落盡皮毛，自出機杼」〔註28〕，以新奇的活法、詼諧的筆調書寫自然山川，在具體細微的物象描繪中，將瞬間自我與外物碰撞交流，而呈顯出一種獨特的感悟和新鮮的詩意有著密切的關係。因此，歷來均將「誠齋體」視為宋調轉型的代表，也最能體現宋調轉型的成就。但事實上，除尤袤詩作散佚、作品不豐，較無法看出轉型端倪外，陸游與范成大等眾多詩作，均促成了宋調的轉型。宋調的轉型實則由江西詩派內部開始，如呂本中、曾幾、陳與義等人開創了江西詩派的變調，但一直到楊萬里、陸游、范成大等人，沿著他們早年所師事取法的江西詩派持續轉變，才算完成了宋調的轉型。

　　楊萬里曾自述其詩風轉變的關鍵，其〈誠齋荊溪集序〉云：

　　　　予之詩，始學江西諸君子，既又學后山五字律，既又學半
　　　　山老人七字絕句，晚乃學絕句於唐人。……戊戌三朝，時
　　　　節賜告，少公事。是日即作詩，忽若有悟。於是辭謝唐人
　　　　及王陳江西諸君子，皆不敢學，而後欣如也。〔註29〕

又〈江湖集序〉亦云：

　　　　予少作有詩千餘篇，至紹興壬午七月皆焚之，大概江西

〔註26〕何文煥編訂：《歷代詩話》（台北：藝文印書館，1991年9月），頁444、445。

〔註27〕〔宋〕姜特立：《梅山續稿》（台北：臺灣商務印書館，1986年3月，影印文淵閣四庫全書本），卷1，頁19。參見〈謝楊誠齋惠長句〉。

〔註28〕〔清〕呂留良、吳之振編：《宋詩鈔》（台北：臺灣商務印書館，1986年3月，影印文淵閣四庫全書本），卷71，頁361。其中〈楊萬里誠齋詩鈔序〉引後村之語曰：「誠齋天分也似李白，蓋落盡皮毛，自出機杼。」

〔註29〕〔宋〕楊萬里：《誠齋集》（台北：臺灣商務印書館，1986年3月，影印文淵閣四庫全書本），卷81，頁84。

體也。〔註30〕

可見，楊萬里是自覺的擺脫江西、后山、半山及唐人，而進入了自覺、自由的創作狀態。而陸游學詩，同樣也是出於江西。呂本中、曾幾的「活法」對陸游有直接的影響。如其〈追懷曾文清公呈趙教授〉詩云：「憶在茶山聽說詩，親從夜半得玄機。……律令合時方貼妥，功夫深處卻平夷。」〔註31〕然而，值得注意的是陸游於乾道八年，四十八歲時從戎南鄭的經歷，一方面是其人生閱歷的關鍵，同時也是詩風轉變的關鍵。其〈九月一日夜讀詩稿有感走筆作歌〉云：

> 我昔學詩未有得，殘餘未免從人乞。力屏氣餒心自知，妄取虛名有殘色。四十從戎駐南鄭，酣宴軍中夜連日。……詩家三昧忽見前，屈賈在眼元歷歷。天機雲錦用在我，剪裁妙處非刀尺。……〔註32〕

詩中也表達了擺脫江西，超越自我，達到自由創作的欣喜之情。同時，與楊萬里焚燬少作的理由相同，陸游也曾在嚴州刪詩。其〈跋詩稿〉云：「此予丙戌以前詩二十之一也。及在嚴州，再編，又去十之九，然此殘稿終亦惜之，乃以付子聿。」〔註33〕只留存四十二歲以前作品的二十分之一，宣示了擺脫江西詩派的決心。而范成大與江西詩派間雖較無明顯師承關係，但早年詩風仍受到江西詩派影響。如紀昀《瀛奎律髓刊誤》中評其〈人鮓甕〉詩云：「江西派中之佳者。」可見，江西詩派的影響與滲透之廣。

　　楊萬里從書齋走向生活，直面自然，以新奇的活法、詼諧的筆調，書寫自然山川，「如攝影之快鏡，兔起鶻落，鳶飛魚躍。」、「眼明手捷，蹤矢躡風。」〔註34〕陸游在熱烈激昂的軍旅生活中悟得「詩家三

〔註30〕同前註，頁85。

〔註31〕〔宋〕陸游著、錢仲聯校注：《劍南詩稿校注》（上海：上海古籍出版社，2005年4月），卷2，頁202。

〔註32〕同前註，頁1802、1803。

〔註33〕〔宋〕陸游撰：《渭南文集》（台北：臺灣商務印書館，1986年3月，影印文淵閣四庫全書本），卷27，頁520。

〔註34〕同註13，頁118。

昧」,以大量的愛國軍旅詩作及日常鄉居見聞、農村風光,盡入詩中。范成大的〈四時田園雜興〉組詩及使金七十二首絕句,以對鄉風民俗的關注,擅寫農村生活的各個面向;以及出使金國、遊歷山川、遍覽風土人情的開闊視野,不僅在題材上開拓了田園詩的內容,也發展了山川行旅詩,將書齋雅興的宋調拉進社會現實。

從上述的詩歌題材內容及詩人自覺的擺落江西詩法看來,中興詩人有意改變江西詩派勁健拗峭、深折隱曲、以才學爲詩、以文字爲詩的傾向,以至於以俗語、口語入詩,而招致俚俗過甚、「滿紙村氣」等批評。如李慈銘《越縵堂日記》「光緒十一年乙酉十月初四日」批評:

> 石湖律詩雖亦苦槎枒拗澀,墮南宋習氣,然尚有雅音。……
> 誠齋則粗梗油滑,滿紙村氣,似擊壤而乏理語。〔註35〕

「南宋習氣」、「滿紙村氣」等評語,實即正好說明了中興詩人擺落江西的自覺,完成宋調轉型的有意作爲。「南宋習氣」正標誌著文化轉型的事實〔註36〕,也正好說明了宋調轉型的一大特色,代表著南宋俗文學的勃興與雅俗文化的消長。

基於上述中興詩人自覺的擺落江西詩法,走向現實,反映現實,以廣闊的經歷,聯結大量的詩歌創作實踐,將宋調內省、內斂的主旋律轉爲外向型的大膽謳歌。因此,從詩歌旋律變調與南宋文化轉型的視角來探討南宋四家詩與宋型文化之關係,實爲值得嘗試的命題。此爲本文研究動機之五。

除了上述動機,另外值得一提的是,日本學者內藤湖南(1866~1934)於大正十一年(1922)在其著名論文〈概括的唐宋時代觀〉中提出了「宋代近世說」的看法〔註37〕,認爲在社會結構、文化……

〔註35〕〔清〕李慈銘:《越縵堂日記》(揚州:廣陵書社,2004 年 5 月),冊15,頁 10902～10903。見〈荀學齋日記〉庚集下。

〔註36〕呂肖奐:《宋詩體派論》(成都:四川民族出版社,2002 年 7 月),頁188。文中指出:「南宋習氣是詩歌發展與文化轉型同步相應的結果,而『誠齋體』是南宋習氣的典型反應。」

〔註37〕對於內藤「宋代近世說」,一般均以大正十一年(1922)爲主,如王水照先生〈重提「內藤命題」〉一文,即採此說。但亦另有學者指出:

等各方面，由唐到宋之間發生了巨大變化。同時，在其《支那近世史》書中，以八個子目分說「宋代近世史」的意義，指出：唐宋變革統括了政治、經濟、文化各領域，是一場「全社會結構性的整體變動」〔註38〕。此後，「唐宋轉型論」便成爲歷久而彌新的研究課題。歐美學界將內藤的「宋代近世說」稱爲「內藤假說」（Naito Hypothesis），意即此說有待驗證、補充，是一個開放性的命題。因此，百年來學界在「內藤命題」的基礎上從各個層面多所闡發，以期形構出更爲完整的宋史觀。內藤湖南以一個日本學者的身份對「宋代近世說」的研究確實相當難能可貴，但文史學界如陳寅恪先生、錢穆先生……等，也有不謀而合的看法。如陳寅恪先生在〈論韓愈〉一文，與內藤將中唐視爲文化轉型的關鍵期看法相同。認爲：唐代前期「結束南北朝相承後之舊局面」，後期則「開啓趙宋以降之新局面」，在政治、社會、經濟、文化、學術皆如此，而「退之者，唐代文化學術史上承先啓後轉舊爲新關捩點之人物也。」〔註39〕又如錢穆先生亦稱中國歷史「三大變」中之「第二變」，「應該以唐末五代至宋爲又一大變，唐末五代結束了中世，宋開創了近代。」〔註40〕事實上，文化轉型是一複雜的文化現象，表現在經濟、政治、社會、學術、文學等各層面。因此，各領域學者在唐宋轉型的問題上，也就各自領域加以深耕探

內藤的「宋代近世說」實自明治四十二年（1909）內藤湖南撰寫《支那近世史》備課筆記時已告成立，也就是說內藤「宋代近世說」早在 1909 年即已形成，問世已百年。參見牟發松：〈「唐宋變革說」三題——值此說創立一百周年而作〉，《華東師範大學學報》第 1 期（2010年），頁 1～3。

〔註38〕王水照：〈重提「內藤命題」〉，《文學遺產》第 2 期（2006 年），頁8。所謂「八個子目」，分別爲：「貴族政治的衰微與君主獨裁政治的代興，君主地位的變化，君主權力的確立，人民地位的變化，官吏任用法的變化，朋黨性質的變化，經濟上的變化，文化性質的變化。」

〔註39〕陳寅恪：《陳寅恪先生論文集》（台北：九思出版社，1977 年 6 月），頁 1292。

〔註40〕錢穆：《宋明理學概述》，《錢賓四先生全集》第九冊（台北：臺灣聯經出版事業公司，1998 年 5 月），頁 1。

討。由史學上「唐宋變革說」、「宋代近世說」一路發展,研究者對此歷久彌新的命題始終關注,如上述傅樂成先生「唐型文化」、「宋型文化」的文化範型說,實亦承此立論。史學上的文化轉型說近來爲唐宋文學研究者所援引、論證,已如前述。自中唐開啓的儒學革新運動,中唐文儒挺立道德主體、政治主體以及文化主體意識,〔註41〕文以明道、文以載道的文化轉型,在有宋士人繼承道統、尊崇氣節的自尊、自重、自覺下,發展了以心性之學爲核心的新儒學,也形成了有別於唐型的宋型文化。而唐、宋詩之間的關係也是唐、宋文化轉型的一種反映,自中唐詩人開啓議論之風,引理入詩、情理合一之後,宋人更進一步確立此風。綜上所述,唐宋詩的研究亦不能自外於唐宋文化轉型的影響,因此,在唐宋轉型理論的文化視域之下,本文擬以南宋四家詩作爲發聲管道,加入這場集體的對話。

二、研究方法

韋勒克與華倫在合著的《文學論——文學研究方法論》一書中,將文學研究的方法分爲「文學研究的外在方法」與「文學的本質之研究」兩大部份,亦即文學理論上所謂的「外部研究」與「內部研究」。書中並以新批評學派立場批判:文學研究「首先要集中注意藝術品本身的實質。古典的修辭、詩學,以及韻律學等等古老的方法,都要用現代的概念加以重新檢討與講述。」〔註42〕若只著重於「外在環境」,包括政治的、社會的以及經濟的問題,缺乏詩學問題的瞭解,將使許多學者面臨實際分析或品評藝術品時,顯出「可驚的無能」〔註43〕。顯而易見,這是「內部研究」的擁護者對只著重「外部研究」者的嚴屬抨擊;同樣的,主張「外部研究」者則認爲:過度執著於「內部研

〔註41〕劉項:〈中唐時期文儒的轉型與宋學的開啓〉,《學術月刊》(2009 年 3 月),頁 125～128。
〔註42〕韋勒克、華倫著,王夢鷗、許國衡譯:《文學論——文學研究方法論》(台北:志文出版社,1987 年 12 月),頁 226。
〔註43〕同前註。

究」，將導致文學文本被孤立於文化向度之外。各家學派各有堅持，西方文論總在文學的「內部研究」與「外部研究」間游移，二者本無對錯優劣之分，但筆者認爲：若能統合內外，將使文學研究更爲周密，給予作品更貼切的詮釋。

誕生於二十世紀 80 年代初的文化思潮——新歷史主義，〔註44〕強調對文學文本採政治、經濟、社會的綜合研究。新歷史主義作爲文學批評是源自於 80 年代文藝復興研究領域，史蒂芬・格林布萊特（Stephen Greenblatt 1943～）在其著作《文藝復興自我造型——從莫爾到莎士比亞》（Renaissance Self-Fashioning: From More to Shakespear）中提出：「十六世紀的英國不但產生了自我（selves），而且這種『自我』

〔註44〕 筆者按：史蒂芬・格林布萊特（Stephen Greenblatt）在〈通向一種文化詩學〉（Towards a Poetics of Culture）一文中，曾指出：其 70 年代中期在伯克萊大學講授西方「馬克思主義美學」課程，受到學生質疑的事件，而於幾年後開設「文化詩學」課程之事。見 Stephen Greenblatt ,"Towards a Poetics of Culture", in H. Aram Veeser ed. ,The New Historicism , New York , Routledge , 1989 , p2. 另外，1982 年在洛杉磯舉行的「現代語言協會研討會」所集結的論文中，布魯克・湯姆斯（Brook Thomas）指出，格林布萊特雖尚未確定「新歷史主義文學批評」之名，甚至提出：「並沒有所謂單一的方法、包含一切的陳述，也沒有徹底的以及被認爲決定性的文化詩學。」（"there can be no single method , no overall picture , no exhaustive and definitive cultural poetics."）但與會者認爲：「格林布萊特所發表的否認聲明，是一種警告，也就是對那些想要建立一套方法學規則以支配應用於歷史批評，以及那些認爲新歷史主義批評是一種特別的理論應用，因此可以機械式地模仿的人的一種警醒。」（"Greenblatt´s disclaimer is a cautionary response to those who would establish a set of methodological rules to govern the practice of historical criticism and those who consider the new historicism a particular practice that can be mechanically imitated."）布魯克・湯姆斯於文中也指出：「格林布萊特仍暗示新歷史主義的目標就是產生一種文化詩學。」（"He still implies that the goal of historical criticism is to produce a cultural poetics."）參見 Brook Thomas , The New Historicism and Other Old-Fashioned Topics , Princeton: Princeton University Press , 1991, pp4～5. 由以上的說明可以得知，新歷史主義作爲文藝批評是源自於 80 年代，主要代表人物爲格林布萊特。

是能夠塑造成型的意識。」〔註45〕格林布萊特研究「自我造型」,認為:「自我的塑造是一種自我和社會文化的『合力』所組成。」〔註46〕透過對文藝復興人物的研究發現:人物內在心靈意識的變化,自我塑造的過程,與文化場域的滲透、融合密切相關。王岳川先生在〈新歷史主義的文化詩學〉一文中曾指出格林布萊特研究《文藝復興自我造型》的真實意圖在於:

> 打破傳統的「歷史──文學」二元對立,將文學看作歷史的一個組成部份,一種在歷史語境中塑造人性最精妙部分的文化力量,一種重新塑造每個自我以致整個人類思想的符號系統;而歷史是文學參與其間,並使文學與政治,個人與群體,社會權威與它異權力相激盪的「作用力場」。……在這種歷史與文學整合的「力場」中,讓那些伸展的自由個性、成形的自我意識,升華的人格精神在被壓制的歷史事件發出新時代的聲音,並在社會控制和反控制的鬥爭中訴說他們自己的活動史和心靈史。〔註47〕

換句話說,格林布萊特的研究打破了傳統的「歷史──文學」二元對立,是跨學科邊界的融合視域研究,認為作家人格精神與權力話語系統在控制與反抗的「合力」曲折過程中,塑造了文學作者的「活動史」與「心靈史」,從而使文學在歷史中的文化意義呈現出來。以此宏觀的融合視域來研究作家或作家群與文化的對話,實更勝於形式主義者對文學文本孤立性的研究,因孤立性的研究,不可避免的將造成歷史意識與文化靈魂在語言的解析中成為意義碎片的尷尬。格林布萊特在與甘特(Giles Gunnt)合著的《重劃疆界》(Redrawing the Boundaries)

〔註45〕書中導論云:「My Subject is self-fashioning from More to Shakespear; my starting point is quite simply that in sixteenth-century England there were both selves and a sense that they could be fashioned.」參見 Stephen Greenblatt , Renaissance Self-Fashioning: From More to Shakespear, Chicago: The University of Chicago Press , 2005 , p1.

〔註46〕王岳川:〈新歷史主義的文化詩學〉,《北京大學學報》(哲學社會科學版)第三期(1997年),頁 26。

〔註47〕同前註。

一書中又指出：

> 不同的閱讀和寫作的界限、書面文化和口語文化、正統和
> 非正統、精英文化和通俗文化、高雅藝術和大眾藝術。這
> 些界限可以被穿越、混淆、拆解，它們還可以被複述、被
> 再審視、再規劃，或者再更換。能夠確定的只有一件事，
> 即在文學研究中它們不能夠整個被徹底消除。〔註48〕

然而，重劃疆界，跨學科研究的目的，不在於模糊疆界、取消疆界本
身，而是希望「在這種疆界的跨越和重構中，煥發文學理論研究新的
生命活力，凸現出文本的文化內涵。」〔註49〕亦即以更為廣闊的視角，
賦予文學研究新的視野。

由以上所述可以得知：新歷史主義批評即企圖綜合長期分立的內
部與外部研究，以全新而周密的思維模式審視文學，認為：「文化分
析原則上必須反對那種對作品內外進行嚴格區分的做法。」〔註50〕力
圖從文化的視野建立「文化詩學」，以文學文本研究為重心，在歷史、
現實社會以及心靈的結構性關聯中，尋索作品的文化蘊涵。格林布萊
特（Stephen Greenblatt）又指出：

> 一個完整的文化分析最終需要突破文本邊界的限制，建立
> 起文本與價值觀、風俗、實踐等諸文化要素之間的聯繫。
> 然而這聯繫並不能代替對文本的細讀，文化分析需要借鑑
> 對文學文本進行的細緻的形式分析，因為這些文本所有的
> 文化特質不僅是由於涉及到了自身之外的世界，而是因為
> 它們自己成功地融入到社會價值觀和語境之中。〔註51〕

可見，新歷史主義研究重視所謂的「語境」，亦即研究對象所處的時

〔註48〕 Giles Gunnt & Stephen Greenblatt , ed. Redrawing the Boundaries, New York : The Modern Language Association of America ,1992 , p4 .

〔註49〕 傅潔琳：〈試析格林布拉特文化詩學理論的語境與方法〉，《齊魯學刊》第 4 期（2010 年），頁 219。

〔註50〕 Frank Lentricchia & Thomas Mclaughlin 編，張京媛等譯：《文學批評術語》（Critical Terms for Literary Study）（牛津大學出版社，1994 年），頁 310。

〔註51〕 同前註。

空關係，正是在這一點上，新歷史主義文學批評注重以文學爲重心的
文化系統研究，認爲：

> 這種研究乃是文學研究的根本性前提條件；而且，這種系
> 統並不是指各要素並列存在，關係疏離的物理關係的存在
> 「事態」，而是各要素間相互作用、相互生成、相互塑造
> 的態度的「勢態」。文學文本的意義在這種「結構性語境」
> 中，諸如官方文件、私人文件、報章剪輯之類的材料，才
> 由一種話語領域轉移到另一種話語領域，而成爲審美財
> 產。〔註52〕

綜上所述，格林布萊特對「文化詩學」做了初步界定，認爲文學研究
不僅要面對文學文本，而且必須面對非文學文本，如官方文件、檔案
等，而「文化詩學」即在各種類型文本的意義運作中產生。

　　以上爲西方文論所界定的「文化詩學」。另外，童慶炳先生爲
使西方文論更密切無間地融入中國文學的研究，乃擷取美國新歷史
主義者的「文化詩學」一詞，但又不全然是西方文論的移植，而是
更切合中文研究的特色，反對機械式套用西方現成理論，期望發展
出一種「既能夠揭示中國文學藝術經驗的特殊性，又能夠與世界對
話的『文化詩學』範式。」〔註53〕換言之，童先生自新歷史主義文
論借來「文化詩學」一詞，但更著重於文學與文化的滲透關係之研
究，提出：

> 「文化詩學」作爲文學理論研究的一個視界是可能的，因
> 爲文學是人類的一種文化樣式和文化活動。……文學的文
> 化屬性是非常明顯的。文學從來不是孤立地存在著發展
> 著。文學中處處滲透著文化的因子。文化中也活躍著文學
> 的詩情畫意。因此，從文化的視角來考察和研究文學，是

〔註52〕史蒂芬・格林布萊特（Stephen Greenblatt）：〈通向一種文化詩學〉。
　　　　見張京媛主編：《新歷史主義與文學批評》（北京：北京大學出版社，
　　　　1997年1月），頁13、14。

〔註53〕童慶炳：〈植根于現實土壤的「文化詩學」〉，《文學評論》第6期（2001
　　　　年），頁40。

　　　　文學自己的文化身份所給定的。〔註 54〕

意即文學與文化的互相滲透，使「文化詩學」作爲一種文學理論研究
的視界，不僅可能，而且合理合情。事實上，「文化詩學」雖是借用
自西方文論的名詞，但古代文、史、哲綜合性的研究，即已是一種「文
化詩學」了。〔註 55〕童先生力圖將西方文論與中國文學傳統的研究做
緊密結合，使其互滲互融、毫無勉強，其「文化詩學」的倡導，並非
要求文學研究從內部轉向外部，而是努力要將兩者結合起來，因爲「企
圖擺脫社會文化的文學研究，即孤立的文學研究，總是有缺憾的。文
學研究需要有文學之外的參照系。」〔註 56〕因此，其「文化詩學」可
以說是「文學的文化研究」，意即將闡釋的重心置於文學，而以外在
於它的文化現象作爲闡釋的契機和背景的研究方法，這也是本文所依
據的研究方式。將文學置於政治、歷史、社會、哲學等相關性跨學科
的研究，與文化進行對話，可以使文學研究更具開闊的文化視野，這
是「文化詩學」提倡者有鑑於內部研究造成文學孤立的缺憾，所提出
的補強。同時，這種宏觀的視角，跨學科的審視研究，也有助於文學
史的深入研究，如宋詩與唐詩詩美特質的不同，與宋型文化、唐型文
化間的密切關係，即可以深入挖掘。

　　　然而值得注意的是，「文化」一詞具備多元而豐富的界說，〔註 57〕
如英國人類學家泰勒的定義爲：

　　　　文化或文明，就其廣泛的民族學意義上來說，乃是包括知
　　　　識、信仰、藝術、道德、法律、習俗和任何人作爲一名社

〔註 54〕童慶炳：〈文化詩學是可能的〉，《江海學刊》第 5 期（1999 年），頁
　　　　171。
〔註 55〕按：如孔子的「興觀群怨」說，孟子的「以意逆志」說，荀子的「美
　　　　善相樂」說，均爲最早的「文化詩學」。同前註。
〔註 56〕同註 54，頁 176。
〔註 57〕如「從詞源和語義上考察，文化（德語 kulter，英語 culture）一詞是
　　　　從拉丁語 cultura 轉化來的。cultura 雖然含義較多，諸如土地耕種、
　　　　神明祭祀、動植物培育和人的精神修養等。但從總體上可以看出，
　　　　文化是人的創造行爲。到了中世紀，文化已有物質文化與精神文化
　　　　的區別。」同註 8，頁 4。

　　會成員而獲得的能力和習慣在內的複合整體。〔註58〕
泰勒之說屬廣義的文化涵義，此「複合整體」包含了人的一切生活方
式和滿足這生活方式所創造的一切事物。就中華文化而言，《易經‧
賁卦》云：

> 文明以止，人文也。觀乎天文，以察時變；觀乎人文，以
> 化成天下。〔註59〕

天文、時變、人文，即自然、社會變化、人為文飾等均包含其中，《易
經》之說更具有「文治教化」之意。換言之，「文化」可以說包含了
外層的物質文化、中層的制度文化以及內層的精神文化。「文化」所
涵括的層面如此深廣，為避免本文的研究失去重心，且更能切合「文
學的文化研究」核心，因此，本文將「文化」界定為深層的精神文化，
亦即童慶炳先生所指：「文化的心理狀態，包括價值觀念、思維方式、
審美趣味、道德情操、宗教情緒、民族性格等等。」〔註60〕換言之，
「文學的文化研究」意義，主要仍在於探索人的生存狀態、人的生存
意義，亦即與人的精神關懷關係最為密切。

　　因此，本文的研究將由宋代文化中層的制度文化、社會局勢環
境、學術思潮等結構語境，亦即文本所處的時空關係，析出內層的精
神文化，以扣緊與南宋四家詩對話上的話語聯繫。由宋代政治制度上
的偃武佑文，國家局勢的積弱不振，相黨政治下的文人黨爭，宋學的
學術特色等面向探討，並析出在宋型文化滲透下的宋士大夫群體意
識，如淑世精神、憂患意識、隱逸情懷、孔顏之樂、理性精神等特質，
作為探索南宋四家詩與宋型文化的對話主題。同時，再參以史學上對
「宋型文化」與「唐型文化」文化範型的區分研究，以期達成南宋四
家詩的「文化詩學」研究。

〔註58〕愛德華‧泰勒：《原始文化》（上海：上海文藝出版社，1992年），頁
　　　　1。
〔註59〕〔魏〕王弼、〔晉〕韓康伯注、〔唐〕孔穎達等正義：《十三經注疏——
　　　　周易》（台北：藝文印書館，1993年9月），頁62。
〔註60〕同註54，頁172。

第二節　南宋四家詩之研究現況

　　近人對南宋四家詩的研究，有四人合論者，有四人分論者。但多數均爲四人分論，且多集中於陸、楊、范三人，這可能與尤袤詩作散佚，而其他三人詩作浩繁有關。陸游詩約九千三百多首，楊萬里詩約四千多首，范成大亦有一千九百多首，尤袤詩現存《梁谿遺稿》詩一卷，據《全宋詩》搜索約有六十首左右及集句數句。這應是尤袤作品幾乎無單獨論及，總是附於三人之中的主因。以下所列專書，博、碩士論文及其他單篇論文，主要以研究四人詩作爲主，至於有關詞作、書法或其他文類，則不列入討論。

一、近人專書

　　在討論學位論文與單篇論文之前，有關研究南宋四家的近人專書也值得一提。在陸游研究方面，如：錢仲聯的《劍南詩稿校注》（上海：上古籍出版社，2005 年）爲陸詩的全集校注本，參酌各家版本校注，極爲完備。又如北京大學出版社所出版的《全宋詩》39、40、41 冊所收陸游詩，爲目前收錄陸游詩作最爲完整者。其他如黃逸之註的《陸游詩二卷》（台北：臺灣商務印書館，1970 年）、嚴修《陸游詩集導讀》（成都：巴蜀書社，1996 年）、劉逸生主編、陸應南選注《陸游詩選》（台北：遠流出版社，2000 年）等，大多爲詩歌選註、導讀，亦可參考。關於陸游的傳記性資料，如于北山《陸游年譜》（上海：上海古籍出版社，2006 年），編年記載陸游生平事蹟，並將詩作與生活行事配合闡述，使讀者易於把握陸游詩的創作背景。另外，刁抱石撰編的《宋陸放翁先生游年譜》（台北：臺灣商務印書館，1980 年）、劉維崇編著《陸游評傳》（台北：正中書局，1979 年）、歐小牧《陸游年譜》（台北：木鐸出版社，1982 年）、齊治平《陸游》（台北：萬卷樓出版社，1983 年）、朱東潤《陸游傳》（台北：華世出版社，1984 年）、邱鳴皋著《陸游評傳》（南京：南京大學出版社，2002 年）等傳記性的整體研究，亦頗值參考。

　　關於楊萬里研究專書，如《全宋詩》第 42 冊（北京：北京大學出版社，1998 年）是誠齋詩的首次排印標點本，此本以宋端平間刊本爲底本，校以各重要版本，並輯得集外詩，編爲 44 卷，是目前最完善的楊萬里詩集版本。選本方面，如周汝昌選注《楊萬里選集》（台北：河洛圖書出版社，1979 年），收錄楊萬里重要詩作加以賞析闡釋，錢鍾書《宋詩選註》（台北：木鐸出版社，1987 年）也針對誠齋詩作了剖析探討。又如劉逸生主編、劉斯翰選注《楊萬里詩選》（台北：遠流出版社，2000 年）、歐陽炯《楊萬里詩歌辭章學》（福州：海風出版社，2005 年）等選集、注本、修辭研究，亦可參考。在傳記性資料方面，于北山《楊萬里年譜》（上海：上海古籍出版社，2006 年）、張君瑞《楊萬里評傳》（南京：南京大學出版社，2002 年），均有詳實的詩人生活背景考證。另外，湛之編《楊萬里資料彙編》（北京：中華書局，1985 年）有歷代對誠齋作品、事蹟的賞評，也值得一參。

　　關於范成大研究專書，如《全宋詩》第 41 冊（北京：北京大學出版社，1998 年）以《四部叢刊》影印清、康熙顧氏愛汝堂刊本爲底本，校以各重要版本，並新輯集外詩附於卷末，分爲 33 卷，是目前最爲完備的排印標點本。另外，富壽蓀標校的《范石湖集》（上海：上海古籍出版社，2009 年）則爲部份詩作的校注本，並非全校本，但亦值得參考。選集方面，如孫燕文主編《范成大詩欣賞》（台南：文國書局，2004 年）、劉逸生主編、周錫復選注《范成大詩選》（台北：遠流出版社，2000 年）則揀選重要作品賞析。在傳記資料方面，以于北山《范成大年譜》的事蹟、詩作互參的編年研究最值得參考。另外，孔凡禮的《范成大年譜》亦有參考價值。湛之的《范成大資料彙編》（北京：中華書局，1985 年）根據歷代各家對范成大作品風格的批評分別編輯，也值得參考。

　　關於尤袤的研究專書不多見，其詩作大多附於其他三家選集，有時只選析一、二首，聊備一格。近人專書方面，仍以《全宋詩》第 43 冊所收錄最爲齊全。此集是根據民初尤桐續刊的《梁谿遺稿詩鈔

補編》爲底本，收尤袤詩六十一首及集句數句、佚詩存目二首，是研究尤袤詩不可或缺的版本。

二、博士論文

　　大陸方面以四家爲研究主體的博士論文，有吳鷗的《南宋四家詩研究》（北京大學，1997 年），主要集中於四大家名號考辨，四大家詩歌源流探討及四大家個案研究。楊理論《中興四大家詩學研究》（四川大學，2006 年），主要探討四大家交遊、詩學群體意識、分析四大家出入江西的詩學選擇，並論及詩歌取材的外向型特徵，反對雕琢的創作技巧等。韓立平《南宋中興詩壇研究》（復旦大學，2009 年），將討論重點置於中興詩人對宋詩典型的繼承與創新。單獨討論的論文則有，徐丹麗《陸游詩歌研究》（南京大學，2005 年），對陸詩作集中研究。張玖青《楊萬里思想研究》（浙江大學，2005 年），單論楊萬里之思想淵源特色。彭庭松《楊萬里與南宋詩壇》（浙江大學，2005年），則是楊萬里的詩風與南宋詩壇整體風格的比較研究。郭豔華《楊萬里文學思想研究》（首都師範大學，2006 年），亦集中探討楊萬里之文學思想。另外，以「宋型文化」爲重點的論文則有，李建軍《宋代《春秋》學與宋型文化》（四川大學，2007 年）一篇，此篇論文以「宋型文化」爲華夏文明史上完全成熟的文化範型，並以此作爲文化語境來探討《春秋》學與其他文化層面，如政治、哲學、文學、史學間的關係。由以上說明可以發現：大陸博論對四大家中的楊萬里興趣最爲濃厚，其「誠齋體」作爲南宋詩壇獨特的風格，確實引領風騷。另外，關於「宋型文化」的探討則相當寂寥，結合四大家與宋型文化的研究，仍未發現。

　　臺灣方面的博士論文結合四大家的研究尚未出現，探討範圍集中於陸游及楊萬里二人。如李致洙《陸游詩研究》（國立臺灣大學，1989年），宋邦珍《陸游詩歌研究》（國立高雄師範大學，1999 年）是針對陸游詩歌的集中研究。陳義成《楊萬里生平及其詩之研究》（文化

大學，1982 年），是結合楊萬里生平行誼與詩歌作品特色之研究。歐純純《陸游與楊萬里詠梅詩比較研究》（國立中正大學，2002 年），則爲陸、楊二人梅花詩特色的比較研究。

三、碩士論文

　　大陸方面四家合論的碩士論文有：顏文武《論南宋中興詩人對江西詩派的超越》（暨南大學，2006 年）一篇，探討中興詩人詩作與宋調典型代表江西詩派的風格差異。二人合論的有：余霞《陸游、范成大的巴渝詩研究》（重慶師範大學，2007 年），爲二人詩集中的地域詩研究。四人分論的部份，以陸游爲研究主題的有：顏進昌《陸游鄉居詩研究》（汕頭大學，2008 年）、農遼林《陸游晚年閒適詩研究》（福建師範大學，2007 年）、董小改《論陸游川陝詩歌及其「功夫在詩外」》（陝西師範大學，2007 年）、洪清雲《陸游詠物詩研究》（福建師範大學，2007 年）、徐恬恬《論陸游之夢詩》（華東師範大學，2007 年）、楊昇《陸游的鄉居生活與「鏡湖詩」創作》（浙江師範大學，2006 年）、付玲玲《陸游茶詩研究》（曲阜師範大學，2006 年）。以上陸游詩的分論研究，除了以詩歌分期，如中、晚期爲界外，也有不同主題特色的研究，如夢詩、茶詩、詠物詩等。以楊萬里爲研究主題的有：龍珍華《楊萬里詩歌及其詩論研究》（華中師範大學，2006 年）、胡建升《楊萬里園林詩歌研究》（南昌大學，2005 年）、鄭全蕾《楊萬里山水景物詩新變》（安徽大學，2004 年）、李健莉《誠齋詩及詩論研究》（華東師範大學，2002 年）。以上楊萬里的研究，除了以山水、園林等自然詩風爲重點外，也針對其詩論特色作研究。以范成大爲研究主題的有：付曉琪《范成大蜀中詩文研究》（四川師範大學，2007）、劉薇《范成大酬贈詩研究》（重慶師範大學，2007）。以上對范成大詩的研究則以特定時期、地域的詩及類別爲重點。至於對尤袤詩歌的專門研究學位論文則尚未發現。

　　臺灣方面，四家合論的碩士論文有：蕭翠霞《南宋四大家詠花詩

研究》（國立成功大學，1992 年），爲選取特定詩歌類型之研究。二
家合論的，如楊秀萍《楊萬里、范成大山水詩比較研究》（台北市立
教育大學，2008 年），是選取二人特定類型詩作的比較研究。以陸游
爲主的，如康育英《陸游紀遊詩研究》（逢甲大學，1998 年），王曉
雯《陸游蜀中詩歌研究》（淡江大學，2003 年），王瑄琪《父子更兼
師友分——陸游教子詩研究》（國立彰化師範大學，2003 年），劉奇
慧《陸游紀夢詩研究》（國立臺灣師範大學，2003 年），王厚傑《陸
游詩中花之研究》（國立中山大學，2005 年），徐佩霞《陸游茶詩研
究》（台北市立教育大學，2008 年），謝旻桂《陸游讀書詩研究》（淡
江大學，2009 年），以上或以地域爲主的詩歌研究，或以陸詩特色作
分類研究。以楊萬里爲主的，如胡明珽《楊萬里詩評述》（文化大學，
1966 年），劉桂鴻《楊萬里生平及詩》（國立臺灣大學，1970 年），歐
陽炯《楊萬里及其詩學》（東吳大學，1981 年），汪美月《楊萬里山
水詩研究》（國立高雄師範大學，2001 年），林珍瑩《楊萬里山水詩
研究》（國立高雄師範大學，1991 年），侯美霞《楊萬里文學理論研
究——以詩爲主》（台北市立師範學院，2002 年）。以上有研究楊萬
里文學理論及詩歌評述者，其中尤以山水詩爲研究大宗。以范成大爲
研究主題的，如林天祥《范成大山水田園詩研究》（國立成功大學，
1990 年），文寬洙《范成大田園詩研究》（國立政治大學，1986 年），
高碧雲《范成大紀遊詩研究》（國立臺灣師範大學，2004 年），柳品
貝《范成大詠花詩研究》（銘傳大學，2007 年）。明顯可以見出，對
范成大的研究完全鎖定田園詩，部分旁及山水紀遊詩、詠花詩。至於
有關尤袤的詩歌研究學位論文，臺灣方面也尚未出現，僅蔡文晉《宋
代藏書家尤袤研究》（東吳大學，1987 年）一文。可見尤袤詩作的散
佚與詩名的沒落，應是研究者相對冷淡的原因。

四、單篇論文

　　單篇論文方面對南宋四家的研究相當熱烈，作品頗豐，因篇幅所

限，僅舉較具特色者。

　　臺灣方面，如陳義成〈南宋四大家間之交游考述〉（《逢甲人文社會學報》第 6 期，2003 年 5 月），根據四大家的詩文往返，分析四家交情之厚薄。林珍瑩〈楊萬里山水詩的主體風格〉（《宋代文學研究叢刊》，1995 年 3 月），吳姍姍〈楊萬里之自然詩論〉（《宋代文學研究叢刊》，1995 年 3 月），林、吳二人是集中於分析楊萬里「外師造化」、向自然汲取詩材的特色。劉俊廷〈誠齋詩一官一集、一集一變之探析〉（《宋代文學研究叢刊》，1995 年 3 月），劉文則集中於楊萬里詩風轉變的分析。黃奕珍〈范成大使金絕句中以「時間之對比」形塑「蠻荒北地」的修辭策略〉（《台大中文學報》第十七期，2002 年 12 月），黃文主要論述使金七十二絕句的修辭特色。林天祥〈范成大田園詩的表現傾向及意義〉（《宋代文學研究叢刊》，1995 年 3 月），林文則分析范成大田園詩非僅以表現遁隱為內涵，對田園詩的發展有不可忽視的意義。

　　大陸方面，作品題材多樣，探討面向更廣。四家總論的，如許總〈論南宋理學極盛與宋詩中興的關聯〉（《社會科學戰線》，2000 年第 6 期），胡建升〈南宋中興四大詩人來歷考〉（《典籍與文化》），霍然〈論南宋田園題材作品的美學意蘊〉（《殷都學刊》，2006 年第 3 期），鄭永曉〈南宋詩壇四大家與江西詩派之關係〉（《南都學壇》，2005 年 1 月）。以上，或考四人合稱之來歷，或論四家與江西詩派、南宋理學之淵源。以陸游為主的研究論文，如傅璇琮、孔凡禮〈陸游與王炎的漢中交游〉（《杭州師範學院學報》第 5 期，1995 年 9 月），王水照、熊海英〈陸游詩歌取徑探源〉（《中國韻文學刊》，2006 年 3 月），錢茂竹〈陸游在嚴州刪詩定稿原由探析〉（《紹興文理學院學報》，2002 年 12 月），蔣寅〈陸游詩歌在明末清初的流行〉（《中國韻文學刊》，2006 年 3 月），陳書錄〈商賈精神和南宋陸游詩歌創作的新變〉（《南京師大學報》，2007 年 1 月），伍聯群〈論陸游夔州詩對早期詩風的沿襲與新變〉（《學術論壇》，2006 年第 11 期），楊義〈陸游：詩魂與

越中山水魂〉（《文學遺產》，2006 年第 3 期），諸葛憶兵〈論陸游的
「無題詩」〉（《文史哲》，2006 年第 5 期），高利華〈陸游鄉土詩的文
化魅力〉（《中國韻文學刊》，2006 年 3 月），沈重麗〈陸游與陶淵明
田園詩比較〉（《紹興文理學院學報》，2006 年 2 月）。以上數篇論文，
除了有關陸游詩風與詩歌題材取徑的傳統研究外，更值得注意的是，
研究者目光轉向陸游詩中的商賈精神、鄉土詩的文化魅力等面向。以
楊萬里為研究重點的論文，如黃寶華〈從「透脫」看誠齋詩學的理學
義蘊〉（《文學遺產》第四期，2008 年 7 月），黎烈南〈童心與誠齋體〉
（《文學遺產》第二期，2000 年），常玲〈論誠齋諧趣詩三昧〉（《文
學遺產》第二期，2000 年），朱德慈〈窮盡誠齋事跡，新創年譜範式
──于北山著《楊萬里年譜》簡議〉（《淮陰師範學院學報》，2007 年
3 月），莫礪鋒〈論楊萬里詩風的轉變過程〉（《求索》，2001 年 4 月），
張君瑞〈論楊萬里的人格〉（《天津師大學報》第 6 期，1999 年）、〈楊
萬里的文學創作論〉（《山西大學師範學院學報》第 3 期，2001 年）、
〈楊萬里詩歌的意象特徵〉（《山西師大學報》，2002 年 4 月）、〈楊萬
里在宋代詩歌發展中的地位及影響〉（《山西大學學報》，2001 年 4
月）、〈論楊萬里詩歌的藝術構思〉（《河北大學學報》，1999 年 6 月），
韓曉光〈楊萬里詩歌活法與句法關係淺探〉（《中國文學研究》第 2 期，
2006 年），沈松勤〈楊萬里「誠齋體」新解〉（《文學遺產》第 3 期，
2006 年），龔國光〈誠齋體與俗文學──楊萬里詩歌創作再認識〉（《江
西社會科學》第 3 期，1999 年），張玉璞〈楊萬里與南宋晚唐詩風的
復興〉（《文史哲》第 2 期，1998 年），李文祥〈楊萬里的詩歌理論〉
（《江西教育學院學報》第 2 期，1994 年），王星琦〈誠齋體與活法
詩論〉（《南京師範大學文學院學報》，2002 年 9 月），周建軍〈論誠
齋體對南宋詩風的轉關作用〉（《廣西社會科學》第 3 期，2003 年），
胡建升、文師華〈論楊萬里詠園詩的禪學意趣〉（《南昌大學學報》，
2006 年 1 月）。上述楊萬里的研究題材相當廣泛，從誠齋詩的特點、
活法、句法、創作論、意象特徵、禪學意趣到楊萬里在文學史上的地

位、對南宋詩風轉變的關鍵以及與俗文學的關聯等，均有值得參考的論述。關於范成大的研究，如張學忠、易軍〈論范成大及其地理詩〉（《陝西師範大學學報》，2001 年 12 月），王利華〈范成大詩所見的吳中農業習俗〉（《中國農史》，1995 年第 14 卷第 2 期），彭小明、趙治中〈宋代詩人范成大在處州的政事與創作〉（《廣西社會科學》第 9 期，2004 年），徐新國〈范成大山川行旅詩藝術論〉（《揚州大學學報》，2000 年 11 月），陳正君〈理性的田園——評范成大的田園四時雜興〉（《深圳教育學院學報》第 2 期，2000 年），范金花〈從范成大詩歌看南宋商貿活動與商人生活〉（《江海學刊》，2004 年 5 月），趙維平〈高山仰止，景行行止——于北山《范成大年譜》讀評〉（《淮陰師範學院學報》，2007 年 3 月），張勁〈樓鑰、范成大使金過開封城內路線考證〉（《中國歷史地理論叢》，2004 年 12 月），張邦煒、陳盈潔〈范成大治蜀述論〉（《四川師範大學學報》，2004 年 9 月），林德龍〈畸于人：一種自視與文化姿態——早期身世與交游對范成大隱者情懷形成的影響〉（《哈爾濱工業大學學報》，2006 年 1 月），劉蔚〈論范成大田園詩的代言體特徵〉（《福建論壇》第 5 期，2004 年），黎遠方〈論陶淵明、王、孟、范成大田園詩的異同〉（《桂林師範高等專科學校學報》，2004 年 12 月），張福勛〈生命的自然詩化與哲學詩化——石湖山水田園詩論略〉（《內蒙古師大學報》第 2 期，1995 年），胡傳志〈論南宋使金文人的創作〉（《文學遺產》第 5 期，2003 年），林德龍〈范成大初年吟咏之清麗俊逸詩風與豪縱快意的生活〉（《上海大學學報》，2004 年 3 月），方健〈傑出的地理學家范成大〉（《中國歷史地理論叢》第 4 期，1994 年）。關於上述范成大的研究，有的就其從政經歷論述，有的就其使金途中對山川地理的描述著手，有的就其田園詩中的農業習俗或與前代田園詩之異同比較，有的則從詩中考察當時的商貿文化活動。但討論最多的仍為其田園詩及使金經歷的創作。關於尤袤的研究，有張仲謀〈詩壇風會與詩人際遇——尤袤詩論略〉（《文學遺產》第 2 期，1994 年），吳洪澤〈尤袤著述考辨〉（《四川大學學

報》第 4 期，1999 年），吳洪澤〈尤袤詩名及其生卒年解析〉（《文學遺產》第 3 期，2004 年），羅炳良〈尤袤《遂初堂書目》序跋考辨〉（《廊坊師範學院學報》，2007 年 8 月），張艮〈尤袤文集首刻時間考及其詩文辨僞輯佚〉（《古籍整理研究學刊》第 1 期，2008 年 1 月），張艮〈南宋詩人尤袤詩文思想內容探微〉（《瀋陽農業大學學報》，2008 年 2 月），彭庭松〈楊萬里與尤袤交游考論〉（《西南石油大學學報》第 2 卷第 3 期，2009 年）。以上論文主要集中於尤袤的生平考述、作品散佚輯佚的過程、詩名盛衰起落的原因及其詩文思想研究，是四人中研究狀況最冷清者。

五、國外研究論文

　　關於南宋四家詩作的國外論文，如日本對陸、楊、范詩作的探討，有：三野豊浩〈《宋詩鈔》に收錄された陸游の六言絕句〉（《愛知大學文學論叢》139 輯，2009 年）、〈《宋詩選註》に收錄された陸游の作品について〉（《橄欖宋代詩文研究會會誌》vol.13，2005 年）、〈姚鼐「今体詩鈔」に收錄された陸游の七言律詩〉（《愛知大學文學論叢》132 輯，2005 年）、〈淳熙五年の陸游、范成大、楊萬里〉（《愛知大學文學論叢》118 輯，1999 年）、〈都における陸游と范成大の交流〉（《日本中國學會報》48 集，1996 年），由以上論文可知，三野豊浩主要研究陸、楊、范三人間之交游，並探討各選集中所收錄陸游詩作。又如村上哲見〈ふたたび陸游《劍南詩稿》について——附《渭南文集》雜記〉（東京：二玄社，1986 年）、〈陸游《劍南詩稿》詩題索引〉（奈良女子大學中國文學會，1984 年）、〈中國の詩人——圓熟詩人陸游〉（東京：集英社，1983 年）、〈陸游《劍南詩稿》の構とその立過程〉（東京：汲古書院，1983 年），村上哲見主要以研究陸游的《劍南詩稿》爲主，旁及文集中的雜記。又如入谷仙介〈陸游と螢〉（《野草》27 號，1981 年）、〈陸游の夢の詩についての考察〉（東京：汲古書院，1983 年），此爲就陸游詩之類型考察。其他，如澁澤尙〈陸游と菰：

放翁詩作をめぐる本草學的考察〉(《學林》,2008 年)、中村孝子〈陸游の茶詩について〉(《橄欖宋代詩文研究會會誌》vol.13,2005 年)、陳平〈南宋詩人楊萬里と陸游范成大の交流〉(《京都產業大學論文集》,2004 年)、淺見洋二〈詩を「拾得」するといぅこと、ならびに「詩本」、「詩材」、「詩料」について:楊萬里、陸游を中心に〉(《橄欖宋代詩文研究會會誌》vol.11,2002 年)、西岡淳〈陸游言懷詩初探〉(《アカデミア》71 號,2002 年)、〈詩人と理想——陸游と一人の隱〉(《愛媛大學法文學部論集》27 號,1994 年)、石本道明〈陸游醉中吟初探——蜀在任中の詩と心情〉(《國學院雜誌》91 卷,1990 年)、河上肇《河上肇全集——陸放翁鑑賞》(東京:岩波書店,1988 年)、鹽見邦彥〈陸游「紀年」詩考〉(《名古屋大學中國語學文學論集》10 輯,1997 年)、森上幸義〈陸游詩における「癡頑」の考察〉(《東洋文化無窮會》75 號,1995 年)。以上或爲陸游、楊萬里詩歌創作理論的研究,或探討陸游詩集中具特色的類型。集中在楊萬里的研究論文,如陳平〈楊萬里の自然描寫:「雨」を中心に〉(《京都產業大學論集》29 號,2002 年)、西岡淳〈接伴使楊萬里の旅と詩:《朝天續集》の世界〉(《未名》22 號,2004 年)、朴美子〈楊萬里における「荷」の存在と特徵〉(《熊本大學文學部論叢》90 號,2006 年)。以上對楊萬里詩作的研究,以其自然詩之特色爲主,並論及其擔任接伴使之作品。集中於范成大的研究論文,如大西陽子〈范成大に於ける紀行詩——紀行文「石湖三錄」との關連を中心に〉(《名古屋大學中國語學文學論集》5 輯,1992 年)、〈范成大紀行詩與紀行文的關係〉(《南京師大學報》,1992 年)、西岡淳〈范成大の詩風——連作を中心として〉(《愛媛大學法文學部論集》29 號,1995 年)、青山宏〈范成大受驗期の詩〉(日本大學,1995 年)、中村孝子〈范成大の《南征小集》について〉(《二松大學院紀要》11 集,1997 年)。以上論文,或研究范成大「充金祈請國信使」的紀行之作,或研究其參加科舉考試時期之作,或研究其詩歌風格。另外,哥倫比亞大學 2003 年博士

論文 D'Argenio , Linda .《Bureaucrats , gentlemen , poets :The role of poetry in the literati culture of tenth—eleventh century China （960—1022）》，論及十、十一世紀士大夫文化中詩的角色，研究文人的官吏、君子、詩人複合身份的論文，與本文對四家詩與宋型文化之研究相關，亦有參考價值。

六、結語

綜合上述四大詩人詩作的研究現況，可以發現：對於各家詩歌主題、風格、創作技巧等傳統研究仍佔多數。其中，尤以楊萬里山水詩、范成大田園詩最受研究者青睞。但從上列論文也可以發現：許多研究者也將觸角延伸至學術思潮、農業習俗、商貿活動、商賈精神、鄉土文化等文化橫向聯繫層面的探索。因此，立足於前人研究的基礎上，本文擬以文化詩學角度探討南宋四家詩與宋型文化之關係。

第二章　陸、楊、范、尤之文學與
生命歷程

　　南宋前期，繼獨領詩壇近百年風騷的江西詩派後，躍上詩國舞臺的是所謂「中興四大詩人」——尤、楊、范、陸四詩翁。本章的討論重點將集中於南宋四大家名號的由來、演變與確立，以及四人的詩歌作品、生命歷程的探討。

第一節　南宋四大家名號的形成、演變與確立

　　南宋前期詩壇，主要是以陸游（1125～1210）、楊萬里（1127～1206）、范成大（1126～1193）、尤袤（1127～1193）〔註1〕爲代表的「中興四大詩人」，或稱「南宋四大家」、「南宋四家」。然而，當時四家的成員並未固定，有時也列入蕭德藻。如楊萬里云：

　　予嘗論近世之詩人，若范石湖之清新，尤梁谿之平淡，陸

〔註1〕 按：尤袤生卒年，于北山年譜推定：生於建炎元年（1127），卒於紹
　　　　 熙五年（1194）。見于北山：《陸游年譜》（上海：上海古籍出版社，
　　　　 2006 年 6 月），頁 13。吳洪澤先生考訂：卒年當同於《宋史·尤袤
　　　　 本傳》所載紹熙四年（1193）。亦即「尤袤當生於靖康二年丁未，卒
　　　　 於紹熙四年癸丑，享年六十七歲。」本文贊同吳洪澤先生之考訂。
　　　　 其中的考證過程，詳參吳洪澤：〈尤袤詩名及其生卒年解析〉，《文學
　　　　 遺產》第 3 期（2004 年），頁 141、142。

放翁之敷腴，蕭千巖之工致，皆余所畏者。〔註2〕

〈進退格寄張功父姜堯章〉又云：「尤蕭范陸四詩翁，此後誰當第一功？」〔註3〕楊萬里以蕭德藻代己，除了自謙亦有以詩壇盟主地位論列當時詩人之意。楊萬里的詩壇盟主地位，除了由嚴羽《滄浪詩話・詩體》〔註4〕論及南宋詩壇，獨標舉「誠齋體」可看出外，又如姜特立《梅山續稿》亦云：「今日詩壇誰是主？誠齋詩律正施行。」〔註5〕而同時期大詩人陸游也推崇楊萬里，指出：「文章有定價，議論有至公。我不如誠齋，此評天下同。」〔註6〕凡此，均可得知楊萬里當日在南宋詩壇的地位。

姜夔《白石道人詩集・自序》引尤袤語亦云：

> 近世人士，喜宗江西。溫潤有如范致能者乎，痛快有如楊
> 廷秀者乎，高古如蕭東夫，俊逸如陸務觀，是皆自出機軸，
> 亶有可觀者，又奚以江西為？〔註7〕

從姜夔所引尤袤語，可知尤袤對江西詩派詩風並非全然贊同，但在品論當時重要詩人時，也以蕭東夫（德藻）代己。對於詩壇品評論列，將蕭德藻與尤、范、楊、陸並稱，陸游並沒有提出自己的意見。如劉克莊《後村詩話》中云：

> 蕭千巖機杼與誠齋同，但才慳於誠齋，而思加苦，亦一生

〔註2〕〔宋〕楊萬里：《誠齋集》（臺北：臺灣商務印書館，1986 年 3 月，影印文淵閣四庫全書本），卷 82，頁 90。見〈千巖摘稿序〉。

〔註3〕同前註，卷 41，頁 455。見〈進退格寄張功父姜堯章〉。

〔註4〕嚴羽《滄浪詩話・詩體》云：「以人而論則有……東坡體、山谷體、后山體、王荊公體、邵康節體、陳簡齋體、楊誠齋體。」參見何文煥編訂：《歷代詩話》（臺北：藝文印書館，1991 年 9 月），頁 444、445。

〔註5〕〔宋〕姜特立：《梅山續稿》（臺北：臺灣商務印書館，1986 年 3 月，影印文淵閣四庫全書本），卷 1，頁 19。參見〈謝楊誠齋惠長句〉。

〔註6〕〔宋〕陸游著，錢仲聯校注：《劍南詩稿校注》（上海：上海古籍出版社，2005 年 4 月），卷 53，頁 3119。參見〈謝王子林判院惠詩編〉。

〔註7〕〔宋〕姜夔：《白石道人詩集》（臺北：臺灣商務印書館，1986 年 3 月，影印文淵閣四庫全書本），頁 64。

屯塞之驗。同時獨誠齋獎重，以配范石湖、尤遂初、陸放
翁，而放翁絕無一字及之。〔註8〕

由上述引文可以發現：南宋四家的成員，在當時尚未確立。尤、楊或
出於尊重，或出於自謙，均以蕭德藻取代自己。蕭德藻的詩名在當時
雖與其他大詩人並列，但因其詩歌在宋末已散佚不全，〔註9〕故逐漸
被移除於四大家之外。

　　四大家成員與名稱的正式確立，首先見於宋末元初方回《瀛奎律
髓》卷二十，翁卷〈道上人房老梅〉評語：

乾、淳以來，尤、楊、范、陸爲四大詩家，自是始降而爲
江湖之詩。〔註10〕

此處「尤楊范陸」的排序可能與詩歌平仄和諧相關，而非以詩名來排
序。〔註11〕其後，方回又將「四大詩家」加上「中興」字眼，其《桐
江集》云：

宋中興以來，言治必曰乾、淳，言詩必曰尤、楊、范、陸。
其先或曰尤、蕭，然千巖早世不顯，詩刻留湘中，傳者少，
尤、楊、范、陸特擅名天下。〔註12〕

另外，《瀛奎律髓》卷一，范成大〈鄂州南樓〉詩後評語亦云：「乾、

〔註8〕　〔宋〕劉克莊：《後村詩話》前集（台北：臺灣商務印書館，1986年
3月，影印文淵閣四庫全書本），卷2，頁34。

〔註9〕　筆者按：根據方回在〈跋遂初尤先生尚書詩〉中指出：「蕭德藻集，
傳者少，名亦不顯。」筆者檢索《全宋詩》冊38，蕭德藻現存詩有
12首，其中〈次韻傅惟肖〉一詩爲抒發仕隱情懷之作，方回《瀛奎
律髓》列入卷六「宦情類」，但因其詩作少，且與本文研究主題較無
關聯，故不列入討論。

〔註10〕　〔元〕方回選評、李慶甲集評校點：《瀛奎律髓彙評》（上海：上海
古籍出版社，2005年4月），卷20，頁771。

〔註11〕　按：陳義成先生在〈南宋四大家間之交游考述〉一文中也有相同看
法，其云：「楊萬里稱『尤蕭范陸』的排序，是爲了詩歌格律的緣故，
方回也只是簡單的易『蕭』爲『楊』，並沒有嚴謹的排序原則。」參
見陳義成：〈南宋四大家間之交游考述〉，《逢甲人文社會學報》第6
期（2003年5月），頁67。

〔註12〕　〔元〕方回：《桐江集》（台北：臺灣商務印書館，1981年10月，宛
委別藏）卷3，頁234。見〈跋遂初尤先生尚書詩〉。

淳間，詩巨擘稱尤、楊、范、陸。」〔註13〕而在《桐江續集》卷八〈讀張功父南湖集并序〉中，方回又說明之所以標榜此四人的理由爲：

> 乾，淳以來稱尤、楊、范、陸。……梁谿之槁淡細潤，誠齋之飛動馳擲，石湖之典雅標致，放翁之豪蕩豐腴，各擅一長。〔註14〕

至此，尤、楊、范、陸並稱之勢，大致確定。明、清人亦普遍贊同此說。如明、徐伯齡《宋詩家數》云：

> 乾、淳間，又有尤、楊、范、陸四巨擘，謂之四大家。〔註15〕

清、紀昀在《梁谿遺稿·提要》中也贊同方回的說法：

> 方回嘗作袁詩跋，稱中興以來，言詩必曰尤、楊、范、陸。誠齋時出奇峭，放翁善爲悲壯，公（尤袤）與石湖冠冕佩玉，度騷婉雅。〔註16〕

由上述引文可以得知，尤、楊、范、陸四家並列，至宋末元初方回首先確立，也得到後世學者的呼應。近人錢鍾書先生在《宋詩選註》中說：

> 南宋時所推重的「中興四大詩人」，是尤袤、楊萬里、范成大和陸游四位互相佩服的朋友。〔註17〕

目前文學史上論及南宋詩人時，所稱的「四大家」均指此四人。如劉大杰《中國文學發展史》說：「前人論及南宋詩者，俱以陸游、楊萬里、范成大、尤袤爲四大家。」〔註18〕葉慶炳《中國文學史》於「第二十四講宋詩」特闢「南宋四大家」一節，亦引方回語，說明尤、楊、

〔註13〕 同註10，卷1，頁43。
〔註14〕 〔元〕方回：《桐江續集》（台北：臺灣商務印書館，1986年3月，影印文淵閣四庫全書本），卷8，頁302。見〈讀張功父南湖集并序〉。
〔註15〕 〔明〕徐伯齡：《蟬精雋》（台北：臺灣商務印書館，1986年3月，影印文淵閣四庫全書本），卷15，頁176。見〈宋詩家數〉。
〔註16〕 〔宋〕尤袤撰：《梁谿遺稿》（台北：臺灣商務印書館，1986年3月，影印文淵閣四庫全書本），頁510。見〈梁谿遺稿提要〉。
〔註17〕 錢鍾書：《宋詩選註》（台北：木鐸出版社，1987年7月），頁176。
〔註18〕 劉大杰：《中國文學發展史》（台北：華正書局，1986年6月），頁720。

范、陸即爲「南宋四大家」。〔註19〕程千帆、吳新雷的《兩宋文學史》「第七章愛國詩人陸游及其並世名家」中亦指出：「南宋前期的詩苑中終於綻開了燦爛絢麗的花朵，出現了陸游等中興四大詩人。」〔註20〕南宋四大家名號由形成、演變，至此確立。本文即鎖定此四家詩作，並以此作爲與宋型文化對話的文本。以下將依四家詩作數量與文學成就，採陸、楊、范、尤，依次論述。

第二節　陸、楊、范、尤的生命歷程與創作

　　陸、楊、范、尤四大詩人，除尤袤詩集因「焚于兵火」〔註21〕而散佚不全外，其餘三人詩作可謂卷帙浩繁，創作量豐富又均自編詩集傳世，且其詩作與其生命歷程相互輝映，生命的悲喜歷程均牽動其詩心。因此，本節將四家詩歌創作與生命歷程合併探討。

一、陸游生平事蹟與詩作的流傳

　　陸游（1125～1210），字務觀，號放翁，晚號龜堂老人。越州山陰（今浙江紹興）人。祖父陸佃，爲王安石弟子。父陸宰，爲北宋「米官轉運副使」，南渡後，由於結交者多屬主戰派人物，爲秦檜所打壓，多投閒置散，領祠祿。〔註22〕陸宰「能詩，經學亦頗有根柢，諳朝章典故，喜藏書，平生志行，對務觀愛國思想之形成有一定影響。」〔註23〕陸游生於宋徽宗宣和七年（1125），此年北宋王朝面臨崩潰前

〔註19〕葉慶炳：《中國文學史》（台北：臺灣學生書局，1990 年 9 月），頁 141。

〔註20〕程千帆、吳新雷：《兩宋文學史》（高雄：麗文化事業股份有限公司，1993 年 10 月），頁 319。

〔註21〕同註 16，頁 510。見尤侗〈梁谿遺稿序〉。

〔註22〕按：宋代有祠祿之制，對一些老病大臣或不宜任命實職的官員，以管理宮觀的名義，予以安排，使其領取俸祿，稱爲「祠祿官」。祠祿官在名義上有主持管理宮觀，祭祀之意，又稱「奉祠」。這種安排本是宋代對官員的一種照顧，後來則亦有對政敵或政見不合官員的一種閒置。參見邱鳴皋：《陸游評傳》（南京：南京大學出版社，2002年 2 月），頁 150。

〔註23〕于北山：《陸游年譜》（上海：上海古籍出版社，2006 年 6 月），頁 2。

夕,據《宋史‧陸游傳》所載:

> 年十二,能詩文,蔭補登仕郎,鎖廳薦送第一。秦檜孫塤
> 適居其次,檜怒,至罪主司。……檜死,始赴福州寧德簿,
> 以薦者除敕令所刪定官。〔註24〕

可見,其仕進初不得意,因位居檜孫塤之前,而為檜所黜落。秦檜之
死,是陸游步入仕途的契機,福州寧德簿,是陸游仕宦生涯的開始。
其後,孝宗即位,遷樞密院編修官,兼編類聖政所檢討官,後因龍大
淵、曾覿用事,游為樞臣張燾言:「覿、大淵招權植黨,熒惑聖聽。
公及今不言,異日將不可去。」此說惹惱孝宗,「上怒,出通判建康
府,尋易隆興府。」〔註25〕由《宋史》的記載得知:陸游被斥的原因,
主要是得罪了孝宗所寵信的曾、龍二人。此二人是孝宗為建王時府內
的寵信,孝宗即位時,曾、龍二人氣燄囂張,甚至招權納賄、譖逐忠
良。凡與此二人為敵的大臣,均被貶黜僻遠之地。陸游因言此二人「招
權植黨,熒惑聖聽。」等於直指孝宗用人不當,因而惹惱孝宗,終被
罷歸。但事實上,也可視為張浚「符離之敗」後,主和派重新取得「國
是」,主戰派居下風的一種清算。

在陸游仕宦生涯中,最重要的是乾道八年(1172)從戎南鄭前線
的經歷。《宋史‧陸游傳》云:

> 力說張浚用兵,免歸。久之,通判夔州。王炎宣撫川陝,
> 辟為幹辦公事。游為炎陳進取之策,以為經略中原必自長
> 安始,取長安必自隴右始,當積粟練兵,有釁則攻,無則
> 守。〔註26〕

根據于北山《陸游年譜》記載:四川宣撫使王炎召游為「左承議郎四
川宣撫使司幹辦公事兼檢法官」,陸游「正月啟行,取道萬州、梁山
軍、鄰水、岳池、廣安、利州。……三月抵南鄭。」〔註27〕陸游於乾

〔註24〕〔元〕脫脫等修:《宋史》(台北:臺灣商務印書館,1986年3月,
影印文淵閣四庫全書本),卷395,頁413、414。
〔註25〕同註24,卷395,頁414。
〔註26〕同前註。
〔註27〕同註23,頁155。

道八年（1172）三月到達南宋抗金前線南鄭。南鄭在地理形勢上，處於咽喉、鎖鑰地位，宋室南渡後成爲西北國防前線，是宋、金必爭之地。在當時高漲的主和聲勢中，陸游抱定收復失土的決心，而其心願終於在南鄭前線得以實現，對詩人來說是一大激勵。因此，半年之內，陸游在南鄭和抗金前線不斷往返，曾到達過兩當縣、鳳縣、黃花驛、金牛驛、大散關等地，並參與了渭水強渡及大散關遭遇戰。〔註28〕後因王炎被召回京，陸游也於十一月左右離開南鄭赴成都。在南鄭的時間雖不長，但這段戎馬前線的特殊經驗，不僅是其生命中的重要經歷，也是陸詩飛躍的一大關鍵。這段經歷不僅與詩人收復失土的懷抱相契合，更促使陸游擺落江西詩法，轉戰戎馬，成就大量的軍旅頌歌。其〈九月一日夜讀詩稿有感走筆作歌〉曾自述這段經歷對其創作的重要影響。詩云：

> 我昔學詩未有得，殘餘未免從人乞。力屣氣餒心自知，妄取虛名有慚色。四十從戎駐南鄭，酣宴軍中夜連日。打毬築場一千步，閱馬列廐三萬足。……詩家三昧忽見前，屈賈在眼元歷歷。天機雲錦用在我，剪裁妙處非刀尺。〔註29〕

在這段特殊的經歷中，陸游實現了戎馬報國的心願，也體會到了「詩家三昧」。「三昧」本爲佛家語，指修行所達到的高妙境界，陸游在此將之化用爲詩家最高境界，亦即對「殘餘未免從人乞」的創作方式的摒棄，從南鄭的戰鬥生活中，體認到詩的真實存在於真實生活中，而非藏在雕章繡句中。正如于北山所云：

> 豐富深廣之社會生活，使務觀創作題材、思想境界日趨開展與擴大。真摯深切之愛國情感，雄奇奔放之藝術風格，益加突出與鮮明，在其一生創作道路上具有劃時代之意義。〔註30〕

因此，論及陸游的生平事蹟，絕對不能忽略其南鄭的實戰經歷。這段

〔註28〕同註6，頁4623。見〈陸游年表〉。
〔註29〕同註6，頁1802、1803。
〔註30〕同註23，頁156、157。

經歷在其詩中也不斷被述及，如〈書憤〉：「樓船夜雪瓜洲渡，鐵馬秋風大散關。」〈三山杜門作歌〉：「南沮水邊秋射虎，大散關頭夜聞角。」而且，這段經歷更佔了陸游回憶中最重要的角落。如：

> 昔者戍梁益，寢飯鞍馬間。一日歲欲暮，揚鞭臨散關。
> （〈懷昔〉）
>
> 我昔在南鄭，夜過東駱谷。平川月如霜，萬馬皆露宿。
> （〈夏夜〉之二）
>
> 昔者戍南鄭，秦山鬱蒼蒼。鐵衣臥枕戈，睡覺身滿霜。
> （〈鵝湖夜坐書懷〉）〔註31〕

陸游對南鄭經歷的回憶，甚至氾濫到了夢中，以夢中的金戈鐵馬彌補現實南宋軍隊久戍不攻的無奈。這股「報國欲死無戰場」的滿腔熱情，本文後面章節將有特別討論。

王炎被召回後，陸游也離開南鄭至成都。淳熙二年（1175），范成大帥蜀時，陸游為「成都路安撫司參議官」。二人以文字交，有詩往還。淳熙三年時，陸游以「不拘禮法，人譏其頹放」，因此自號「放翁」。其後，為「江西常平提舉」，於江西水災時奏請撥義倉賑濟，但被朝廷駁回。同時，也被劾奉祠。淳熙十三年起，知嚴州。宋孝宗曾諭以「嚴陵山水勝處，職事之暇，可以賦詠自適。」〔註32〕言下之意，要陸游莫再談論國政和抗金問題。陸游在嚴州任上，還有一事值得一提，即南宋四大家中的三人，在淳熙十三年（1186）聚於此地。于北山《陸游年譜》指出：「多與楊萬里及方外人士游處倡和。」〔註33〕而楊萬里《誠齋集》卷十九中有詩題為：〈上巳日，予與沈虞卿、尤延之、莫仲謙招陸務觀、沈子壽小集張氏北園賞海棠，務觀持酒酹花，予走筆賦長句〉，除范成大當時正隱居於石湖外，三大詩人因緣際會共聚於此。

〔註31〕同註6，以上各詩分見於頁 1957、2026、916。
〔註32〕同註24，卷395，頁 414。
〔註33〕同註23，頁 297。

此後陸游仕宦生涯起起伏伏，大部份時間均奉祠居鄉，常在山陰家居。在山陰的十三年，處於亦官亦隱狀態。根據《宋史·陸游傳》記載：

> 游才氣超逸，尤長於詩。晚年再出，爲韓侂胄撰〈南園〉〈閱古泉〉，見譏清議。朱熹嘗言其能太高，跡太近，恐爲有力者所牽挽，不得全其晚節。蓋有先見之明焉。嘉定二年卒，年八十五。〔註34〕

〈南園記〉是陸游的「負謗之作」，約作於寧宗慶元六年（1200）左右。〔註35〕對於後世學人或責備或辯解此事，于北山先生認爲，對此問題當從陸游的政治思想中的線索，即反對黨爭一事來釐清。其云：

> 蓋務觀以爲必須消弭黨爭，破除彼此，始能團結內部，集中力量，進而戰勝強敵，恢復疆土，拯救遺民。……故在士大夫輿論肆詆韓氏之際，獨能應其請求，爲作〈南園〉、〈閱古〉二記，幷當其生辰，公開賦詩祝賀。〔註36〕

此說實值得參考，因比照《宋史·陸游傳》所引朱熹語，與朱熹〈答鞏仲至〉第四書文中所言：「頃嘗憂其跡太近，能太高，或爲有力者所牽挽，不得全此晚節，計今決可免矣，此亦非細事也。」〔註37〕比較二文發現：《本傳》刪去「計今決可免矣，此亦非細事也。」二句，如此，似乎加深了對陸游的貶損之意。且〈四庫提要〉更對陸游作〈南園記〉一事大加抨擊，並在《誠齋集·提要》中云：「游晚年隳節，爲韓侂胄作〈南園記〉，得除從官，萬里寄詩規之。」又引羅大經《鶴林玉露》中楊萬里詩：「不應李杜翻鯨海，更羨夔龍集鳳池。」爲規勸語，實爲牽強附會。其主要目的是，揚楊抑陸。因考察羅大經所引楊萬里全詩，並非規勸，而是說「蓋切磋之也。」且《鶴林玉露》中對〈南園記〉所作評論是：「唯勉以忠獻之事業，無諛辭。」又考察

〔註34〕同註24，卷395，頁415。
〔註35〕同註23，頁449。
〔註36〕同註23，頁461、462。
〔註37〕〔宋〕朱熹：《晦菴集》（台北：臺灣商務印書館，1986年3月，影印文淵閣四庫全書本），卷64，頁218。

〈南園記〉原文,「實際上是給韓侂胄寫的一篇勸退文,正當韓氏氣
燄熏天不可一世之時,既不能大忤其意,又不願拍馬阿附,陸游乃有
如此立意命筆。」〔註38〕朱熹所云:「或爲有力者所牽挽,不得全此
晚節。」是深恐陸游在以韓侂胄、趙汝愚爲首的韓、趙黨之「道學與
反道學之爭」的慶元黨禁中,被韓黨所收編,而導致失晚節。但陸游
在慶元四年(1198)冬解祠祿後,不再有此顧慮,朱熹乃云:「計今
決可免矣。」但《宋史‧陸游傳》卻將之刪除,因此誤導了後世對朱
熹用意的了解,實須加以糾正。〔註39〕今綜合于北山《年譜》所述,
以陸游政治思想中的反對黨爭觀點,以及上述對朱熹文意的恢復,並
融合陸游〈南園記〉之寓意觀之,《宋史‧陸游傳》對陸游的批評,
或許未能同情理解陸游之用心。

　　陸游的作品卷帙浩繁,主要有《劍南詩稿》八十五卷、《渭南文
集》五十卷傳世。以下就本文主要文本《劍南詩稿》的流傳稍加說明。
《四庫全書‧劍南詩稿提要》云:

> 《劍南詩稿》八十五卷,宋、陸游撰。游有《南唐書》已
> 著錄。……游自大蓬謝事歸山陰故廬,命子虡編次爲四十
> 卷,復題其籤曰《劍南詩續稿》。自此至捐館舍,通前稿爲
> 詩八十五卷。子虡假守九江,刊之郡齋,遂名曰《劍南詩
> 稿》。……則此本猶子虡之所編。〔註40〕

則四庫本所據爲子虡所編的江州刊本,共八十五卷。至於跋中所稱,
尚有詩七卷遺稿,則不在其中。江州本是嘉定十三年時,陸游的長子
子虡在江州所刊刻,題作《劍南詩稿》八十五卷本,按年編次,有子
虡跋文。而現在通行的《劍南詩稿》是明末、常熟毛晉汲古閣刻本,
其祖本爲子虡的江州刊本。

〔註38〕同註22,頁210。

〔註39〕有關慶元黨禁中,陸游作〈南園記〉所引起的諸多爭論,可詳參邱
　　　　鳴皋《陸游評傳》。同註22,頁200~224。

〔註40〕〔宋〕陸游撰:《劍南詩稿》(台北:臺灣商務印書館,1986年3月,
　　　　影印文淵閣四庫全書本),頁1。

　　另外，還有嚴州本。《劍南詩稿》前集是陸游生前自定，亦爲按年編次，於淳熙十四年刻於嚴州郡齋〔註41〕，此即陳振孫《直齋書錄解題》所著錄的《劍南詩稿》二十卷本。後，陸游幼子子遹復守嚴州，又續刻《續稿》六十七卷。《直齋書錄解題》所著錄的《劍南詩稿》八十七卷，當是合嚴州前、後二刻的總稱。

　　至於《劍南詩稿》的注本，以錢仲聯校注的《劍南詩稿校注》最爲完備。此本以汲古閣後印本（毛本）爲底本，又根據北京圖書館藏宋刻《新刊劍南詩稿》殘本（嚴州本）及宋刻《放翁先生劍南詩稿》殘本（殘宋本），《四部叢刊》影印明、弘治本，宋、羅椅（《澗谷精選陸放翁詩集前集》十卷），宋、劉辰翁（《須溪精選陸放翁詩集後集》八卷）二家選集，及明、劉景寅從《瀛奎律髓》中抄出的《別集》，影印本《永樂大典》作校勘。〔註42〕

　　另外，北京大學出版社所出版的《全宋詩》39、40、41 冊，所收陸游詩是以明、毛晉汲古閣刊挖改重印本爲底本，校以汲古閣初印本（初印本），宋、嚴州刻殘本（嚴州本），宋刻殘本（殘宋本），明、劉景寅由《瀛奎律髓》抄出的《別集》（別集本），明、弘治刊刻的澗谷本、須溪本等，並參校錢仲聯《劍南詩稿校注》（錢校本）。其中第八十六卷爲《放翁逸稿》，第八十七卷爲《逸稿續添》，第八十八卷則爲輯自《劍南詩稿》外之詩。〔註43〕此本爲目前收錄陸游詩作最完整者，亦爲本文引詩之主要依據。

　　放翁詩作浩繁，約九千三百多首。在他大量的創作中，最爲人所

〔註41〕關於陸游在嚴州任上刪詩定稿的原由，錢茂竹先生曾提出四點原因：「一是此時陸游處於詩歌創作的高潮期，二是友人的鼓勵和學詩者的推促，三是嚴州具有良好刻書條件，四是詩人詩學觀點的成熟，對未來生活道路的探索。」以上觀點可供參考。詳見錢茂竹：〈陸游在嚴州刪詩定稿原由探析〉，《紹興文理學院學報》第 22 卷第 6 期（2002 年 12 月），頁 75～81。

〔註42〕版本說明，詳參錢仲聯校注前言。同註6，頁 8、9。

〔註43〕傅璇琮等編：《全宋詩》（北京：北京大學出版社，1998 年 12 月），頁 24250。

稱道的是喜言恢復之事,前人對他的評述也相當豐富,如南宋、羅大
經《鶴林玉露》指其詩集中「多豪麗語,言征伐恢復事。」〔註44〕清、
呂留良、吳之振〈劍南詩鈔小序〉則說:「所謂愛君憂國之誠,見乎
辭者,每飯不忘。」〔註45〕憂國憂民之忱,充塞全集。如其絕筆詩〈示
兒〉云:「死去元知萬事空,但悲不見九州同。王師北定中原日,家
祭無忘告乃翁。」〔註46〕可見其堅定不移的愛國情懷,念念不忘恢復
之事。梁啓超先生在〈讀陸放翁集〉中也稱述「集中十九從軍樂,亙
古男兒一放翁。」〔註47〕可說是對其作品特色及愛國精神的肯定。但
陸游「六十年間萬首詩」,其詩歌題材其實十分廣闊,除了飽含愛國
情緒的詩作外,還有很大一部分的田園閒適主題詩作。如清、趙翼對
陸放翁詩的分期,有所謂「三變」之說:

> 放翁詩凡三變。宗派本出於杜,中年以後則益自出機杼,
> 盡其才而後止。……此初境也。……放翁詩之宏肆,自從
> 戎巴蜀,而境界又一變。及乎晚年,則又造平淡,並從前
> 求工見好之意,亦盡消除。所謂「詩到無人愛處工」者,
> 劉後村謂其「皮毛落盡矣」,此又詩之一變也。〔註48〕

多數研究者均將目光集中於陸游「金戈鐵馬」的愛國情緒張揚詩作,
但其晚年「又造平淡」的詩風與其「中年宏肆」之作,同樣值得研究
者予以重視。放翁一生不凡的經歷與其文學生命互為表裡,是研究者
不可多得的題材寶庫,其詩作與宋型文化之關係,將於以下各章分別
探討。

〔註44〕〔宋〕羅大經:《鶴林玉露》(台北:臺灣商務印書館,1986 年 3 月,
　　　　影印文淵閣四庫全書本),卷 14,頁 384。
〔註45〕〔清〕呂留良、吳之振編:《宋詩鈔》(台北:臺灣商務印書館,1986
　　　　年 3 月,影印文淵閣四庫全書本),卷 64,頁 230。
〔註46〕據錢仲聯之編年校注云:此詩嘉定二年冬十二月作於山陰,蓋為游
　　　　絕筆之詩。」同註 6,頁 4542。
〔註47〕梁啓超:《飲冰室合集》(台北:臺灣中華書局,1983 年 12 月),冊
　　　　45,頁 4。
〔註48〕〔清〕趙翼:《甌北詩話》(台北:木鐸出版社,1983 年 12 月),卷
　　　　六,頁 1220、1221。

二、楊萬里生平事蹟與詩作的流傳

　　楊萬里，字廷秀，號誠齋，吉州吉水人（今江西吉水）。生於高宗建炎元年（1127）〔註 49〕，卒於寧宗開禧二年（1206），年八十，諡號「文節」。楊萬里的父親楊芾，據《宋史》卷 456《毛洵傳》附《楊芾傳》的記載，是一位「性至孝」之人。曾於紹興五年（1135）大饑荒時，「為親負米百里外，遇盜奪之不與，盜欲兵之，芾慟哭曰：『吾為親負米，不食三日矣。幸哀我！』盜義而釋之。」〔註 50〕由史傳所載可知，楊芾以孝傳家，簡樸自守，對楊萬里剛正不阿的人格修養有潛移默化之影響。另外，楊萬里《誠齋集》卷八四〈杉溪集後序〉自陳：「予生十有七年，始得進拜瀘溪而師焉。」〔註 51〕楊萬里十七歲拜王庭珪為師，王庭珪是一剛正不阿、不隨流俗的忠貞愛國之士，當時胡銓因秦檜賣國，上疏請斬秦檜，卻遭主和派排斥被貶。當時王庭珪不畏強權與自身危險，公開賦詩為胡銓送行，風骨凜凜，也對楊萬里產生重大影響。

　　《宋史》卷四三三《楊萬里本傳》云：

> 紹興二十四年進士第。為贛州司戶，調永州零陵丞。時張浚謫永，杜門謝客。萬里三往不得見，以書力請，始見之。浚勉以「正心誠意」之學，萬里服其教終身，迺名讀書之室曰「誠齋」。〔註 52〕

紹興二十九年，楊萬里被調往永州零陵縣縣丞，正好當時因紹興黨禁，主和派取得「國是」，使意圖恢復的主戰派士人終無用武之地。抗戰派名將張浚徙居永州，且閉門謝客。楊萬里三次拜見不得其門而

〔註 49〕按，楊萬里長子長孺〈誠齋楊公墓誌〉指出：「建炎元年丁未歲九月二十二日子時生。」于北山先生指出：「楊萬里生卒年代，後世多據《宋史》推算，謂生于宣和六年（1124）。自吳榮光《歷代名人年譜》行世，沿誤更多。」除長孺所為墓誌可信外，楊萬里〈再答陸務觀郎中書〉也可補證。本文從于北山之說。參見于北山：《陸游年譜》（上海：上海古籍出版社，2006 年 6 月），頁 14。

〔註 50〕同註 24，卷 456，頁 416。

〔註 51〕同註 2，卷 84，頁 109。

〔註 52〕同註 24，卷 433，頁 103。

入，最後才被接受。楊萬里相當敬仰張浚，受其氣骨剛烈的人格與主戰立場影響深遠，對屈辱求和、不思恢復的主和派極力批判。同時，也終身銘記張浚「正心誠意」的教誨，名其讀書室爲「誠齋」。其後，楊萬里更力主張浚應配饗高宗廟祀，但因言辭過於激烈得罪孝宗，而外貶筠州。《宋史·楊萬里本傳》云：

> 高宗未葬，翰林學士洪邁不俟集議配饗，獨以呂頤浩等姓名上。萬里上疏詆之，力言張浚當預，且謂邁無異指鹿爲馬。孝宗覽疏不悅，曰：「萬里以朕爲何如主！」由是以直祕閣出知筠州。〔註53〕

楊萬里在〈駁配饗不當疏〉中力爭：「……故太師忠獻魏國公張浚，身兼文武之全才，心傳聖賢之絕學。……不次出將入相，而浚捐軀許國，忠孝之節，動天地而貫日月。……今先皇行且祔廟，方議配饗之臣，非有社稷之大功者，其誰實宜之。……宜配饗于新廟者，莫如浚也。」〔註54〕楊萬里力爭張浚配饗，除了張浚知遇之恩外，也與提振主戰派氣勢有關，張浚的理念與抗戰行動都對楊萬里產生重大影響。雖然，孝宗即位銳意恢復，因此起用張浚率師北伐，徹底顚覆長達二十年之久的以「和議」爲內容的「國是」。但張浚北伐卻以「符離之敗」收場，孝宗也因此下詔罪己，再次確定了「至當歸一，異議不得而搖之。」的「和議國是」。

楊萬里對當時因北伐失敗，主戰派氣勢低迷，朝廷上主和派氣燄高張的狀況憂心忡忡，思考救國之策。曾上〈千慮策〉揭露朝廷弊端，提出自己的政治主張。羅大經《鶴林玉露》卷十云：

> 虞雍公初除樞密，偶至陳丞相應求閣子內，見楊誠齋〈千慮策〉讀一篇，嘆曰：「東南乃有此人物！」〔註55〕

〈千慮策〉展現了楊萬里對國事的擔憂與殫精竭慮的一片赤忱，文分「君道、國勢、治厚、人才、論相、論將、論兵、馭吏、選法、刑法、

〔註53〕同註24，卷433，頁106。
〔註54〕同註2，卷62，頁588～590。
〔註55〕同註44，頁341。

冗官、民政」十二部分，每篇分上中下或上下，縱論古今，總結靖康以來教訓，分析透徹。

　　楊萬里宦途起伏，歷任京官、州官的生涯中，尤以淳熙十六年（1189）十二月被任命爲「借煥章閣學士接伴金國賀正旦使兼實錄院檢討官」〔註56〕的職務，爲其仕宦生涯的重要歷程。此時所寫下的詩作，充滿愛國熱情與感慨南宋偏安的屈辱與無奈。「接伴金國賀正旦使」的職務，由孝宗淳熙十六年（1189）十二月任職到光宗紹熙元年（1190）春，主要任務是迎送、陪伴金國到南宋來祝賀改元的使者。迎送的路線「南起臨安，北到淮河，中經運河、長江。這一帶正是昔日南北交鋒的戰場。」〔註57〕宋金和議以來，雙方以淮河中流爲界。在這一次的任務中，楊萬里奉命渡淮河至金國接伴，面對故國山河，路途種種見聞觸發了詩人以淮河爲主題的悲涼沉鬱詩作，此年詩作皆收入《朝天續集》中。

　　此後，楊萬里因孝宗「日曆」作序事件，自劾失職，請求外任。出任江東轉運副使，總領淮西江東軍馬錢糧。因朝廷「欲行鐵錢於江南諸郡，萬里疏其不便，不奉詔，忤宰相意，改知贛州。不赴，乞祠。除祕閣修撰，提舉萬壽宮，自是不復出矣。」〔註58〕紹熙三年（1192），因道學與反道學之爭，楊萬里稱病請祠，潛身而退，作〈和淵明歸去來兮辭〉以明心志。紹熙五年（1194），寧宗即位，道學黨領袖趙汝愚召楊萬里與道學大老朱熹赴朝，朱熹入朝侍講經筵，而楊萬里辭不赴召。朱熹曾有信勸楊萬里復出，但萬里有鑑於朋黨之爭給士大夫帶來的悲慘命運，寧作「以天地爲衾枕」的「清閒」之人不赴召。果然，朱熹立朝四十六天即被驅趕出朝，並在「僞學黨禁」中告別人世。由此事件可看出，楊萬里在乾、淳年間，立場雖偏向道學朋黨，但因能

〔註56〕《宋史‧楊萬里本傳》云：「紹熙元年，借煥章閣學士爲接伴金國賀正旦使，兼實錄院檢討官。」同註24，卷433，頁106。
〔註57〕張君瑞：《楊萬里評傳》（南京：南京大學出版社，2002年3月），頁50。
〔註58〕同註24，卷433，頁107。

預見朋黨之爭的悲劇下場，終能避禍全身。

楊萬里歸鄉後，開始了十五年的退休生活，直到寧宗開禧二年辭世。《宋史・本傳》記載：當韓侂胄柄國時，「萬里憂憤，怏怏成疾」，直至韓侂胄用兵事傳來，「萬里慟哭失聲，亟呼紙書曰：韓侂胄姦臣，專權無上，動兵殘民，謀危社稷。吾頭顱如許，報國無路，惟有孤憤。又書十四言別妻子，筆落而逝。」〔註59〕

從以上略述楊萬里的生平事蹟，可以得知其剛正不阿的氣格。如周必大〈題楊廷秀浩齋記〉文中云：

> 友人楊廷秀，學問文章，獨步斯世。至於立朝謇謇，知無不言，言無不盡，要當求之古人，真所謂浩然之氣，至剛至大，以直養而無害，塞於天地之間者。〔註60〕

從「學問文章，獨步斯世」、「立朝謇謇」、「浩然之氣，至剛至大」等評語，可知楊萬里之氣節與剛直的個性。葛天民〈寄楊誠齋〉也稱他：「脊梁如鐵心如石」，其剛正不阿的一面，由此更可確知。楊萬里一生著述頗豐，有《誠齋集》、《誠齋詩話》、《誠齋易傳》等作品傳世。

本文因以四家詩為文本，故討論範圍以《誠齋集》為主。《誠齋集・提要》中云：

> 《誠齋集》一百三十二卷，宋、楊萬里撰。萬里有《誠齋易傳》已著錄。此集則嘉定元年，其子長孺所編也。萬里立朝多大節，若乞留張栻，力爭呂頤浩等配享及災變應詔諸奏，今具載集中，丰采猶可想見。然其生平乃特以詩擅名，有《江湖集》七卷、《荊溪集》五卷、《西歸集》二卷、《南海集》四卷、《朝天集》六卷、《江西道院集》二卷、《朝天續集》四卷、《江東集》五卷、《退休集》七卷，今併在集中。方回《瀛奎律髓》稱其一官一集，每集必變一格。雖治江西詩派之末流，不免有頹唐鹵莽之處，而才思健拔，

〔註59〕同前註。
〔註60〕〔宋〕周必大：《文忠集》（台北：臺灣商務印書館，1986年3月，影印文淵閣四庫全書本），卷十九，頁192。

包孕宏富，自爲南宋一作手。〔註61〕

由〈提要〉得知，楊萬里自編詩集傳世，且「一官一集，每集必變一格」，卷帙浩繁的詩作共四十二卷（約四千多首）。〈四庫提要〉對楊詩的佳評是「才思健拔，包孕宏富」，但有「頹唐齷齪」的缺憾，這部分的批評實則正好是「誠齋體」的特色。以俗語、口語入詩而有「齷齪」之譏，卻是楊萬里有意擺落江西的自主意識，且與南宋文化的轉型有密切關係。此部分稍後再詳加討論。

楊萬里於〈江湖集序〉曾自陳：

> 予少作有詩千餘篇，至紹興壬午七月皆焚之，大概江西體也。〔註62〕

〈荊溪集序〉中又云：

> 予之詩，始學江西諸君子，既又學后山五字律，既又學半山老人七字絕，晚乃學絕句於唐人。……戊戌三朝，時節賜告，少公事，是日即作詩，忽若有悟，於是辭謝唐人及王、陳、江西諸君子，皆不敢學，而後欣如也。〔註63〕

〈南海集序〉則說：

> 至紹興壬午，予詩始變，予乃喜。既而又厭，至乾道庚寅，予詩又變。至淳熙丁酉，予詩又變。〔註64〕

方回《瀛奎律髓》卷一於楊萬里〈揚子江〉詩後也評曰：「楊誠齋詩一官一集，每一集必一變。」〔註65〕可見，楊萬里的學詩經歷包含了師法江西、后山、半山及唐人，且曾自焚少作，於紹興壬午（1162）三十六歲時焚燬舊作，表明擺脫江西的決心；到了「戊戌三朝」，即淳熙五年（1178）五十二歲，才算徹底擺落宋調諸人及唐音，創立了「誠齋體」，此後即「欣如也」。楊萬里悟得作詩之法的「欣如」狀態，

〔註61〕同註2，頁1。
〔註62〕同註2，卷81，頁84。
〔註63〕同前註。
〔註64〕同註2，卷81，頁85。
〔註65〕〔元〕方回：《瀛奎律髓》（台北：臺灣商務印書館，1986年3月，影印文淵閣四庫全書本），卷1，頁14。

在〈荊溪集序〉中有所說明：

> 自此每過午，吏散庭空，即攜一便面，步後園，登古城，
> 采擷杞菊，攀翻花竹，萬象畢來，獻予詩材，蓋麾之不去，
> 前者未應，而後者已迫，渙然未覺作詩之難也。〔註66〕

「萬象畢來，獻予詩材」，向自然擷取詩歌素材，外師造化、左右逢源，生活周遭無處不有詩材，故能「未覺作詩之難也」，進入自覺、自由的創作狀態，可謂「落盡皮毛，自出機杼。」〔註67〕以新奇的活法、詼諧的筆調，書寫獨特的感悟，創造一種新鮮的詩意，是「誠齋體」受到重視的主要原因。嚴羽《滄浪詩話·詩體》在南宋詩壇獨標舉「楊誠齋體」，可見，「誠齋體」的獨創特色。前人論及「誠齋體」，常以「新、奇、快、活、趣」概括。「誠齋體」的新奇活法、詼諧筆調及擅於捕捉細微物象的特色，錢鍾書先生曾有形象化的說明：

> 誠齋則如攝影之快鏡，兔起鶻落，鳶飛魚躍，稍縱即逝而
> 及其未逝，轉瞬即改而當其未改，眼明手捷、蹤矢躡風，
> 此誠齋之所獨也。〔註68〕

「攝影之快鏡」、「蹤矢躡風」，確實點出了誠齋詩的獨特之處。周必大〈次韻楊廷秀待制寄題朱氏渙然書院〉也指出：「誠齋萬事悟活法」，楊萬里自己則認為：

> 問儂佳句如何法？無法無盂也沒衣。〔註69〕

在〈和李天麟〉二首說：「學詩須透脫，信手自孤高。」、「參時且柏樹，悟罷豈桃花。」〔註70〕說明了不縛於法，胸襟透脫，才能不死於句下。關於「活法」的問題，周汝昌先生認為：誠齋的活法與呂本中的活法不同。呂本中的活法是「規矩備具，而能出於規矩之外。」仍

〔註66〕同註2，頁84。
〔註67〕同註45，卷71，頁361。其中〈楊萬里誠齋詩鈔序〉引後村之語曰：「誠齋天分也似李白，蓋落盡皮毛，自出機杼。」
〔註68〕錢鍾書：《談藝錄》（台北：書林出版有限公司，1999年2月），頁118。
〔註69〕同註43，卷2312，頁26597。〈酬閣皂山碧崖道士甘叔懷贈美名人不及佳句法如何十古風二首〉之二。
〔註70〕同註43，卷2278，頁26112。

未超出音節、格式、文法、章法的範圍；而誠齋活法「其真精神卻早已跨越了呂本中的範圍，而指向作品內容方面的事情，關係到作者的認識事物的方法問題，要探本窮源得多了。」〔註71〕周汝昌先生將楊萬里的「活法」視為其「認識事物的方法」，的確是直探活法核心。楊萬里在〈讀張文潛詩〉中云：

> 晚愛肥仙詩自然，何曾繡繪更雕鐫。春花秋月冬冰雪，不聽陳玄只聽天。〔註72〕

此詩可印證其「外師造化」，以開放的心境面對自然萬象的自由創作態度，而非拘泥於音節、句法的「繡繪雕鐫」。這才是誠齋的活法詩，也是「誠齋體」最為人稱道之處。

　　今日所見的《誠齋集》是楊萬里經焚燬少作之後，親自整理的，包括《江湖集》、《荊溪集》、《西歸集》、《南海集》、《朝天集》、《江西道院集》、《朝天續集》、《江東集》、《退休集》，且每一部詩集均按寫作時間編排，詩人並親自作序。《誠齋集》的版本以《四部叢刊》影印繆荃孫藝風堂藏影宋鈔本為最佳，共有一百三十三卷。卷一至卷四十二為詩，卷四十三至卷一百三十二為文，卷一百三十三為詔書、諡議等附錄。晚近，北京大學出版社於 1998 年 12 月所出版的《全宋詩》第 42 冊收錄楊萬里詩，是誠齋詩的首次排印標點本。此版本以宋端平間刊本為底本，校以宋淳熙、紹熙間遞刻之《誠齋先生江湖集十四卷荊溪集十卷西歸集四卷南海集八卷江西道院集五卷朝天續集八卷退休集十四卷》以及影印清、文淵閣《四庫全書》本《誠齋集》，明末、毛氏汲古閣鈔本，清、乾隆六十年吉水楊氏帶經軒刊《楊文節公詩集》，並輯得集外詩，編為第 44 卷，是目前最完善的楊萬里詩集版本。〔註73〕本文亦以此版本為依據。

〔註71〕周汝昌選注：《楊萬里選集》(台北：河洛圖書出版社，1979 年 5 月)，頁 13。

〔註72〕同註 43，卷 2314，頁 26625。

〔註73〕同註 57，頁 448～450。

三、范成大生平事蹟與詩作的流傳

范成大（1126～1193）字致能，號石湖，吳郡吳縣 （今江蘇蘇州）人。生於北宋欽宗靖康元年（1126），卒於南宋光宗紹熙四年（1193）。晚年退休隱居蘇州石湖，因自號石湖居士。周必大〈資政殿大學士贈銀青光祿士大夫范公成大神道碑〉一文云：

> 考雰，終左奉議郎、祕書郎、贈少師，母秦國夫人蔡氏，莆
> 陽忠惠公之孫，而文潞忠烈公外孫也。公在懷抱，已識屏間
> 字。少師力教之，年十二，徧讀經史。十四能文詞。〔註74〕

范成大父范雰，為宣和進士，母親為蔡襄孫女、文彥博外孫女，可謂家學淵源。范成大聰明早慧，卻在十四歲喪母，十八歲喪父，此後即「十年不出，……無科舉意。欲買山無貲，取唐人『只在此山中』之語，自號此山居士。」〔註75〕少年失祜，十年隱居昆山薦嚴寺讀書，直到父親友人王葆勸以其父遺志：「子之先君期爾祿仕，志可違乎？」〔註76〕於是，「課以舉業」，遂中紹興二十四年（1154）進士第，與楊萬里同年及第。

此後仕宦生涯歷任徽州司戶參軍，臨安監太平惠民和劑局。孝宗隆興元年（1163），任聖政所檢討官。四年二月，「除樞密院編修官」。孝宗乾道元年（1165）三月，「升校書郎」，六月，「兼國史院編修官」，十一月「遷著作佐郎」。二年二月，「除尚書吏部員外郎」，並於三年二月，「起知處州」，興修水利，創「義役法」，深獲百姓稱許。

在從政生涯中，范成大最為人所稱頌的是乾道六年（1170）四十五歲時，「充金祈請國信使」一事。《宋史・范成大傳》載：

> 隆興再講和，失定受書之禮，上嘗悔之，遷成大起居郎假
> 資政殿大學士，充金祈請國信使，國書專求陵寢，蓋泛使
> 也。上面諭受書事。〔註77〕

〔註74〕同註60，卷61，頁642。
〔註75〕同前註。
〔註76〕同前註。
〔註77〕同註24，卷386，頁299。

當時宋孝宗擬派使臣到金國索取河南陵寢之地，並面議受書禮儀，亦即力爭使宋孝宗感到極爲屈辱難堪的跪拜受書禮。當日朝廷上另一大臣李燾膽怯不敢前去，范成大慷慨請行，擔此重任。范成大在金廷上面臨生命威脅仍屹立不爲所動，展現視死如歸、完成任務的凜然風骨，受到宋、金朝野一致肯定與讚揚。同時，范成大此次長途跋涉，遊歷遍及中原、華北等淪陷區，以所見所感，寫下《攬轡錄》、使金七十二絕句等重要作品，對其文學生命而言也是一次重要的旅程。其使金七十二絕句中的〈會同館〉詩云：

> 萬里孤臣致命秋，此身何止一漚浮。提攜漢節同生死，休問羝羊解乳不。〔註78〕

此詩題下范成大自注：「燕山客館也，授館之明日，守吏微言有議留使人者。」因而詩中已有從容就義的準備，「萬里孤臣致命秋」，說出了性命危在旦夕，並以蘇武自比，「提攜漢節同生死」，充滿隨時犧牲生命的凜然正氣。又如〈翠樓〉一詩云：

> 連衽成帷迓漢官，翠樓沽酒滿城歡。白頭翁媼相扶拜，垂老從今幾度看。〔註79〕

「連衽成帷迓漢官」、「白頭翁媼相扶拜」，描寫了淪陷區居民爭看故國使者的複雜情緒與幾分無奈。這次外交任務，范成大不僅不辱使命「全節而歸」，對其文學創作來說，也是一次大豐收。

其後，從乾道八年（1172）至淳熙九年（1182），十年間足跡遍歷桂林、成都、明州、建康等地。爲州官期間的施政事蹟，如抑制監司苛斂鹽稅、減丁錢、賑旱減租、取信邊民，均可見其作爲廉潔官僚的政治家風範。在上述的宦遊經歷中，最值得一提的是淳熙元年（1174）十月，被任命爲敷文閣待制四川制置使，知成都府。范成大帥蜀期間，由於所轄之地部分與金國爲鄰，是南宋邊防重鎮。因此，范成大網羅人才，以利邊防。此時，四大家之一的陸游也在范成大戎

〔註78〕同註43，卷2253，頁25856。
〔註79〕同註43，卷2253，頁25850。

幕中。《宋史・陸游傳》載：

> 范成大帥蜀，游爲參議官，以文字交，不拘禮法，人譏其
> 頹放。〔註80〕

范成大與陸游二人均有恢復之志，因此，成大帥蜀期間，積極措置邊
防，並上疏改革將兵之政。曾上疏云：

> 以黎爲要地，增戰兵五千，奏置路分都監。增五寨籍少壯
> 五千爲戰兵，經理歲餘，凡吐番擾邊徑路十有八，悉築堡
> 置戍。〔註81〕

對於范成大軍事方面的才能，樓鑰在〈資政殿大學士通議范成大轉一
官致仕〉中云：「噫！胸中之有兵甲，世稱小范之才高。」〔註82〕以
北宋名臣范仲淹抵禦西夏的典故，媲美范成大的才幹，可見對其推崇
備至。

光宗紹熙三年（1192），范成大因幼女殤逝而請祠，歸居石湖。
紹熙四年卒。周必大〈資政殿大學士贈銀青光祿大夫范公成大神道碑〉
一文云：

> 愛二弟，教而撫之，……禮賢下士，仁民愛物，凡可興利
> 除害，不顧難易，必爲之。……公天資俊明，輔以博學，
> 文章贍麗清逸，自成一家。尤工詩，大篇短章傳播四方。
> 初傚王筠，一官一集，後自哀次爲《石湖集》一百三十六
> 卷，別著《吳郡志》五十卷，使北有《攬轡錄》，入粵有《驂
> 鸞錄》、《桂海虞衡志》，出蜀有《吳船錄》各一卷。〔註83〕

范成大亦自編詩集傳世，其著作除《石湖集》外，尚有《吳門志》、《攬
轡錄》、《驂鸞錄》、《桂海虞衡志》、《吳船錄》等。本文所論以其詩集
爲主，范成大詩作據《四庫全書・石湖詩集》所錄有三十四卷，其中
詩三十三卷，賦、楚辭、跋爲一卷。詩作約一千九百多首。〈石湖詩

〔註80〕同註24，卷395，頁414。

〔註81〕同註60，頁647。

〔註82〕〔宋〕樓鑰：《攻媿集》（台北：臺灣商務印書館，1986年3月，影
印文淵閣四庫全書本），卷38，頁670。

〔註83〕同註60，頁650。

集提要〉云：

> 《石湖詩集》三十四卷，宋、范成大撰。成大有《吳郡志》，
> 已別著錄。案陳振孫《書錄解題》，成大有集一百三十六卷。
> 《宋史・藝文志》亦載《石湖大全集》一百三十六卷，與
> 陳氏著錄同。……此本長洲顧嗣立等所訂，乃於全書之中
> 獨摘其詩別行，而附以賦一卷。前有楊萬里、陸游二序。
> 然萬里所序者乃其全集，不專序詩。游所序者乃其《西征
> 小集》，亦非序全詩。〔註84〕

根據《石湖詩集》中楊萬里的序，可知此集爲范成大自編。楊萬里序
云：「十一卷末有自註云：『以下十五首三十年前所作，續得殘稿，附
此卷末。』其餘諸詩亦皆註以下某處作。今所傳者猶自編之舊本矣。」
〔註85〕可見，今所傳的《石湖詩集》爲范成大自編傳世。

范成大詩作，《全宋詩》收入第 41 冊，分 33 卷。此排印標點本
是「以《四部叢刊》影印清、康熙顧氏愛汝堂刊本爲底本，校以明、
弘治金蘭館銅活字本（簡稱明本），康熙黃昌衢藜照樓刻《范石湖詩
集》二十卷（簡稱黃本），并酌采沈欽韓《范石湖詩集注》（簡稱沈注），
新輯集外詩附於卷末。」〔註86〕本文所引石湖詩作，以《全宋詩》版
本爲主，並參以文淵閣四庫本《石湖詩集》。

關於范成大的詩歌代表作，歷來均推重其隱居石湖時的《四時田
園雜興六十首》七絕，可說奠定了他在詩歌史上的地位。論者大都認
爲田園詩在范成大手中擴大了境界，充實了內容，獲得了新鮮的生
命。如錢鍾書先生在《宋詩選註》中對范成大田園作品的分析即指出：

> 他晚年所作的《四時田園雜興》不但是他的最傳誦，最有
> 影響的詩篇，也算得中國古代田園詩的集大成。《詩經》裡
> 《豳風》的〈七月〉是中國最古的「四時田園」詩，敘述
> 了農民一年到頭的辛勤生產和刻苦生活。……後世的田園

〔註84〕〔宋〕范成大撰：《石湖詩集》（台北：臺灣商務印書館，1986 年 3
月，影印文淵閣四庫全書本），頁 595、596。
〔註85〕同前註，頁 596。
〔註86〕同註43，卷 2241，頁 25764。

詩，……都是從陶潛那裡來的榜樣。陶潛當然有〈西田穫
早稻〉、〈下潠田舍穫〉等寫自己「躬耕」、「作苦」的詩，……
到范成大的《四時田園雜興》六十首纔彷彿把〈七月〉、〈懷
古田舍〉（陶潛）、〈田家詞〉（元稹）這三條線索打成一個
總結，使脫離現實的田園詩有了泥土和血汗的氣息〔註87〕。

錢鍾書先生指出范成大田園詩的集大成地位。串聯《詩經》、陶潛以
來的田園詩傳統，並擴大境地，使田園詩獲得新生命，具有血汗氣
息，不僅「可以跟陶潛相提並論，甚至比他後來居上。」〔註88〕因
此，研究范成大詩作自不能忽視其田園詩。除了田園詩作為《石湖
詩集》的代表外，也不能忽略范成大使金七十二絕句中士大夫憂國
憂民的情懷。以下各章將結合宋型文化特色，對其詩歌做主題式探
索。

四、尤袤生平事蹟與詩作的流傳

尤袤（1127～1193）字延之，號遂初居士。其遠祖居晉江（今
福建），四世祖尤叔寶由晉江遷至常州無錫（今江蘇無錫）。尤袤十
歲從叔祖父尤輝學經，有神童之譽。青少年時與喻樗、汪應辰交游，
紹興十八年（1148）與朱熹同年登科。曾知泰興縣，並修泰興外城，
金兵侵城時帶領軍民堅守，保全城池。人民呼為父母，為其立生祠，
以表敬重。又在台州任上，修城池抗水災，為民所敬仰。在江東任
上，逢大旱，開倉放糧，使民無餓殍。其為官時恤民疾苦，為臣則
忠言諍諫，一生享清名令譽，德高望眾〔註89〕。《宋史·尤袤傳》稱
其：

> 立朝抗論，與人主爭是非，不允不已，而能令終完節，難
> 矣。〔註90〕

《本傳》所謂「與人主爭是非」，是指光宗詔加封韓侂冑官職，尤袤

〔註87〕同註17，頁216～218。
〔註88〕同註17，頁218。
〔註89〕同註24，卷389，頁332、333。
〔註90〕同前註，卷389，頁345。

繳奏曰：「侂胄四年間已轉二十七年合轉之官，今又欲超授四階，復轉二十年之官，是朝廷官爵專徇侂胄之求，非所以爲摩屬之具也。」〔註91〕對於不合公義之事，尤袤一再繳奏，因而觸怒光宗，甚至「手裂其奏章」。可見，尤袤爲人光風亮節，不阿諛附上。清名高節，也是其獲得詩壇令譽的原因之一。

　　尤袤嗜古好學，刻苦鈔書的精神深得當時詩壇盟主楊萬里賞識。其所著《遂初堂書目》著錄經部圖書五類，史部圖書十八類，子部圖書十二類，集部圖書五類，共計三千二百多種，「在目錄學上具有重要價值」。〔註92〕尤袤刻苦鈔書的精神，也爲他贏得「尤書櫥」之稱，是南宋著名的藏書家，也擅長書法，收藏古玩、碑刻。尤、楊二人交誼頗深，淳熙中，楊萬里爲祕書監，尤袤爲太常卿，兩人爲金石之交。楊萬里對尤袤好學精神甚爲敬仰，在〈遂初堂書目序〉中稱賞不已：

> 延之于書靡不觀，觀書靡不記。每公退，則閉户謝客，日記手鈔若干古書。其子弟及諸女亦鈔書。一日謂余曰：「吾所鈔書今若干卷，將匯而目之。飢讀之以當肉，寒讀之以當裘，孤寂而讀之以當友朋，幽憤而讀之以當金石琴瑟也。
> 〔註93〕

由上述序文，可知尤袤嗜古好讀，其編次《遂初堂書目》的動機，

〔註91〕同前註，頁335。
〔註92〕羅炳良：〈尤袤遂初堂書目序跋考辨〉，《廊坊師範學院學報》（2007年8月），頁28。此文中指出：「儘管著錄圖書只記書名，無作者、卷數、解題等內容，不利於後人辨章學術，考鏡源流。但卻標出所載書籍的版本，開後世版本學之先河，在目錄學上具有重要價值。」
〔註93〕關於楊萬里之序，稱爲〈遂初堂書目序〉是否恰當？據羅炳良先生考辨結果，應稱〈益齋書目序〉較恰當。其文中指出：「楊萬里曾經爲尤袤之書作序，但名爲〈益齋書目序〉，而非〈遂初堂書目序〉。……至於今傳本《遂初堂書目》簡端沒有楊序，或是尤袤的藏書樓先名『益齋』，後因宋光宗賜匾而改名『遂初堂』，於是嫌〈益齋書目序〉和《遂初堂書目》名稱不符而未刻入；或是雖刻入，但後來在該書流傳過程中散佚，已經無法確知了。」同前註，頁30。

〔註94〕也正如楊萬里序中所云,是為了「飢讀之以當肉,寒讀之以當裘,孤寂而讀之以當友朋,幽憤而讀之以當金石琴瑟。」呈現出宋人書齋雅興之精神。

至於尤袤躋身四大家之列,歷來引起不少懷疑與不解。究其原因,當與尤袤流傳至今的作品過少,與其詩名不相稱的緣故。關於此點,可從《四庫全書・梁谿遺稿提要》所載見其端倪:

> 《梁谿遺稿》二卷,宋、尤袤撰。袤有《遂初堂書目》已著錄。《宋史》袤《本傳》載所著有《遂初小稿》六十卷,《內外制》三十卷。陳振孫《書錄解題》載《梁谿集》五十卷。今並久佚。〔註95〕

也就是尤袤作品在當時或有五十卷之豐,但今傳世僅二卷,其中一卷為詩,一卷為文。而《梁谿遺稿》的收集、整理過程,〈四庫提要〉云:

> 國朝康熙中,……尤侗自以為袤之後人,因裒輯遺詩,編為此本。蓋百分僅其一矣。屬鶚作《宋詩紀事》即據此本為主,而別摭《三朝北盟會編》所載〈淮民〉一首,《茅山志》所載〈庚子歲除前一日遊茅山〉一首,《荊溪外紀》所載〈遊張公洞〉一首,《揚州府志》所載〈重登斗野亭〉一首,《郁氏書畫題跋記》所載〈題米元輝瀟湘圖〉二首,《後村詩話》所載逸句四聯,而去〈江南荒〉兩聯,即〈淮民謠〉中之語。前後複出,良由瑣碎捃拾,故失於檢核,知其散亡已甚,不可復收拾也。〔註96〕

〈四庫提要〉說明了《梁谿遺稿》的收集、整理過程。四庫本所收詩

〔註94〕據吳洪澤先生的說法,尤袤編《遂初堂書目》的動機當為「便於翻檢查閱之用,所以《書目》很可能與按類貯藏的書櫥相對應。《書目》中的記錄,……只需反映實際收藏情況,有助於記憶,能夠快速檢出圖書就行了。基於這點認識,對《書目》中種種不規範的著錄方式,就不會感到奇怪了。」詳參吳洪澤:〈尤袤著述考辨〉,《四川大學學報》第四期(1999年),頁68。

〔註95〕同註16,頁509。

〔註96〕同註16,頁509、510。

約四十三首，是根據朱彝尊所輯《梁谿遺稿》為底本，而十八世孫尤
侗，於康熙年間將朱彝尊所輯《梁谿遺稿》付刻。朱彝尊〈序〉曾簡
述其緣由云：「翰林檢討西堂先生自梁谿徙吳，實文簡裔孫，慮公之
詩文罕傳于世，乃抄撮其僅存者為二卷，鏤板行之，屬其同年友秀水
朱彝尊為之序，予因摭其大略，書之簡端。」〔註97〕此即今所見四庫
本《梁谿遺稿》的整理、搜集經過。

　　而《梁谿遺稿》最好的輯佚本，是民國二十四年據稱是尤袤的二
十五世孫尤桐根據各版本校刊《梁谿遺稿》，分為《文鈔》、《外編》、《詩
鈔》、《外編》，收入《錫山尤氏叢刊甲集》，鉛排印行，此本所收尤袤
詩文最多，共有文四十七篇，詩六十二首。「其中〈拄杖〉一首，〈送
趙成都〉二首，尤桐已知為誤收，仍未刪除，實際收尤袤詩五十九首。
迄今為止，這是最好的尤集輯佚本。」〔註98〕目前《全宋詩》卷二三
三六，收尤袤詩六十一首及集句數句、佚詩存目二首，與民初尤桐續
刊的《梁谿遺稿詩鈔補編》大抵相近，此為本文探討尤袤詩所據版本。

　　尤袤詩作流傳至今不豐，常使後人感嘆其詩名無法與其他三家比
並。如《四庫全書‧梁谿遺稿提要》云：

　　　則袤在當時，本與楊萬里、陸游、范成大並駕齊驅。今三
　　　家之集皆有完本，而袤集獨湮沒不存。蓋文章傳不傳，亦
　　　有幸不幸焉。〔註99〕

關於尤袤詩名的盛衰起伏，實與當時主盟詩壇的楊萬里品賞有重要關
係。楊萬里與尤袤為「金石之交」，兩人互相戲稱「蝤蛑」與「羊」，
〔註100〕尤袤也有〈送提舉楊大監解組西歸〉詩云：「從此相思隔煙水，

〔註97〕　同註16，頁510。
〔註98〕　同註94，頁67。
〔註99〕　同註16，頁510。
〔註100〕　〔宋〕羅大經：《鶴林玉露》載：「尤袤與楊萬里為金石之交。……
　　　　　淳熙中，誠齋為祕書監，延之為太常卿，又同為東宮寮案，無日不
　　　　　相從。二公皆善戲謔，延之嘗曰：『有一經句請祕監對。曰：楊氏
　　　　　為我』誠齋應曰：『尤物移人』……誠齋戲呼延之為蝤蛑，延之戲
　　　　　呼誠齋為羊。」同註44，卷6，頁302。

夢魂飛不到螺山。」〔註 101〕可見，兩人的交情匪淺。楊萬里在〈千巖摘稿序〉中將尤袤與當時重要詩人並列，使尤袤詩名得到當代重視。其云：「若范致能之清新，尤梁谿之平淡，陸放翁之敷腴，蕭千巖之工致，皆余所畏也。」從文中也可以見出楊萬里對尤詩的評價是「平淡」。而方回在《桐江續集》卷八〈讀張功父南湖集并序〉中，指出：「梁谿之槁淡細潤，誠齋之飛動馳擲，石湖之典雅標致，放翁之豪蕩豐腴，各擅一長。」〔註 102〕也以「槁淡細潤」為尤袤詩作的風格特色。再由《瀛奎律髓》一書中收錄尤袤五、七言律詩 31 首，詩末所附評語也多以「平淡」論之，可以略窺尤袤詩作風格傾向。如〈德翁有詩再用前韻三首〉之三，方回評曰：「……遂初詩不見其有著氣力處，而平淡中自有拗幹。」〔註 103〕〈海棠盛開〉詩，方回評曰：「尤延之詩多淡。」〔註 104〕〈劉屯田墓壯節亭〉詩，方回評曰：「……尤延之詩，語不驚人，細咀有味。」〔註 105〕〈梅花〉詩，方回評曰：「此八句詩，卻如渾脫鑄成。本只是爛熟說話，而無手段者，自不能撮虛空也。」〔註 106〕由上述引文不難探知，尤袤詩風以「平淡」見長。

　　另外，從尤袤對時人詩集之評語也可得知尤袤所欣賞的詩風，正與自己作品風格相同。如《梁谿遺稿》卷二〈雪巢小集序〉稱賞林憲詩：「初不鍛鍊，而落筆立就，渾然天成，無一語蹈襲。」〔註 107〕張仲謀先生在〈詩壇風會與詩人際遇〉一文中曾指出，尤袤享譽南宋詩壇，得以與其他大家並列原因，除了上述楊萬里的品題讚賞外，也與尤袤為官恤民、為臣剛直，具清名令譽有關。但最重要的原因則在於：

〔註 101〕　同註 43，頁 26859、26860。
〔註 102〕　同註 14。
〔註 103〕　同註 10，頁 834。
〔註 104〕　同註 10，頁 1208。
〔註 105〕　同註 10，頁 1253。
〔註 106〕　同註 10，頁 770。
〔註 107〕　同註 16，卷 2，頁 524。

> 尤袤的創作傾向，與當時的詩壇風會恰好相合，他的詩名，
> 正是那種特定背景下的產物。〔註108〕

亦即在中興詩人活躍的乾道、淳熙年間，江西詩派的影響雖仍在，但已漸式微。江西詩派韌瘦拗折的風格，已漸為詩人所厭棄，而力圖擺脫，別開生面。當時，南宋四大家均有此自覺意識。從詩作風格看來，尤袤也明顯表現出否定江西的傾向。如姜夔《白石道人詩集・自序》引尤袤語云：

> 近世人士，喜宗江西。溫潤有如范致能者乎，痛快有如楊
> 廷秀者乎，高古如蕭東夫，俊逸如陸務觀，是皆自出機軸，
> 豈有可觀者，又奚以江西為？〔註109〕

在肯定其他詩人特色的「自出機軸」時，也明顯否定江西。話雖如此，但由於江西詩法影響深遠，尤袤詩中仍難免有江西詩法的影子。如〈己亥元日〉詩：「蕭條門巷經過少，老病腰支拜起難。」〔註110〕此句方回的評語為：「『幽棲地僻經過少，老病人扶再拜難。』少陵詩也。尤延之小改，用作元日詩，卻似稍切。」紀昀則評：「實是點化得妙。」〔註111〕又〈和渭叟梅花〉詩中的五、六句：「春意已張本，寒威今解嚴。」紀昀評云：「……五、六尤『江西』習氣語。」〔註112〕可見，仍難逃江西影響。不過，相較於其他三人，尤袤仍算較少沾染江西習氣。

陸游〈讀近人詩〉云：「琢雕自是文章病，奇險尤傷氣骨多。」在〈讀宛陵先生詩〉中，稱梅堯臣「導河積石源流正」，可說對梅詩「平淡」之美的再發現，也是南宋前期詩歌平淡美學範疇的重新標舉，並欲以此平淡渾成、不假雕琢的詩風，力矯江西拗折峭深、筋骨畢露之習氣，這是中興詩人的自覺努力。而尤袤的平淡詩風正好與此時代風會相遇，並因而造就其名列四大家的詩人際遇。

〔註108〕 張仲謀：〈詩壇風會與詩人際遇──尤袤詩論略〉，《文學遺產》第 2
期（1994 年），頁 62。
〔註109〕 同註 7。
〔註110〕 同註 43，卷 2336，頁 26856。
〔註111〕 同註 10，頁 613。
〔註112〕 同註 10，頁 769。

第三章　宋型文化之形塑與
　　　　士人心態之轉換

　　傅樂成先生在〈唐型文化與宋型文化〉一文中曾歸納「唐型」與
「宋型」文化之分別，指出：

> 大體說來，唐代文化以接受外來文化爲主，其文化精神及
> 動態是複雜而進取的。……到宋，各派思想主流如佛、道、
> 儒諸家已趨融合，漸成一統之局，遂有民族本位文化的理
> 學的產生，其文化精神及動態亦轉趨單純而收斂。〔註1〕

傅樂成先生將「唐型文化」與「宋型文化」的特質作了一概括性的分
析，亦即唐型文化總體而言，較「複雜而進取」；宋型文化則趨於「單
純而收斂」。換句話說，一爲感性生命的升騰，一爲理性生命的凝斂；
一爲外向的，一爲內省的。此分析對本章所欲探究的宋型文化之特
質，提供了基本的概念。然而，必須更進一步追問的是，形成此一「單
純而收斂」文化型態的背後成因，其社會、制度、學術等因素的交互
觸發、融合。亦即探討在一定的社會狀態、政治制度和思想潮流碰撞
交流下，所呈現出的宋士大夫群體心態的普遍傾向，並從中析出宋型
文化特質的精神內涵，以作爲與南宋四家詩對話的文化語境。

〔註1〕傅樂成：《漢唐史論集》（台北：聯經出版事業公司，1981年6月），
　　　　頁380。

　　傅樂成先生在論及「宋代中國本位文化的建立及其影響」中曾指出：

> 宋代提倡文人政治，科舉轉盛，而儒學益尊，科舉制度逐漸成爲發展儒家思想學說的工具。加以外患不息，宋人的民族意識也日益深固。民族意識、儒家思想和科舉制度是構成中國本位文化的三大要素，這些要素都在宋代發展至極致。〔註2〕

文中提出了形塑宋型文化的重要因素，即文人政治的大方針，制度上的科舉取才，造就儒學獨尊，學術思想蓬勃發展的結果；再加以國家局勢上的外患頻仍，使宋人民族意識高張。種種因素的碰撞、滲透，最終乃形成了有別於唐型的宋型文化。

　　宋型文化包羅萬象，本文實無法完全闡述。爲扣緊與南宋四家詩對話上的話語聯繫，因此以下將分別由政治制度上的偃武佑文，國家局勢的積弱不振，相黨政治下的文人黨爭，宋學的核心範疇等，政治、社會、學術各面向探討，並從中析出宋型文化滲透下的宋士大夫群體意識，如淑世精神、憂患意識、隱逸情懷、孔顏之樂、理性精神等特質，作爲探索主題。

第一節　佑文政策與淑世精神

　　宋太祖陳橋兵變，黃袍加身後，深知唐末五代十國的亂國積弊，原因所在乃藩鎮割據，武人跋扈，擁兵自重，爭權奪利。如宋太祖曾對趙普說：「五代方鎮殘虐，民受其禍。朕今用儒臣幹事者百餘人，分治大藩，縱皆貪濁，亦未及武臣十之一也。」〔註3〕因此，開國之後即以史爲鑑，提倡文人政治，嚴禁武人干政。所以宋代立國的基本國策是尊儒崇道、抑武揚文，重用以宰相爲代表的文人士大夫，實行

〔註2〕同前註，頁372。
〔註3〕〔明〕馮琦原編、陳邦瞻增輯：《宋史紀事本末》（台北：臺灣商務印書館，1986年3月，影印文淵閣四庫全書本），卷1，頁9。

與士大夫共治天下的文官制度。爲避免重蹈前代外戚、宦官擅權覆轍，因此禮遇文人，擴大科舉取士名額，廣開仕進之門，改革科舉制度，大量引進庶族寒門子弟進入仕途，使之成爲政治主體，並在參政過程中形成了與統治集團步調一致的群體，此即具有鮮明時代特色的宋士大夫群體。而這些集文學創作主體、政治主體與學術主體於一身的宋士大夫，在獲得國家拔擢，躍上政治舞臺後，皆有當世之志，淑世精神。因此，宋室雖積弱不振，命脈仍得以延續，並成爲歷史上文化極度輝耀的時期。考其原因，實與最高統治者偃武佑文的國策及與士大夫共治天下的文官制度有密切關係；同時，也與寒庶出身的文人士大夫以其淑世精神積極投入治國之業有關。

一、佑文政策

　　宋朝佑文國策的重要內容，首推尊崇孔子、禮遇儒士。如宋太祖曾下令貢舉人到國子監謁孔，並以此爲慣例，宋太祖並親自到曲阜孔廟行禮。眞宗時又詔立學舍，選儒生講學，並追封孔子弟子七十二人，令中書、門下及兩制館閣分撰贊文。眞宗並親撰〈文宣王贊〉，以孔子爲「人倫之表」，儒學則爲「帝道之綱」。〔註4〕而正式昭告宋廷佑文政策、尊崇儒術立場的宣言，則是眞宗所撰的〈崇儒術論〉：

> 儒術汙隆，其應實大；國家崇替，何莫由斯。故秦衰則經籍道息，漢盛則學校興行。其後命歷迭改，而風教一揆。有唐文物最盛，朱梁而下，王風寖微。太祖、太宗丕變敝俗，崇尚斯文。朕獲紹先業，謹遵聖訓，禮樂交舉，儒術化成。〔註5〕

〔註4〕姚瀛艇主編：《宋代文化史》（開封：河南大學出版社，1999年12月），頁17。

〔註5〕〔宋〕李燾撰：《續資治通鑑長編》（台北：臺灣商務印書館，1986年3月，影印文淵閣四庫全書本），卷79，頁259。〈大中祥符五年冬十月辛酉〉。

眞宗除了「謹遵聖訓」，表彰儒術外，並在國子監刻石，以宣誓「崇
尙斯文」的決心。由於主政者親自示範宣導，佑文政策乃得以落實。
另外，主政者還表達了對儒臣的禮遇尊崇，如眞宗爲太子時，對宿儒
師傅禮敬有加。翰林侍讀學士郭贄卒，雖「無臨喪之制」，但「上以
舊學，故親往哭之，廢朝二日。」〔註6〕又翰林侍讀學士邢昺生病，
眞宗親臨問安，詔太醫診治，表示對儒者的眞心敬重。史傳對此稱頌
云：

> 國朝故事，非宗戚將，相無省疾臨喪之行。唯昺與郭贄以
> 恩舊特用此禮，儒者崇之。〔註7〕

眞宗「省疾臨喪之行」，對尊崇儒者的風氣起了示範作用，也落實了
宋代開國以來「崇尙斯文」的政策，創造「禮樂交舉」、「儒術化成」
的理想社會。

其次，佑文政策的另一項重要內容是改革科舉制度，選拔人才。
宋太宗曾說：「國家選才，最爲切務。人君深居九重，何由徧識？必
須採訪。」〔註8〕因此，爲了達到「朝廷多君子」的目的，科舉取士
就是人才最重要的來源途徑了。宋代科舉考試與唐代科舉考試略有不
同，唐代科舉考試每年皆施行，科目眾多，但以明經、進士兩科應試
者最多。明經科所重在經學，每年以明經進身者約百人；而進士科重
在文學，以進士進身者較少，僅一、二十人。因此，進士科特別受到
重視。如傅璇琮《唐代科舉與文學》中指出：

> 進士科開始時與秀才、明經、明算、明法、明字並列，列
> 爲歲舉常貢之一，但不久它就超過別的科目。在整個唐代
> 的科舉試中，它的名聲是最響的。〔註9〕

同時，由於進士科錄取人數少，所以凡以進士進身者，莫不視爲極大

〔註6〕同前註，卷73，頁191。〈大中祥符三年六月丙辰〉。
〔註7〕同註5，卷73，頁191。〈大中祥符三年六月辛未〉。
〔註8〕同註5，卷24，頁14。
〔註9〕傅璇琮：《唐代科舉與文學》（台北：文史哲出版社，1994年8月），
　　　頁170。

的榮耀。王定保在《唐摭言》中曾如此形容當時人對進士的推崇以及進士進身的艱難：

> 進士科始於隋大業中，盛於貞觀、永徽之際；搢紳雖位極人臣，不由進士者，終不為美。……其推重謂之「白衣公卿」，又曰「一品白衫」；其艱難謂之「三十老明經，五十少進士」。〔註10〕

由於進士登第的艱難，因此，唐代科舉考試進士備受重視，成為士人欲躋身其間的目標。到了宋代，科舉考試獨重進士的傾向更甚於唐，同時，朝廷對進士也較重視，錄取人數也較唐代更多。如宋太宗一朝的貢舉取士，「僅進士科就錄取了一千三百六十八人」。〔註11〕不僅錄取人數多，廣泛網羅人才，而且主政者特別注意從孤寒之家選拔人才。為了拓寬文人仕進之路，徹底取消門第限制，社會各階層優秀人才皆可應試而入仕。同時，為了避免勢家子弟佔去寒門庶族入仕機會，更有意限制勢家子弟的錄取。如雍熙二年（985）三月，太宗在崇政殿親試進士，當時宰相李昉之子宗諤、參知政事呂蒙正之從弟蒙亨、鹽鐵使王明之子扶，度支使許仲宣之子待問，舉進士皆入等，然太宗卻以「此并勢家，與孤寒競進，縱以藝升，人亦謂朕有私也。」所以，「皆罷之」。〔註12〕更增設了封彌、糊名、謄錄等制度，不讓主考官有機循私，以實現機會均等的公平競爭原則，甚至天子親自臨試，防止弊端產生。如宋太祖曾云：

> 向者登科名級，多為勢家所取，致塞孤寒之路，甚無謂也。
> 今朕躬親臨試，以可否進退，盡格疇昔之弊矣。〔註13〕

〔註10〕〔五代〕王定保：《唐摭言》（台北：臺灣商務印書館，1986年3月，影印文淵閣四庫全書本），卷1，頁698。〈散序進士〉。

〔註11〕同註4，頁21。如「太平興國二年取呂蒙正等109人，太平興國三年取胡旦等74人，太平興國五年取蘇易簡等121人，太平興國八年取王世則等239人，雍熙二年取梁灝等258人，端拱元年取程宿等28人，端拱二年取陳堯叟等186人，淳化三年取孫何等353人。」

〔註12〕同註5，卷26，頁379。〈雍熙二年三月己未〉。

〔註13〕同註5，卷16，頁230。〈開寶八年二月戊辰〉。

由此可證，宋代科舉制度的改革，爲孤寒子弟拓清仕進之路，同時抑制勢家的形成，且由皇帝親臨殿試，除了避免孤寒之士爲勢家所排擠外，也提升了優秀人才被選拔的機會，而通過殿試者均爲「天子門生」，不僅榮耀門楣，升遷也極快。

　　宋代取才途徑，除了貢舉外，主政者也重視大臣所個別推薦的具備德行學養的人才。〔註14〕種種改革科舉考試措施，使大量貧寒出身的優秀人才湧入仕途。科舉考試公平原則的貫徹，使中下層知識份子進入仕途的機會大增，也使他們成爲士大夫階層的主體。如當時布衣入仕的人數比例相當高，〔註15〕且非名公巨卿子弟出任宰輔者，也佔了很大的比重。〔註16〕如張齊賢、王禹偁、范仲淹、歐陽修、王安石等名臣名相，多爲寒門子弟或出自較下層的品官之家。如太宗時宰相張賢齊，史載「孤貧力學，有遠志。」〔註17〕王禹偁，「世爲農家，九歲能文。」〔註18〕名臣范仲淹，「二歲而孤，母更適長山朱氏。」〔註19〕歐陽修，「家貧，至以荻畫地學書。」〔註20〕又如南宋四大家之一的范成大，也是十四歲喪母，十八歲喪父，家貧至寄人籬下，其後才以科舉步上仕途，成就其政治文學志業。這些大批的中下層知識份子，皆受惠於科舉考試制度的改革，才有機會登上政治舞臺，實現其經世濟民的理想。同時，這批寒門庶族進入仕途後，也成爲統治者

〔註14〕如「同州觀察推官錢若水，因樞密直學士寇準薦其文學高第，太宗就命學士院召試，并於淳化元年（990）十月乙巳，親自任命爲祕書丞、直史館。」同註4，頁22。

〔註15〕據陳義彥先生統計，「在《宋史》有傳的北宋166年間的1533人中，以布衣入仕者佔55.12%，比例甚高；北宋一至三品官中來自布衣者約佔53.67%，且自宋初逐漸上升，至北宋末已達64.44%。」參見陳義彥：〈從布衣入仕情形分析北宋布衣階層的社會流動〉，《思與言》第9卷第4期（1971年11月）。

〔註16〕同前註，約佔53.5%。

〔註17〕〔元〕脫脫：《宋史》（台北：臺灣商務印書館，1986年3月，影印文淵閣四庫全書本），卷265，頁286。

〔註18〕同前註，卷293，頁670。

〔註19〕同前註，卷314，頁160。

〔註20〕同前註，卷319，頁229。

托付國事，共治天下的士大夫階層生力軍。這些無家世背景的庶族士大夫，以感激奮發的忠心負起治國平天下的使命，因無勢家背景，不至於對統治者權位產生威脅，所以統治者能信任的托付國事，與士大夫共治天下。

　　另外，佑文政策還表現於寬厚待士的實際行動，讓士大夫就國事慷慨陳言，樹立勇於直諫士風。如宋太祖曾立下誓碑，不許殺士大夫和上書言事者。不只北宋沒有誅殺言事大臣之事，直至南宋，雖有各種複雜的黨爭、國是爭議，權臣之間的鬥爭，但誅殺言官之事仍少見。蘇軾在〈上神宗皇帝書〉中對於統治者尊重士大夫慨切陳言之風，視爲一種「朝廷綱紀」云：

> 歷觀秦、漢以及五代，諫諍而死，蓋數百人。而自建隆以來，未嘗罪一言者，縱有薄責，旋即超升，許以風聞，而無官長，風采所繫，不問尊卑。言及乘輿，則天子改容。事關廊廟，則宰相待罪。〔註21〕

蘇軾除了倡言台諫救弊的重要，又提醒神宗皇帝須念祖宗設此法之深意，並爲後世子孫立下典範。「朝廷綱紀，孰大于此。」確實指出了宋代佑文政策的關鍵。

二、淑世精神

　　宋代統治者改革科舉制度，吸納各階層的優秀子弟，尤其廣開寒庶仕進之門，造成了士大夫階層構成分子的改變。這些士大夫的組成分子，主要來自科舉考試，以科舉出身的宰相即高達一百二十三名。〔註22〕這些沒有世家勢力背景且大多出身寒微的文人士大夫，布衣卿相的仕宦經歷，使他們「感激論天下事」，對朝廷一片忠心，並普遍具有淑世精神，而具體表現在他們的思想觀念與行動上，

〔註21〕〔宋〕蘇軾：《蘇軾文集》（北京：中華書局，1986 年），卷 25，頁 729。

〔註22〕諸葛憶兵：《宋代文史考論》（北京：中華書局，2002 年 11 月），頁 257。文中指出：「《宋史宰輔表》列宋宰相 133 名，科舉出身者高達 123 名，佔 92%。」

則是一種強烈的「以天下爲己任」的使命感，以及重視氣節操守的精神特質。

首先，士大夫普遍具有兼濟天下的使命感。神宗時王安石變法，改革科舉制度，其中考試內容廢除了帖經墨義，改試諸經大義。因此「與試者必須通經而有文采，始能中格，與帖經墨義的粗解章句不同。……南渡以後，科舉仍重進士，考試內容則分兩科：一以試經爲主，一以試詩賦爲主；但前者仍兼試詩賦，後者仍兼試經義。」〔註23〕以科舉出身的宋士大夫群體，儒家傳統思想觀念深植心中，以「修身、齊家、治國、平天下」作爲個人自我價值實現的過程，個人努力的最終目標是「兼濟天下」。因此，「以天下爲己任」的襟懷根植於宋士大夫群體的意識中。如范仲淹少即有大志，曾說：「夫不能利澤生民，非大丈夫平生之志。」〔註24〕可見，其精神所繫乃在於有益民生的經世濟民志業。而在〈岳陽樓記〉中更直指士大夫要有「先天下之憂而憂，後天下之樂而樂」的使命感。這種士大夫的風骨精神，爲有宋一代士人的社會責任立下楷模，成爲一代士風的精神指標。如《宋史・范仲淹本傳》云：

> 每感激論天下事，奮不顧身，一時士大夫矯厲尚風節，
> 自仲淹倡之。〔註25〕

影響所及，士大夫對國計民生的關注，常反映於策論思想中，文學作品中也充滿對重大政治、社會事件表達關懷及提供意見的熱情書寫，淑世精神充塞於士大夫群體意識中。如歐陽修云：「大君子之用心，動必有益於人也。」〔註26〕蘇洵以魯人曷繹先生之詩文告誡蘇軾云：「……詩文皆有爲而作，……言必中當世之過。鑿鑿乎如五穀，必可

〔註23〕同註1，頁 373。

〔註24〕〔宋〕吳曾：《能改齋漫錄》（台北：臺灣商務印書館，1986 年 3 月，影印文淵閣四庫全書本），卷 13，頁 752、753。〈文正公願爲良醫〉。

〔註25〕同註17，卷 314，頁 161。

〔註26〕〔宋〕歐陽修：《文忠集》（台北：臺灣商務印書館，1986 年 3 月，影印文淵閣四庫全書本），卷 144，頁 468。〈與韓忠獻王書〉。

以療飢；斷斷乎如藥石，必可以伐病。」〔註27〕李覯云：「誦孔子、孟軻群聖人之言，纂成文章，以康國濟民爲意。」〔註28〕周敦頤云：「志伊尹之所志，學顏子之所學。」〔註29〕張載云：「爲天地立心，爲生民立命，爲往聖繼絕學，爲萬世開太平。」〔註30〕均體現了作爲參政主體的宋士大夫們經世濟民的積極精神。正如王安石在〈子貢〉一文中對士大夫精神的詮釋：

> 所謂儒者，用于君則憂君之憂，食于民則患民之患。〔註31〕

儒家經世濟民的思想本色，落實於宋士大夫的人格中，體現爲一種「以天下自任」、「志伊尹之所志」、「爲生民立命」的淑世精神，這種精神並非個別的，而是宋士大夫的群體心態。

其次，士大夫皆有崇尚風節的人格操守。以經世濟民爲理想的士大夫群體，所具備的共同人格特質是「尚風節」。儒家道德觀有所謂義利之辨，如《論語·述而》云：「不義而富且貴，於我如浮雲。」〔註32〕《論語·里仁》云：「君子喻於義，小人喻於利。」〔註33〕儒家思想上的義利之辨，宋士大夫以實際行動證明，所謂「餓死事極小，失節事極大。」〔註34〕宋士大夫對名節的看重，成爲一種普遍精神的追求。南宋永嘉學派陳傅良論及宋士大夫之學時，特別標

〔註27〕〔宋〕蘇軾：《東坡全集》（台北：臺灣商務印書館，1986 年 3 月，影印文淵閣四庫全書本），卷 34，頁 482。〈鼂繹先生詩集敘〉。

〔註28〕李覯：《李覯集》（北京：中華書局，1981 年），頁 296。

〔註29〕〔宋〕周敦頤：《周元公集》（台北：臺灣商務印書館，1986 年 3 月，影印文淵閣四庫全書本），卷 1，頁 425。

〔註30〕〔宋〕朱熹、呂祖謙同編：《近思錄》（台北：臺灣商務印書館，1986 年 3 月，影印文淵閣四庫全書本），卷 2，頁 33。見〈爲學〉。原文本爲「爲生民立道，爲去聖繼絕學」。

〔註31〕〔宋〕王安石：《臨川文集》（台北：臺灣商務印書館，1986 年 3 月，影印文淵閣四庫全書本），卷 64，頁 521。〈子貢〉。

〔註32〕朱熹集註：《四書集註》（台南：臺南東海出版社，1989 年 9 月），頁 42。

〔註33〕同前註，頁 22。

〔註34〕〔宋〕朱熹編：《二程遺書》（台北：臺灣商務印書館，1986 年 3 月，影印文淵閣四庫全書本），卷 22 下，頁 241。

舉范仲淹的重名節,云:

> 起建隆至天聖、明道間,一洗五季之陋,知鄉方矣,而守
> 故蹈常之習未化。范子始與其徒抗之以名節,天下靡然從
> 之,人人恥無以自見也。〔註35〕

有鑑於五代以來士風頹敗,在范仲淹振作士氣的呼籲下,士大夫對名
節的看重,成爲普遍的社會風氣。尤其兩宋期間,面對異族入侵、國
家毀滅的挑戰,講究氣節即是宋人對儒家「貴義賤利」精神的實踐。
《宋史·忠義傳》對這樣的士風也有記載:

> 士大夫忠義之氣,至于五季,變化殆盡。宋之初興,范質、
> 王溥猶有餘憾,況其他哉!藝祖首褒韓通,次表衛融,足
> 示意向。厥後西北疆場之臣勇於死敵,往往無懼。眞、仁
> 之世,田錫、王禹偁、范仲淹、歐陽修、唐介諸賢,以直
> 言讜論倡於朝,於是中外縉紳知以名節相高、廉恥相尚,
> 盡去五季之陋矣。故靖康之變,志士投袂,起而勤王,臨
> 難不屈,所在有之。及宋之亡,忠節相望,班班可書。匡
> 直輔翼之功,蓋非一日之積也。〔註36〕

上述文字說明了國家民族存亡之際,宋士大夫的尙風節人格精神更加
表露無疑。靖康之變時,宋士大夫「臨難不屈」;宋亡之際,共赴國
難的士大夫「所在有之」,「忠節相望,班班可書」。士大夫所秉持的
傲然風骨,正如文天祥〈過零丁洋〉一詩所云:「人生自古誰無死,
留取丹心照汗青。」〔註37〕實爲宋士大夫崇尙氣節的最佳註腳。士大
夫群體立足於尙氣節的人格操守,放眼經世濟民的人生使命,這種淑
世情懷實可視爲宋型文化影響下的士人心態之一。

〔註35〕 〔宋〕陳傅良:《止齋集》(台北:臺灣商務印書館,1986 年 3 月,
影印文淵閣四庫全書本),卷39,頁809。〈溫州淹補學田記〉。

〔註36〕 同註17,頁270。

〔註37〕 傅璇琮等編:《全宋詩》(北京:北京大學出版社,1998 年 12 月),
卷3598,頁43025。

第二節　積弱國勢與憂患意識

陳寅恪先生指出：「華夏民族之文化，歷數千載之演進，而造極於趙宋之世。」〔註38〕偃武佑文的國策，雖造就了趙宋成爲歷史上文化極度發達的朝代，但卻也造成了宋代成爲歷史上積弱不振的朝代。最輝耀的文化與最孱弱的國勢，在「以天下爲己任」的宋士大夫心靈上，所烙下的刻痕即是忠君體國的憂患意識。誠如范仲淹〈岳陽樓記〉所云：「居廟堂之高，則憂其民；處江湖之遠，則憂其君。是進亦憂，退亦憂。」〔註39〕進退皆憂，不僅是范仲淹個人忠君體國的懷抱，也是宋士大夫群體共同的心態。而此種憂國憂民的意識反映於宋詩中，是慨嘆國恥、國難之音此起彼落，自北宋靖康之難至南宋覆亡，回聲響徹兩宋詩壇。

一、積弱國勢

宋室外患威脅不斷，北宋建國起即遭受北方契丹族的威逼，歷經靖康之難，徽、欽二帝被擄的恥辱；南宋則有西夏、金、蒙古的侵凌，承受紹興和議、隆興和議之屈辱以及臨安被元兵陷落的哀嘆。兩宋三百多年歷史，外患紛擾不斷，屢訂屈辱條約，國勢積弱不振，是有志之士心中消解不了的沉痛。北宋神宗時，雖有王安石極思變法圖強，整頓軍隊，創立保甲法，對百姓施以軍事訓練，力圖振起積弱的宋室，但因新舊黨爭激烈，新法失敗，所訓練的民兵無用武之地；靖康國難後，宋室偏安江南，主戰、主和派爭論「國是」，但在和議國是確定之下，朝廷也不思恢復。其間雖有李綱、宗澤、岳飛、張浚等抗戰派將領力圖恢復中原，如李綱在北宋末年主持抗金，在江淮沿岸建置帥府，分兵防守。宗澤留守開封，團結民心，組成抗金第一道防線。但在此國勢頹危之際，宋高宗卻貶黜李綱，壓制宗澤，重用黃潛善、汪

〔註38〕陳寅恪：《金明館叢稿二編》（北京：三聯書店，2001 年 7 月），頁277。

〔註39〕〔宋〕范仲淹：《范文正集》（台北：臺灣商務印書館，1986 年 3 月，影印文淵閣四庫全書本），卷7，頁623。

伯彥等人推行降金苟安的國策。對於政策的轉變，李綱深表憂心，曾
上奏：

> 朝廷正可懲往事，修軍政，審號令，明賞刑，益務固守，
> 而遽為此擾擾，棄前功，蹈後患，以自趨於禍敗，豈不重
> 可惜哉！〔註40〕

但李綱言之諄諄，主政者聽之藐藐，宋金議和，勢所必行，李綱也被
罷去。紹興八年（1138）又憤慨上奏：「金人毀宗社，逼二聖，而陛
下應天順人，光復舊業，自我視彼則仇讎也，自彼視我則腹心之疾也，
豈可復有可和之理。」〔註41〕但耿耿孤忠仍不被採納，有志難伸，抑
鬱以終。其後，名將岳飛於紹興四年（1134）到紹興十年（1140）之
間，屢破金兵，金人聞風喪膽，幾復中原。但因高宗怯懦，以戰求和，
將南宋軍民抗擊敵軍的努力，作為自己卑屈求和的籌碼，〔註42〕採用
秦檜主和之見，下詔班師，與金人議和，屈辱向敵方稱臣納貢，甚至
以「莫須有」之罪殘害忠良。同時，為避免武將跋扈，威脅政權，也
解除了韓世忠兵權，宋室武力至此一蹶不振，在苟安中度過。

　　宋高宗對金屢訂屈辱條約，不思恢復，只求苟安心態，最為當時
銳意恢復的主戰派士人所詬病。但高宗的心態，其實與其因特殊機遇
登上帝位有關。北宋亡國的機遇，使原本與帝位絕緣的康王趙構得以
登基為帝，為保有得之不易的帝位，使其與投降派同一陣線。高宗曾
以冠冕堂皇的理由自我催眠云：

〔註40〕〔宋〕李心傳撰：《建炎以來繫年要錄》（台北：臺灣商務印書館，
　　　　1986 年 3 月，影印文淵閣四庫全書本），卷 116，頁 573。〈紹興七年
　　　　閏十月辛巳〉。
〔註41〕同前註，卷 124，頁 683。〈紹興八年十二月戊午〉。
〔註42〕王曾瑜：《岳飛和南宋前期政治與軍事研究》（開封：河南大學出版
　　　　社，2002 年 10 月），頁 401。此書中指出：「自建炎末到紹興七年，
　　　　在紹興元年，三年，四年和六年的歷次宋與金、偽齊軍的交戰中，
　　　　金軍和偽齊軍多敗，宋軍多勝。宋軍不僅自守有餘，已開始了局部
　　　　反攻。在此種形勢下，南宋根本不存在求和圖存的問題。但是宋高
　　　　宗本人的方針，正如岳飛所批評的那樣，是『僅令自守以待敵，不
　　　　敢遠攻而求勝。』」

> 自頃用兵，朕知其至於講和而後止。在元帥府時，朕不知
> 有自身，但知有民，每惟和好是念。〔註43〕

「不知有自身，但知有民」，以百姓為藉口，遮掩其求和心態。對於
這種屈辱求和的心態，北宋理學家程頤門生尹焞上奏，引《禮記・曲
禮》之語指責說：

> 《禮》曰：「父母之讎不與共戴天，兄弟之讎不反兵。」今
> 陛下方將信仇敵之譎詐，而覬其肯和，以紓目前之急，豈
> 不失不共戴天、不反兵之義乎？〔註44〕

對於士大夫引儒家經典反對屈膝求和，高宗也以儒家孝悌之道，為他
的求和找說辭：

> 朕以梓宮及皇太后、淵聖皇帝未還，曉夜憂懼，未嘗去心。
> 若敵人能從朕所求，其餘一切非所較也。〔註45〕

對於這種卑躬屈膝的求和，當時群臣義憤不平，如樞密院編修官胡詮
上書，請斬秦檜以謝天下，實則所批評者乃高宗。其云：

> 堂堂大國，相率而拜犬豕，曾童孺之所羞，而陛下忍為之
> 邪？……陛下尚不覺悟，竭民膏血而不恤，忘國大讎而不
> 報，含詬忍恥，舉天下而臣之，甘心焉？〔註46〕

對於臣子的義憤指責，高宗惱羞成怒，指士大夫浮言惑亂。由此可見，
宋高宗將屈辱和議視為天賜良機，不畏公論的激烈抨擊，確實令有志
之士痛心不已。

　　紹興十一年（1141），宋、金雙方又訂立和議，此即「紹興和議」。
宋向金稱臣，納貢、割地，宋高宗並向金熙宗獻「誓表」，其中自稱
「臣構言」，「世世子孫，謹守臣節」，《金史・熙宗本紀》記載：「冊
宋康王為帝，歸宋帝母韋氏及故妻邢氏。……」〔註47〕面對如此屈辱

〔註43〕同註40，卷159，頁225。
〔註44〕同註17，卷428，頁27。
〔註45〕同註40，卷117，頁589。
〔註46〕同註17，卷374，頁126、127。
〔註47〕〔元〕脫脫等修：《金史》（台北：臺灣商務印書館，1986年3月，
　　　　影印文淵閣四庫全書本），卷四，頁71。

和約，高宗也爲之編造理由云：

> 愛養生靈，惟恐傷之，而日尋干戈，使南北之民肝腦塗地。
> 所願天心矜惻，消弭用兵之禍耳。〔註48〕

對於主和派而言，「愛養生靈，惟恐傷之」的確是極佳的理由。但高宗實以恐怕造成生靈塗炭，掩蓋其求和的眞動機。對此，文士何宋英又上書批評：

> 俾中國遣送之物，稱之曰「貢獻」，屈中華之民，比之以
> 臣妾。自曠古來，未有受辱如朝廷也，未有忍辱如陛下也。
>
> 〔註49〕

「未有受辱如朝廷也，未有忍辱如陛下也」，此說正切中了當時力主恢復，反對求和的士大夫群體之心聲。宋、金議和後，南宋雖偏安，但國土大幅萎縮。根據《宋史‧高宗本紀》記載：

> 與金國和議成，立盟書，約以淮水中流畫疆。〔註50〕

又根據《歷代疆域沿革略》記載：

> 女眞肆虐，宋室南渡，行都臨安，盡失中原之地。疆域所
> 及，東盡明、越，西抵岷、嶓，南斥瓊崖，北至淮、漢。
> 蓋東盡長、淮，西割商、秦之半，以散關與金爲界。〔註51〕

而南宋強敵金，則「盡有中原之地，……東起海濱，西抵積石，北出陰山，南與南宋爲界。」〔註52〕換言之，南宋版圖之狹，連淮河、漢中之地也成了邊界，國勢之積弱，莫此爲甚。

其後，孝宗即位，雖銳意恢復，但仍受制於高宗的「主和國是」，且高宗朝名將幾已凋謝殆盡，僅餘張浚一人。孝宗雖以張浚北伐，但「符離之敗」潰不成軍，孝宗並下詔罪己，並令群臣不得再有主戰之論，又

〔註48〕同註40，卷141，頁891。見〈紹興十一年九月戊申〉。
〔註49〕〔宋〕徐夢莘撰：《三朝北盟會編》（台北：臺灣商務印書館，1986年3月，影印文淵閣四庫全書本），卷227，頁313。
〔註50〕同註17，卷29，頁404。
〔註51〕童書業：《中國疆域沿革略》（台北：臺灣開明書店，1974年12月），頁44。
〔註52〕同前註，頁45、46。

與金人議和。宋稱金為叔，自稱為姪。主政者的怯懦與不思進取、但求苟安，均令為洗滌民族恥辱的主戰派士人充滿悲憤，憂慮不已。

二、憂患意識

　　憂患意識是古代知識階層思維的傳統，這種意識既是對歷史的沉思也是對現實的感受，常表現在士大夫階層對國家人民的關注上。兩宋偃武佑文國策及內憂外患的國勢，使士大夫在社會責任感和歷史使命感鞭策下，更深化了憂患意識。憂患意識滲入文人士子的精神骨髓，並透過詩歌等文學作品發為感慨，「求民疾於一方，分國憂於千里」，范仲淹「進亦憂，退亦憂」的憂國憂民情懷，實為宋士大夫的典範。而靖康之難後，慨嘆國恥國難的聲聲嘆息更成了南宋詩歌的主旋律。〔註53〕

　　《周易‧繫辭下》云：「《易》之興也，其於中古乎？作《易》者，其有憂患乎？」〔註54〕《周易》一書充滿了憂患意識和人生智慧，教導人們如何趨吉避凶、防患未然，但由於《易傳》在戰國中期尚未出現，因此對於「憂患」的詞源問題，實應捨《易傳》而須由《孟子》談起。〔註55〕雖然《論語‧衛靈公》曾云：「人無遠慮，必有近憂。」〔註56〕、《論語‧述而》云：「德之不修，學之不講，聞義不能徙，不善不能改，是吾憂也。」〔註57〕孔子就道德修養而言其「憂」，但並

〔註53〕如錢鍾書先生所云：「靖康之變以後，悲憤的聲音幾乎成為南宋一百五十年的詩歌基調，這是漢唐文學裡所沒有的現象。」筆者按：這段話見於中國社會科學文學研究編的《中國文學史》第二冊《宋代文學》「第一章宋代文學的承先和啓後」中，但因原書並未直接註明此章為錢氏所撰，所以後人常遺漏此語。詳參劉揚忠：〈北宋的民族憂患意識及其文學呈現〉，《長江學術》（2006年4月），頁53。

〔註54〕〔魏〕王弼、〔晉〕韓康伯注、〔唐〕孔穎達等正義：《十三經注疏──周易》（台北：藝文印書館，1993年9月），頁173。

〔註55〕詳參劉延剛：〈儒家式憂患意識及其人學意義〉，《西南民族大學學報》總第194期（2007年10月），頁141。

〔註56〕〔魏〕何晏注、〔宋〕邢昺疏：《十三經注疏──論語》（台北：藝文印書館，1993年9月），頁139。

〔註57〕同前註，頁60。

沒有直接觸及「憂患」這一命題，眞正將「憂患意識」作爲哲學命題的是由孟子開始。《孟子‧告子下》云：

> 故天將降大任於是人也，必先苦其心志，勞其筋骨，餓其體膚，空乏其身，行拂亂其所爲，所以動心忍性，增益其所不能。……入則無法家拂士，出則無敵國外患者，國恆亡。然後知生於憂患，而死於安樂也。〔註58〕

以此語對照宋室偏安杭州，詩人林升所描繪的歌舞昇平景象：「山外青山樓外樓，西湖歌舞幾時休。暖風薰得遊人醉，直把杭州作汴州。」〔註59〕更可探知南宋亡國的原因所在，正是忽視了孟子「生於憂患，而死於安樂也」以及《易經》禍福相倚、否泰相生的居安思危警告。《孟子‧盡心上》又云：

> 孤臣孽子，其操心也危，其慮患也深，故達。〔註60〕

《孟子‧梁惠王下》則云：

> 樂民之樂者，民亦樂其樂；憂民之憂者，民亦憂其憂。樂以天下，憂以天下，然而不王者，未之有也。〔註61〕

孟子從民本思想出發，期待上位者憂民之憂、苦民所苦的思維，更成爲范仲淹「先天下之憂而憂，後天下之樂而樂」的士大夫精神指標。可見，憂患意識除了來自於對現實危機的感受外，考察其起源，也與儒家道德意識的人性本源關係密切。如《孟子‧萬章上》云：

> 思天下之民，匹夫匹婦，有不與被堯舜之澤者，若己推而內之溝中，其自任以天下之重如此。〔註62〕

正是這種拯救一切生命於困苦流離之所的責任感，形塑了儒家知識份子「以天下自任」、「以道自任」的積極入世憂患意識傳統。

〔註58〕〔漢〕趙岐注、舊題〔宋〕孫奭疏：《十三經注疏——孟子》（台北：藝文印書館，1993年9月），頁223、224。
〔註59〕同註37，卷2676，頁31452。此爲林升〈題臨安邸〉詩。詩後注引明、田汝成《西湖遊覽志餘》卷二云：「紹興、淳熙間，頗稱康裕，君相縱逸，耽樂湖山，無復新亭之淚。士人林升者，題一絕於旅邸云云。」
〔註60〕同註58，頁232。
〔註61〕同註58，頁33。
〔註62〕同註58，頁170。

稱臣納貢，畫地求和，種種屈辱使宋士大夫群體精神形成了一共同的意識指向，具備了強烈的憂患意識。當然，宋士大夫的憂患意識除了受國勢的積弱所呼喚外，綜上所述，也源自於傳統儒學的人道關懷。如張載《西銘》所云：「故天地之塞，吾其體；天地之帥，吾其性。民吾同胞，物吾與也。」〔註63〕「民胞物與」精神的召喚，也是喚醒宋士大夫群體精神中憂患意識的重要原因。北宋士人與南宋士人憂患意識的指向，雖非絕對有別，但略有差異，如諸葛憶兵指出：

> 北宋時期，社會「積貧」、「積弱」，這種憂患意識便主要指
> 向國內，以除弊強國爲目的。南宋時期，山河破碎，家國
> 淪喪，于是「以天下爲己任」的憂患意識就落實爲抗金救
> 國，收復失土的現實抱負。〔註64〕

考察宋詩中的憂患意識，則主要表現在恤民、憂國與憂君等面向上。在恤民方面，宋士大夫作爲參政主體，「居廟堂之高則憂其民」，因此，除了表現對民間疾苦的深切同情外，也以對自身的反省，表達眞切的憂民情懷。如梅堯臣〈田家語〉自序云：

> 庚辰詔書，凡民三丁籍一。……主司欲以多媚上，急責郡
> 吏，郡吏畏不敢辨，遂以屬縣令。互搜民口，雖老幼不得
> 免。上下愁怨，天雨淫淫，豈助聖上撫育之意耶？因錄田
> 家之言次爲文，以俟采詩者云。〔註65〕

〈田家語〉一詩以田家之語道出民間疾苦，爲人民發聲。詩云：

> 誰道田家樂，春稅秋未足。里胥扣我門，日夕苦煎促。盛
> 夏流潦多，白水高於屋。水既害我菽，蝗又食我粟。前月
> 詔書來，生齒復板錄。三丁籍一壯，惡使操弓韣。州符今
> 又嚴，老吏持鞭朴。搜索稚與艾，唯存跛無目。……〔註66〕

另外，梅堯臣〈田家〉詩亦云：「南山嘗種豆，碎莢落風雨。空收一

〔註63〕〔宋〕張載撰：《張子全書》（台北：臺灣商務印書館，1986年3月，
　　　　影印文淵閣四庫全書本），卷1，頁80、81。
〔註64〕同註22，頁271。
〔註65〕同註37，卷241，頁2791、2792。
〔註66〕同註37，卷241，頁2791。

束其，無物充煎釜。」〔註67〕也寫盡田家看天吃飯，所獲微薄之苦。
又卷 255〈秋雨篇〉也有相同的恤民情懷，詩云：

> ……從前后稷知稼穡，曾以筋力親田疇。曷不告帝且輒泣，
> 九穀正熟容其收。早時不泣此時泣，憂民欲活反扼喉。神
> 官發怒髭奮虬，下士小臣安預謀。恐然驚覺汗交流，樹上
> 已聽呼雌鳩。〔註68〕

「憂民欲活反扼喉」，也是站在人民立場，反映民間疾苦，體恤民情
之作。另外，歐陽修〈贈杜默〉詩，更將憂民精神上升至整頓國家社
稷的願望。詩云：

> ……京東聚群盜，河北點新兵。饑荒與愁苦，道路日已盈。
> 子盍引其吭，發聲通下情。上聞天子聽，次使宰相聽。……
> 〔註69〕

又，王禹偁〈對雪〉：

> 因思河朔民，輸稅供邊鄙。……又思邊塞兵，荷戈禦胡
> 騎。……深為蒼生蠹，仍尸諫官位。謇諤無一言，豈得為
> 直士。褒貶無一詞，豈得為良史。不耕一畝田，不持一隻
> 矢。多慚富人術，且乏安邊議。空作對雪吟，勤勤謝知己。
> 〔註70〕

則在關切邊民疾苦之餘，以自我檢討、自我反省作結。另外，王安石
〈河北民〉：「……家家養子學耕織，輸與官家事夷狄。今年大旱千里
赤，州縣仍催給河役。……悲愁白日天地昏，路旁過者無顏色。汝生
不及見觀中，斗粟數錢無兵戎。」〔註71〕則將目光由體恤農民，轉至
關切邊民之疾苦。這種恤民情懷，關心民瘼的作品，至南宋山河破碎
時，則發為抗金救國，恢復中原的憂國呼號。如陸游〈劍客行〉：

> 國家未滅胡，臣子同此責。……酒酣脫匕首，白刃明霜雪。

〔註67〕同註 37，卷 237，頁 2756。
〔註68〕同註 37，卷 255，頁 3106。
〔註69〕同註 37，卷 282，頁 3855。
〔註70〕同註 37，卷 60，頁 668。
〔註71〕同註 37，卷 576，頁 6776。

夜半報讎歸，斑斑腥帶血。細讎何足問，大恥同憤切。臣
位雖卑賤，臣身可屠裂。誓當函胡首，再拜奏北闕。〔註72〕

「細讎何足問，大恥同憤切」，是詩人憂國的激烈呼聲；「國家未滅胡，
臣子同此責」，是詩人檢討自我的深刻反省。又如〈太息〉：「平生鐵
石心，忘家思報國。……中原久喪亂，志士淚橫臆。切勿輕書生，上
馬能擊賊。」〔註73〕則充滿擔憂國家局勢的急迫感，憂國之情溢於言
表。而對朝廷忍辱求和的心態，表達極度憂心憤慨的，則為〈關山月〉
一詩：

和戎詔下十五年，將軍不戰空臨邊。朱門沉沉按歌舞，廄
馬肥死弓斷弦。戍樓刁斗催落月，三十從軍今白髮。笛裡
誰知壯士心，沙頭空照征人骨。中原干戈古亦聞，豈有逆
胡傳子孫？遺民忍死望恢復，幾處今宵垂淚痕。〔註74〕

「將軍不戰空臨邊」，「廄馬肥死弓斷弦」，表達了對朝廷不戰求和怯
懦心態的不滿；「中原干戈古亦聞，豈有逆胡傳子孫？」則對朝廷一
再錯失恢復中原的時機憂心忡忡。

值得注意的是，宋士大夫群體的憂患意識中，特別標舉了杜詩的
價值，肯定杜詩中感傷時事、憂國憂民的心態及「一飯不忘君」的精
神。如樓鑰〈答杜仲高旃書〉云：

工部之詩，真有參造化之妙，別是一種肺肝。……忠義感
慨，憂世憤激，一飯不忘君，此其所以為詩人冠冕。〔註75〕

「忠義感慨，憂世憤激，一飯不忘君」，已成為宋士大夫，尤其是南
宋士大夫們集體的心理狀態，同時也負荷著對國家局勢的一種集體焦
慮。到了南宋末年，蒙古大軍鐵蹄踏碎了西湖歌舞的笙簫，國家存亡
之秋，詩人的憂患之情更顯得激昂而悲憤了。如文天祥的〈還獄〉云：

〔註72〕〔宋〕陸游撰，錢仲聯校注：《劍南詩稿校注》（上海：上海古籍出
版社，2005 年 4 月），頁 727。
〔註73〕同前註，頁 247。
〔註74〕同註 72，頁 623。
〔註75〕〔宋〕樓鑰：《攻媿集》（台北：臺灣商務印書館，1986 年 3 月，影
印文淵閣四庫全書本），卷 66，頁 117。

故家不可復，故國已成丘。對此重回首，汪然涕泗流。〔註76〕

鄭思肖的〈寫憤四首〉之一云：

天命尚屬漢，大夫空美新。三宮猶萬里，一念只孤臣。

淚盡眼中血，心狂夢裡身。勿云今已矣，舉首即蒼旻。

〔註77〕

「淚盡眼中血，心狂夢裡身」，「汪然涕泗流」，亡國之痛、黍離之悲，構成了南宋遺民詩的主旋律，悲痛激昂的節奏更強烈的撞擊著士人的心靈。

綜上所述，由於宋朝國勢的積弱不振，使有恢復之志的宋士大夫群體，在現實與意志的衝突之下，迸發出強烈的憂國憂民意識，形成了宋型文化精神的特色之一。

第三節　文人黨爭與隱逸情懷、孔顏之樂

唐代後期，唐文宗曾有：「去河北賊易，去朝中朋黨難。」〔註78〕之感嘆，但宋代君臣並未引以為鑑，兩宋黨爭之烈，又更甚前朝。北宋在不斷的政局動盪和新舊黨爭，洛蜀黨爭中內耗，終為金人所滅；南宋則在和戰「國是爭執」的黨爭與道學反道學之爭中走向敗亡。「始以黨敗人，終以黨敗國。」〔註79〕史官之言，可謂切中了兩宋黨爭之禍害。

考察兩宋黨爭的內容，大概可歸類為：國是之爭或學術之爭。前者如北宋新舊黨爭與南宋和戰之爭；後者則有北宋洛蜀黨爭與南宋道學與反道學之爭。在兩宋特殊的黨爭中，敗退或被排擠的一方，其心態或強烈畏禍，或抑情自保；其創作方向則表現為「以理遣情」，走向內斂、自省，常引陶淵明為知己，安頓自我心靈，以尋求生命棲居的精神家園。自北宋蘇軾在和陶擬陶的詩作中尋求自我安頓之道後，

〔註76〕 同註37，卷3598，頁43059。
〔註77〕 同註37，卷3626，頁43414。
〔註78〕 同註17，卷384，頁21。
〔註79〕 同註17，卷356，頁722。

南宋黨爭中敗戰的士人也追隨陶淵明的腳步，並賦予此一精神資源新的生命。因此，以「黨爭之惡」爲契機，兩宋士大夫群體在遁隱中構築了心靈的棲居之所，建造了安身立命的精神家園。

一、文人黨爭

文人黨爭中有所謂「國是」之爭。所謂「國是」，據沈松勤先生指出：是指「天下『主于一說』的治國之本。『國是』取決於治國之本的大議論『國論』。『國論』與『國是』之說，始創於先秦孫叔敖，但眞正盛行卻始於神宗熙寧初。」〔註80〕

北宋新舊黨爭以及其後之黨爭，其禍源即在於國是之爭。士大夫群體爲爭奪「國是」，每每分朋結黨，相互排斥，黨爭中敗陣的一方，或被貶，或下獄。因此，取得「國是」，對參政主體而言相形重要，取得「國是」，即取得發言權，登上政治權力中心。

以下先論北宋的新舊黨爭。王安石熙寧變法，制置三司條例司，改革科舉考試，創保甲法、青苗法、均輸法、免役法、農田水利法等新法，但受到反對變法的官員，如司馬光、歐陽修、張方平、曾鞏、劉摰、劉恕、孫覺、蘇軾等人的反對。在反對新法的舊黨官員中，以蘇軾最敢於正面批評，因此，蘇軾也是最受新黨攻擊的一員。如《宋史·蘇軾本傳》載：

> ……時安石創行新法，軾上書論其不便。曰：「……祖宗以來，治財用者不過三司。今陛下不以財用付三司，無故又創三司條例一司，使六七少年，日夜講求於內，使者四十

<hr>

〔註80〕沈松勤：《南宋文人與黨爭》（北京：人民出版社，2005年4月），頁161。筆者按：孫叔敖所倡「國是」之說見於劉向的《新序》，卷二云：「楚莊王問于孫叔敖曰：『寡人未得所以爲『國是』也。』孫叔敖曰：『國之有是，眾非之所惡也。臣恐王之不能定也。……君臣不合，國是無由定矣。夏桀、殷紂不定國是，而以合其取捨者爲是，以不合其取捨者爲非，故致亡而不知。』莊王曰：『善哉！願相國與諸士大夫共定國是。寡人豈敢以偏國而驕士民哉！』。」見〔漢〕劉向：《新序》（台北：臺灣商務印書館，1986年3月，影印文淵閣四庫全書本），卷2，頁201。

餘輩，分行營幹於外。夫制置三司條司，求利之名也；六
七少年與使者四十餘輩，求利之器也。造端宏大，民實驚
疑；創法新奇，吏皆惶惑。……青苗放錢，自昔有禁，今
陛下始立成法，每歲常行。……且常平之法，可謂至矣，
今欲變爲青苗，壞彼成此，所喪逾多，虧官害民，雖悔何
及？」〔註81〕

蘇軾力陳新法之不當，所謂「虧官害民，雖悔何及」。但神宗支持王
安石變法，蘇軾還曾寫〈上神宗皇帝萬言書〉，極論新法之不便，把
新法比作毒藥，如施行則「四海騷然，行路怨咨」，認爲新法「小用
則小敗，大用則大敗」，而若「力行不已，則亂亡隨之」。力勸神宗勿
急於求成，否則將招致國家敗亡。稍後，王安石提出科舉新法，神宗
下詔討論。東坡又持異論，公開反對，並在開封府主考進士時發策問，
影射王安石變法獨斷獨行，將敗壞國事。然而，在與新黨爭取國是的
競爭中，由於神宗支持新法，舊黨失勢，蘇軾也因此一路被貶，甚至
因「烏臺詩案」而入獄。「烏臺詩案」是變法派斷章取義，牽強附會
的誣陷，強加給蘇軾「譏諷朝政」的罪名。根據《蘇軾年譜》記載：

元豐二年（1079）己未七月二十八日，中使皇甫遵到湖州
勾攝蘇軾前來御史台。罷湖州。先是御史中丞李定、御史
舒亶、何正臣等言蘇軾謗訕朝政，御史台檢會送到《錢唐
集》，乃詔知諫院張璪及李定推治以聞。〔註82〕

對於所謂「謗訕朝政」，《監察御史裏行舒亶箚子》對蘇軾的罪狀說明
爲：

臣伏見知湖州蘇軾近〈謝上表〉，有譏切時事之言，……至
於包藏禍心，怨望其上，訕謗慢罵，而無復人臣之節者，
未有如軾也。蓋陛下發錢以本業貧民，則曰：「贏得兒童語
音好，一年強半在城中。」陛下明法以課試郡吏，則曰：「東
海若知明主意，應教斥鹵變桑田。」陛下謹鹽禁，則曰：「豈
是聞韶解忘味，邇來三月食無鹽。」其他觸物即事，應口

〔註81〕同註17，卷338，頁484、485。
〔註82〕孔凡禮：《蘇軾年譜》（北京：中華書局，2005年5月），頁446。

所言，無一不以譏謗爲主。〔註83〕

變法派影射蘇軾以文字攻擊新法，實爲牽強附會，但蘇軾卻因此下獄五個多月，甚至有生命危險，黨爭之禍，可謂觸目驚心。本爲爭論變法是否適合國家政策的「國是」爭議，最後卻演變爲黨同伐異、陷害政敵的藉口，甚至專對人攻擊而非就事論事，導致國家大政內耗空轉，此即前述史官所謂「始以黨敗人，終以黨敗國。」

　　北宋另一著名黨爭，爲元祐間的洛、蜀黨爭。元豐八年（1085）三月，哲宗即位後，因年幼無法視事，而由太皇太后高氏臨朝聽政，此即所謂「元祐更化」。高氏起用因反對新法而被貶謫或投閒的大臣，召回了蘇軾及程頤。當時蘇軾爲文壇領袖，而程頤爲道學領袖。《王岩叟日錄》云：

　　初，頤在經筵，歸其門者甚眾，而蘇軾在翰林，亦多附之
　　者，遂有洛、蜀黨之論。〔註84〕

當時程頤、朱光庭爲洛黨，蘇軾、蘇轍、孔文仲爲蜀黨，劉摯、王岩叟、劉安世、賈易等爲朔黨。〔註85〕洛蜀二黨的反目，在於程、蘇二人的見解不同。當時程頤在經筵，多用古禮，但蘇軾認爲不近人情。如司馬光卒時，程頤反對百官前往弔唁，因當時百官正好有慶禮，程頤以古禮「子于是日哭則不歌」反對，但蘇軾譏刺之，二人於是生嫌隙。洛蜀黨爭的爆發，主要因元祐二年（1086）十二月，蘇軾發策主館職試，蘇軾策問題中論及漢朝文帝、宣帝典故，被程門弟子左司諫朱光庭斷章取義，彈劾蘇軾譏刺仁宗、神宗二先帝。蘇軾上章自辯，不甘被誣。當時右司諫蜀人呂陶也上章爲蘇辯護，呂陶於是被指爲蜀黨。而後朔黨群起圍攻蘇軾，但太后則維護蘇軾，於是洛蜀黨爭之說

〔註83〕同前註，頁 447、448。

〔註84〕同註5，卷471，頁 170。

〔註85〕按，朔黨是以司馬光門下爲骨幹的官僚集團，皆爲老練政壇官員，
　　　　元祐年間身居要職。諸葛憶兵指出：洛蜀黨爭之所以如此沸沸揚揚，
　　　　與其故意宣揚，精心利用有關。朔黨之所以視蘇軾爲政治上的障礙，
　　　　主要原因起於蘇軾與司馬光爭論役法以及蘇軾深得太后信任。參見
　　　　註 22，頁 281。

為人所周知。

綜觀洛蜀黨爭之起，其一在於二人學術思想不同。蘇軾為文壇領
袖，集儒、釋、道諸家之說，兼容并蓄，崇尚自然及精神自由。而程
頤的哲學命題核心認為「性」是道德之本源，「性即理」也。《二程遺
書》云：

> 在天曰命，在人曰性。貴賤壽夭，命也。仁義禮智，亦命
> 也。動物有知，植物無知，其性自異，但賦形於天地，其
> 理則一。〔註86〕

因此，人之性亦秉於天，則性無不善，力主孟子「性善說」的立場云：
「孟子言人性善是也。」〔註87〕又說：

> 蓋上天之載無聲無臭，其體則謂之易，其理則謂之道，其用
> 則謂之神，其命於人則謂之性。率性則謂之道，修道則謂之
> 教。孟子去其中，又發揮出浩然之氣，可謂盡矣。〔註88〕

人性本善，但人常為物欲所蔽而有不善，因此，程頤認為必須「滅私
欲」才能使天理昭明；但蘇軾則反對性善，贊成揚雄的「性善惡混」
之說，云：

> 人之性善惡混。修其善則為善人，修其惡則為惡人。〔註89〕

換句話說，蘇軾認為人之性有產生善與惡的可能，性本身並無所謂善
惡。善惡的產生與後天的修為有關，且反對將「性」與「欲」畫分，
認為：「人生而莫不有飢寒之患，牝牡之欲，不出於人之性也，可乎？」
〔註90〕亦即「欲」是出於「性」。但對於蘇軾的「性論」，理學家多以
胡言亂語視之。其二，就個性而言，理學家程頤莊嚴剛勁、不苟言笑，
而文學家蘇軾則自由通達、極好戲謔。這兩種個性上的反差，也是造
成二人隔閡的原因之一。其三，宋儒重道輕文的觀念也是洛蜀黨爭的
原因。程頤曾說：「子弟凡百玩好，皆奪志。」而蘇軾的詩、書、畫

〔註86〕同註34，卷24，頁253。
〔註87〕同註34，卷1，頁14。
〔註88〕同註34，卷1，頁9、10。
〔註89〕同註27，卷43，頁601。
〔註90〕同註27，卷43，頁600。

各項才華，在理學家看來，都屬於「玩物喪志」。後人評論元祐洛、蜀黨爭時，曾指出：

> 彼皆君子也，而互相排軋，此小人得以有辭于君子也。程明道謂新法之行，吾黨有過；愚謂紹聖之禍，吾黨亦有過。然熙寧君子之過小，元祐君子之過大。熙寧之爭新法，猶出於公；元祐之自爲黨，皆出於私者也。〔註91〕

上述所論實指出了，北宋新舊黨之爭猶與「國是」有關，是公領域之爭；而元祐洛蜀黨爭，本爲言路不同的私領域之爭，且程、蘇二人皆君子，卻陷入爲害不淺的黨爭漩渦之內，從而爲奸佞小人提供了可乘之機，甚爲可惜。因此，史傳評論認爲：「熙寧君子之過小，元祐君子之過大」。另外，屬於元祐黨人的范純仁也曾指出黨爭之危禍，《宋史·范純仁傳》云：

> 朋黨之起，蓋因趨向異同，同我者謂之正人，異我者以爲邪黨。既惡其異我，則逆耳之言難至；既喜其同我，則迎合之佞日親。以至眞僞莫知，賢愚倒置，國家之患，率由此也。〔註92〕

黨同伐異的結果，造成忠言逆耳、讒佞滋長，最終甚至危害到國家的存亡。殷鑑不遠，史傳之言猶在耳，但南宋小朝廷並未記取教訓，黨爭之熾更甚北宋。

其次論南宋的黨爭。南宋黨爭主要是由和戰之爭到道學黨爭。南宋初期自紹興和議至隆興和議期間，以高宗與秦檜爲首的主和派佔上風，因此，與金和議的國是仍爲國政大方針。紹興二十五年（1155）秦檜過世，但因秦檜黨羽仍爲高宗所依賴，因此和議的國是並未改變。隆興和議前後，圍繞主戰與主和之黨爭越發激烈，同時和戰之爭與學術之間的衝突也時有所聞，最後又引起道學朋黨與反道學朋黨之爭。爭端一直延續到寧宗朝，形成所謂的「慶元黨禁」或稱「僞學黨

〔註91〕〔宋〕呂中：《宋大事記講義》（台北：臺灣商務印書館，1986 年 3 月，影印文淵閣四庫全書本），卷20，頁381。

〔註92〕同註17，卷314，頁174。

案」。朱熹被驅趕出朝,並在黨錮之禍中告別人世。黨爭之殘酷,令士大夫隱居避禍的心態益發顯著,並使以參政主體為角色的南宋文人修正其「治國平天下」的淑世精神。遭貶處窮之累,使士人群體轉向安頓心靈、自我修練,以作為對「兼善天下」之志落空的一種心理補償,並以此而展開一場內斂、自省的心學運動。以下先述隆興和議前後的和戰之爭。

紹興三十一年(1161),金主完顏亮揮師南下,進駐采石楊林渡,違背和議。因此,高宗與秦檜為首的主和之策已無法令國人信服,再加以劉錡在采石取得大捷的消息傳回,使主戰派愈加蠢蠢欲動。高宗此時已知無法遂行和議的願望,乃於紹興三十二年(1162),將皇位禪讓於趙眘,即為孝宗,自己成為太上皇,但仍保留了一批主和派成員於朝中作為牽制。孝宗的啟蒙教育老師為道學家范沖、朱震,因此即位後即採用被秦檜長期壓制的道學人士,並於隆興元年(1163)十二月任命高宗朝老將主戰派張浚為相,但同時也起用高宗所認定的主和派湯思退。主和、主戰兩派本應為政見之爭,但卻也染上了前朝黨爭的病症,黨同伐異,失去了應有的理性論政態度。當時,孝宗有意恢復,乃採用主戰派意見,命張浚率兵北伐,發動越淮戰役,但卻以「符離之潰」收場。整個主戰派的氣勢也因此削減,主和派勢力重新高漲,孝宗也下詔罪己,同時罷去議戰期間抨擊和議最激烈的兵部侍郎胡詮,而國之元老張浚、王十朋等人也相繼遭貶。

孝宗於隆興二年(1164)十二月,再次與金議和,割商、秦之地,稱金為叔,自稱為姪,改「歲貢」為「歲幣」,減銀絹各五萬,此即「隆興和議」。後人朱彝尊對「符離之潰」曾有詩評論,其〈初夏重經龍洲道人墓三十二韻〉云:

> 我思南渡後,思陵失其政。謀夫多去國,魏公執兵柄。幕府盛賓僚,子弟談性命。棄師累十萬,三敗無一勝。肆將功罪淆,第許心術正。猛將反先誅,豈 惟一檜橫。哀哉小

　　朝廷，自此和議定。〔註93〕

詩中「子弟談性命」，意有將「符離之敗」的原因歸究於道學在事功過程中的負面效應。張浚本是道學家譙定門人，且在隆興北伐中的主要力量也來自道學人士，他們將興兵抗金與發揚道學結合。朱熹也曾在孝宗即位之初，上疏言人君之學的關鍵在「格物致知」與「正心誠意」，認爲天下國家之治與不治，與此關係密切。其云：

　　　　致知格物者，堯舜所謂精一也；正心誠意者，堯舜所謂執
　　　　中也。自古聖人口授心傳而見於行事者，惟此而已。〔註94〕

將北伐失敗歸究於「子弟談性命」或有過當，但卻證明了道學已滲入政治事件中。因此，孝宗即位後所出現的朋黨之爭，可以說「既是政治上的主戰與主和之爭，又是學術上的道學與反道學之爭。兩者是互爲表裡，相輔相成的，爲後來的『道學朋黨』與『反道學朋黨』之爭拉開序幕。」〔註95〕隆興和議後，以道學人士爲主要力量的主戰派的失敗，代表道學的命運進入被壓抑的處境。因此，朱熹深感時弊，堅請奉祠。

　　其次，論道學與反道學之爭。乾、淳年間，主要的黨爭爲道學與反道學的論爭，在這場爭論中，朱熹爲道學的領袖人物。淳熙年間，道學人士以「清議」形式干預朝政，形成所謂「清流」、「濁流」之說，有見於此，孝宗曾謂大臣曰：

　　　　朝廷用人，止可論其賢否如何，不當有黨。……近來士大
　　　　夫又好唱爲清議之說，不宜有此。〔註96〕

然而孝宗的清除朋黨與抑制清議，並未起任何效果。而由於政治上的

〔註93〕〔清〕朱彝尊：《曝書亭集》（台北：臺灣商務印書館，1986年3月，影印文淵閣四庫全書本），卷17，頁585。
〔註94〕〔宋〕朱熹：《晦庵集》（台北：臺灣商務印書館，1986年3月，影印文淵閣四庫全書本），卷11，頁168。見〈壬午應詔封事〉。
〔註95〕同註80，頁82。
〔註96〕〔宋〕李心傳撰：《建炎以來朝野雜記》乙集（台北：臺灣商務印書館，1986年3月，影印文淵閣四庫全書本），卷3，頁475、476。見〈孝宗論不宜有清議〉。

共同訴求，使朱熹、陳亮、陸九淵等不同學術觀點的道學人士，在政治上形成了獨特的朋黨集團。據周密《癸辛雜識》載：

> 道學之名，起于元祐，盛于淳熙。……讀書作文者，則目爲玩物喪志；留心政事者，則目爲俗吏。其所讀者，止《四書》、《近思錄》、《通書》、《太極圖》、《東西銘》、《語類》之類，自詭其學爲正心、修身、齊家、治國、平天下。故爲之說曰：「爲生民立極，爲天地立心，爲萬世開太平，爲前聖繼絕學。」……天下竟趨之，稍有議及，其黨必擠之爲小人，雖時君亦不得而辨之矣。其氣燄可畏如此。〔註97〕

從上述可以得知道學人士的主張與觀點，然而，文中亦提及部份道學人士「其氣燄可畏如此」，過度盛氣凌人的後果，是使朱熹等人的文化政治使命蒙上陰影，同時，也爲反道學朋黨提供了排斥、抑制的充分理由。

道學朋黨與反道學黨之爭的激烈時期始於淳熙後期，至寧宗即位後，則爲黨爭的關鍵期。紹熙五年（1194），在道學朋黨的政治領袖趙汝愚的擁立下，寧宗即位，光宗遭廢，隨即召道學大老朱熹與前朝元老楊萬里赴朝。光宗被廢，給道學朋黨帶來希望，但慶元元年（1195），趙汝愚被貶，以及隨之而來的「偽學之禁」，標誌了道學朋黨的失敗以及反道學黨的勝利。作爲黨爭的勝利者，韓侂冑相黨集團，因發動了開禧北伐又以失敗告終，韓侂冑首級被作爲換取和議的禮物，而其黨羽也隨之被貶。綜觀和戰之爭以及道學黨爭，其共同點即黨同伐異、惡惡相濟，士大夫群體或失望畏禍而遠避，或深入黨爭漩渦而抑鬱以終，黨爭之禍可謂大矣。

在道學與反道學黨爭方熾之時，淳熙十六年（1189），楊萬里對於黨論的盛行以及相黨之間的黨同伐異，曾上疏云：

> 近日以來，朋黨之論何其紛如也。有所謂甲宰相之黨，有所謂乙宰相之黨，有所謂甲州之黨，有所謂乙州之黨，有

〔註97〕〔宋〕周密：《癸辛雜識》續集（台北：臺灣商務印書館，1986 年 3 月，影印文淵閣四庫全書本），卷下，頁 87。見〈道學〉。

> 所謂道學之黨，有所謂非道學之黨，是何朋黨之多歟！……
> 進以甲宰相，一日甲罷，則盡指甲之人，以為甲之黨而盡
> 逐之；進以乙宰相，一日乙罷，則又盡指乙之人，以為乙
> 之黨而盡逐之。若夫甲州之士，乙州之士，道學之士，非
> 道學之士，好惡殊而向背異，則相攻相擯，莫不皆然。黨
> 論一興，臣恐其端發于士大夫，而其禍及于天下國家，前
> 事已然矣，可不懼哉！〔註98〕

楊萬里文中所謂「甲宰相之黨」、「乙宰相之黨」，是指淳熙末年先後
形成的以王淮、周必大為核心的相黨集團，而其後又有趙汝愚、韓侂
胄的兩相黨衝突，彼此互相排擠傾軋。因此，楊文有「好惡殊而向背
異，則相攻相擯」，「黨論一興，……而其禍及于天下國家」之嘆。楊
萬里雖非道學家，但與道學家同調，同樣渴求國家政治的清明有為，
表達了對黨爭的厭惡，認為黨爭為禍「及于天下國家」，不可不慎！
他又曾於淳熙十四年（1187）時，孝宗令有司討論皇太子（即光宗）
「參決庶務」之事，上書光宗父子。其中給光宗的書中指出：

> 天下之職皆可共理，惟人主之職非可共理之物也。何也？
> 天無二日，民無二王。……蓋宗乎二人，則向背之心生；
> 向背之心生，則彼此之黨立，彼此之黨立，則讒間之言必
> 起，父子之際必開。開者不可復合，際者不能復全，此古
> 今之大憂也。〔註99〕

楊萬里認為太子參與庶務會使政出於二，如此則必導致黨立。黨立一
開，則必造成父子間的嫌隙，而成為國家之大憂。但楊萬里的苦諫並
無成效，孝宗父子的皇權衝突，應了楊萬里的預言。其後，楊萬里於
紹熙三年（1192），以江東漕司「移病自免」，曾作〈感興〉一詩：

> 去國還家一歲陰，鳳山錦水更登臨。別來蠻觸幾百戰，險
> 盡山川多少心。何似閒人無藉在，不妨冷眼看昇沉。荷花

〔註98〕 〔宋〕楊萬里撰：《誠齋集》（台北：臺灣商務印書館，1986年3月，
　　　　影印文淵閣四庫全書本），卷69，頁673。見〈乙酉自筠州赴行在奏
　　　　事十月初三日上殿第一札子〉。
〔註99〕 同前註，卷62，頁592。見〈上皇太子書〉。

　　　　正鬧蓮蓬嫩，月下松醪且滿斟。〔註100〕

詩中引《莊子‧則陽》的典故：蝸牛角上有兩國，一為蠻氏，一觸氏。
「別來蠻觸幾百戰」，兩者因寸地之爭，造成伏屍數萬，並以此比喻
孝宗父子彼此黨立之事。其後，寧宗新立時，召朱熹與楊萬里赴朝，
朱熹應召任經筵侍講，但楊萬里辭不赴任，其中或即有感於「別來蠻
觸幾百戰」的黨爭之險惡。但對照其後的「偽學黨禁」，楊萬里可謂
有先見之明，並得以避禍全身。對於世路風濤，楊萬里選擇回歸自然
懷抱，索江風，喚山月，做個清閒之人，實為身處黨爭漩渦中，士大
夫的一種求全自保之道。

二、隱逸情懷與孔顏之樂

　　在「國是」此一高度一元化的政治運作制度下，黨同伐異的黨爭
傾軋如影隨形，遭受阻斥的士大夫群體，因其作為參政主體的政治命
運受挫，使其作為文學創作主體的心態特徵傾向於避禍以全身，或奉
祠請歸，或遁隱山林。因此，抒發仕隱情懷的「和陶擬陶」，或內省
自得的「孔顏之樂」的作品，便成為具有時代特徵的文學創作主題取
向。同時，此時期抑情以自保的士大夫群體心態，也造成了文學創作
中「清閒」主題的普遍性。黨禍、學禍使集參政主體、學術主體與文
學創作主體於一身的士大夫群體心態轉向內在，「以天下為己任」的
淑世精神轉趨為自省內斂的自我生命安頓，尋求精神棲居之所的渴望
更甚於銳意恢復的雄心壯志。就儒家思想而言，即是由「治國平天下」
的外王事業轉向「正心誠意」的內聖修為。如北宋黨爭中因黨派傾軋
一路被貶的蘇軾，從揚州、穎州，一路到惠州、瓊州（海南島）。面
對動盪流放的際遇，詩人對離合循環，憂喜相攻的人生旅途，在嘆息
之餘也有了更深一層的體會。釋道精神在此困頓時刻，適時提供了審
視人生的獨特角度，使其能以隨緣自適、超然物外的本真姿態，詩意
的棲居於所行經的大地，回歸其精神家園。根據《宋史‧蘇軾本傳》

─────────────

〔註100〕　同註37，卷2299，頁26411。

的記載，蘇軾出御史臺獄，謫居黃州時，「與田父野老相從溪山間，築室於東坡，自號東坡居士。」〔註 101〕躬耕田畝，擺脫黨爭羈絆。在此其間，面對「地既久荒爲茨棘瓦礫之場」（〈東坡〉八首序）的「東坡」卻怡然自得，其超脫的心情有如陶淵明〈歸園田居〉之「復得反自然」，擺脫樊籠的羈絆，回到本眞和自由。其〈東坡〉絕句云：

> 雨洗東坡月色清，市人行盡野人行。
>
> 莫嫌犖确坡頭路，自愛鏗然曳杖聲。〔註 102〕

在險惡的政治傾軋下，詩人獨行於月色中，「莫嫌犖确坡頭路」，彷彿消解了人生旅程中險峻黨爭的崎嶇坎坷；「自愛鏗然曳杖聲」則彷如詩人詩意地歌唱著本眞存在，充滿喜悅地歸向其精神家園。

（一）隱逸情懷

　　從上述東坡之例可以發現，在黨爭之禍籠罩下，文人抑情自保的表現是擬晉宋間人物，和陶擬陶之作也成爲一種特殊的主題創作方向。蘇軾詩集中有大量的和陶擬陶之作，這股風氣更漫延到南宋。以黨爭傾軋爲契機，以自我安頓心靈爲功用，詩人在和陶擬陶中也構築了「樂意相關」的精神家園。

　　首先，遭受黨禍士人追擬陶淵明的用意，主要在於排遣黨禍所帶來的沉重鬱悶，並自我安頓心靈，更進一步，則是追求個體的自由與生命的價值。陶淵明的精神何以能與宋型文化精神相遇？毫無疑問，朋黨之惡所產生的畏禍與避禍心理是一契機。尤其南渡之後，陶淵明更成了文人安身立命的共同精神資源。陶淵明對於士人的價值，張元幹曾有獨到的分析：

> 晉宋間人物，風流如陶淵明，環堵蕭然，不蔽風日，短褐穿結，簞瓢屢空，臥北窗下，涼風時至，自謂「羲皇上人」。……貧者士之常，胸次所養果厚，必無寒飢憔悴色，

〔註101〕　同註 17，史部 286，頁 487。

〔註102〕　〔宋〕蘇軾著、〔清〕馮應榴輯注：《蘇軾詩集合注》（上海：上海古籍出版社，2001 年 6 月），頁 1134。

> 故能安于青松白雲之下，而操孤鸞別鶴之音，優哉游哉，
> 聊以卒歲。宜其淵明願留而保歲寒也。〔註103〕

陶淵明「簞瓢屢空」仍如白雲鸞鶴般優遊自在，「胸次所養果厚」是一重要原因，而這種貧而不寒的生活態度，也代表一種生命的境界。陶淵明「不爲五斗米折腰」，飄然歸去的行動，對負罪遠謫的黨爭受害士人來說，不啻爲一種追尋的典型；而陶淵明面對「環堵蕭然」等窘迫狀況的那份悠然自得，也正是遭貶士人的精神武裝，可以化解內心積鬱，從而保持本眞的澄明。劉克莊評論蘇軾和陶詩時曾指出：

> 和陶自二蘇公始，然士之生世，鮮不以榮辱得喪撓敗其天
> 眞者。淵明一生惟在彭澤八十餘日涉世故，余皆高枕北窗
> 之日，無榮烏乎辱，無得烏乎喪，此其所以爲絕倡而寡和
> 也。二蘇公則不然，方其得意也，爲執政，爲侍從，及其
> 失意也，至下獄過嶺，晚更憂患，始有和陶之作。〔註104〕

以上說明了蘇軾和陶擬陶的動機與其仕途失意有關，尤其貶海南時，窮途末路的人生感受，爲排遣此情累而向陶淵明尋求精神慰藉。如〈和陶雜詩十一首〉之一云：

> 斜日照孤隙，始知空有塵。微風動眾竅，誰信我忘身。……
> 從我來海南，幽絕無四鄰。耿耿如缺月，獨與長庚晨。
> 此道固應爾，不當怨尤人。〔註105〕

又〈和陶王撫軍座送客〉詩云：

> 胸中有佳處，海瘴不能腓。三年無所愧，十口今同歸。
> 汝去莫相憐，我生本無依。相從大塊中，幾合幾分違。
> 莫作往來相，而生愛見悲。悠悠含山日，炯炯留清輝。……
> 〔註106〕

〔註103〕 〔宋〕張元幹：《蘆川歸來集》（台北：臺灣商務印書館，1986年3月，影印文淵閣四庫全書本），卷9，頁658。見〈跋趙祖文貧士圖後〉。
〔註104〕 〔宋〕劉克莊：《後村集》（台北：臺灣商務印書館，1986年3月，影印文淵閣四庫全書本），卷31，頁332、333。見〈跋宋吉甫和陶詩〉。
〔註105〕 同註102，頁2192。
〔註106〕 同註102，頁2171。

〈和陶擬古九首〉之三又云：

　　……萬法滅無餘，方寸可久居。將掃道上塵，先拔庭中蕪。

　　一淨百亦淨，物我皆如如。〔註107〕

由上述引詩可見，蘇軾和陶是以安頓自我心靈爲依歸，故詩中云：「胸中有佳處，海瘴不能腓。」、「此道固應爾，不當怨尤人。」黨爭之禍，或許也可以說是一種因禍得福，因其充實和深化了詩人「不以物喜，不以己悲」的立身之道；體會了「物我皆如如」的存在之理。值得注意的是，陶淵明本身並無遭貶處窮的經歷，因此蘇軾的和陶已非陶詩原意，而是根據自己的現實處境對陶淵明的重新詮釋，用以表達自我鎮定，體現處於生命困頓境地的立身之道。而這種重新詮釋陶淵明的現象，在南宋詩壇是具有普遍性的。南渡以後，黨爭之禍不斷威逼著士大夫的命運，而「經過蘇軾重新詮釋與建構後的陶淵明，則繼續成了士人保全心志，彌補在實踐儒家經世之學中被剝蝕的理性世界的精神資源。」〔註108〕因此，南宋遭貶處窮的士人，向陶淵明尋求精神力量，成爲一種普遍傾向。如紹興黨禁中指斥秦檜，而一貶再貶的李光，其貶處瓊州時的詩云：

　　卜居牛斗墟，築室瓦礫中。依然植五柳，彷彿余四松。

　　南窗有幽意，寄傲膝可容。〔註109〕

在貶謫之境，以「南窗幽意」爲精神慰藉，攻克心中的牢籠。又如，朱熹之父朱松紹興七年在張浚的薦舉下入朝爲祕書省校書郎，但也因被捲入和戰之爭中觸怒秦檜而請祠，有〈效淵明〉詩云：

　　人生本無事，況我麋鹿姿。一墮世網中，永與林壑辭。……

　　吾行何日休，流目瞻長岐。且用陶翁言，一觴聊可揮。

　　〔註110〕

〔註107〕　同註102，頁2395。
〔註108〕　同註80，頁509。
〔註109〕　同註37，卷1421，頁16378。見〈杜子固參議累覓南窗詩，勉成鄙句。子固謂杜氏古無二族，祈公其近屬也〉。
〔註110〕　同註37，卷1853，頁20702。

「一墮世網中」，意指其遭遇的黨爭之禍，「且用陶翁言，一觴聊可揮」，則以追隨陶淵明的精神遠離世網，化解心中無形的囚牢，重新回到林壑的懷抱。又如李綱在高宗推行降金苟安國策時，上奏表達深沉憂慮，但卻遭貶黜，其「奮不顧身以徇國家之急」的耿耿孤忠，換來的是遭貶處窮。因此，在生命困頓之時也汲取了陶淵明的精神資源。其〈次韻和淵明《飲酒》二十首〉之二十云：「我讀古人書，獨與淵明親。」〔註 111〕此處的淵明精神是其身處瘴癘的支柱，也是生命陷入困頓之境時，心靈安適力量的來源。

（二）孔顏之樂

在黨爭之禍陰影下，士人在精神上除了以和陶擬陶作為排遣情累、解除心役的寄託外，也因現實與理想的極大落差，而將心態由外向的積極淑世精神轉向內在精神世界的建設。例如：

> 通過對顏子之學的探討，北宋的士大夫越來越把關注的目
> 光集中到內在的精神天地。〔註112〕

而從北宋中後期即盛行的顏子學，顏子式人生觀，也一直持續發展到南宋，成為南宋士人體悟人生的終極關懷，達成獨立個體內在超越的精神來源。

「孔顏之樂」是精神人格的理想境界，是個人安身立命的充分體現，又是宋明理學中聖賢境界的標誌。考察「孔顏之樂」論題的來源，可推至北宋理學宗師周敦頤。《宋史・周敦頤傳》云：

> 掾南安時，程珦通判軍事，視其氣貌非常人，與語，知其
> 為學知道，因與為友，使二子顥、頤往受業焉。敦頤每令
> 尋孔顏樂處，所樂何事？二程之學源流乎此矣。故顥之言
> 曰：「自再見周茂叔後，吟風弄月以歸，有『吾與點也』之
> 意。」〔註113〕

〔註111〕 同註 37，卷 1550，頁 17601。
〔註112〕 朱剛：〈從「先憂後樂」到「簞食瓢飲」——北宋士大夫心態之轉變〉，《文學遺產》第 2 期（2009 年），頁 57。
〔註113〕 同註 17，卷 427，頁 13。

何謂「孔顏樂處」？周敦頤的解釋爲：

> 顏子「一簞食，一瓢飲，在陋巷，人不堪其憂而不改其樂。」
> 夫富貴，人所愛也，顏子不愛不求而樂乎貧者，獨何心哉？
> 天地間有至貴至愛可求，而異乎彼者，見其大而忘其小焉
> 爾。見其大則心泰，心泰則無不足，無不足則富貴貧賤處
> 之一也，處之一，則能化而齊，故顏子亞聖。〔註114〕

周敦頤指出顏子能於逆境中處之泰然的原因，在於「見大」。因能見
大，故內心朗然，知足常樂，貧賤富貴皆不能動其心。周敦頤認爲「大」
是天地間的「至貴至愛」，能見此「大」，則一切富貴貧賤相形之下皆
極渺小，世間的歡喜憂愁也都不足掛齒。〈師友第二十四〉又補充說：

> 天地間，至尊者道，至貴者德而已矣。至難得者人，人而
> 至難得者，道德有於身而已矣。〔註115〕

周敦頤認爲：天地間「至尊」的「道」與「至貴」的「德」即所謂「大」，
而能體道、悟道的有德之人更是難能可貴。因此，能見天地間之「大」
者，自然心泰而無不足，自然能超越富貴貧賤，安頓自我的心靈，使
心中充實且愉悅。而這種心靈美境與人生的理想境界，才是士人所應
追求的生活境界，周敦頤令二程所追尋的「孔顏樂處」即在此。

周敦頤繼承儒學入世傳統，倡導士人皆須有成聖成賢的理想信
念，其〈志學第十〉中寫道：

> 聖希天，賢希聖，士希賢。伊尹顏淵，大賢也。伊尹恥其
> 君不爲堯舜，一夫不得其所，若撻於市。顏淵不遷怒，不
> 貳過，三月不違仁。志伊尹之所志，學顏子之所學。過則
> 聖，及則賢，不及則亦不失於令名。〔註116〕

此即儒家積極入世的精神，合內外之道。「志伊尹之所志」是外王之
道，即士大夫應具備治國安民的理想；「學顏子之所學」是內聖之道，
即士大夫在自我心靈修爲上應以體道、悟道、與道渾然同體，作爲人

〔註114〕 〔宋〕尹焞撰：《和靖集》（台北：臺灣商務印書館，1986 年 3 月，
影印文淵閣四庫全書本），卷 4，頁 29、30。

〔註115〕 同註29，卷 1，頁 431。

〔註116〕 同註29，卷 1，頁 425、426。

格精神的理想境界。如北宋名臣范仲淹「進，則盡憂國憂民之誠；退，則處樂天樂道之分。」〔註117〕即為實現儒家外王內聖之道的理想典範。自周敦頤提出「孔顏樂處」的命題後，孔顏之樂的追問與探求，即成了宋明理學的核心問題。理學各派思想或有差異，對「樂處」〔註118〕的理解也略不相同，但此一理想境界已成為宋代士人的人格精神追求。尤其因黨禍而貶謫處窮的宋士大夫們，孔顏之樂的悟道、體道哲學，更成為照亮幽微心靈的一盞明燈。

宋代士大夫對顏子學極為重視，自北宋中後期即已成為學術中的特殊領域。如蘇轍〈答黃庭堅書〉云：

> 蓋古之君子，不用于世，必寄于物以自遣。阮籍以酒，嵇康以琴。阮無酒，嵇無琴，則其食草木而友麋鹿，有不安者矣。獨顏氏飲水啜菽，居于陋巷，無假于外，而不改其樂，此孔子所以嘆其不可及也。〔註119〕

「無假于外，而不改其樂」，這樣的境界是指一個人的精神修養至一定高度，所以不假外求，仍能自得其樂。「飲水啜菽，居于陋巷」依然不改其樂者，其內在精神境界已然戰勝了外在欲望的需求。蘇轍在元豐年間因受蘇軾「烏臺詩案」所累，亦遭貶謫筠州，曾作〈東軒記〉云：

> 嗟夫！士方其未聞大道，沉酣勢利，以玉帛子女自厚，自以為樂矣。及其循理以求通，落其華而收其實，從容自得，不知夫天地之為大，與生死之為變，而況其下者乎？故其樂也，足以易窮餓而不怨，雖南面之王不能加之，蓋非有

〔註117〕 同註39，卷17，頁743〈謝轉禮部侍郎表〉。

〔註118〕 如李煌明先生認為：孔顏之樂的「樂處」，就論學派別區分，可分為四種：邵雍、程顥等認為是「與天地萬物同體境界」；程頤、朱熹等認為是「與理合一的境界」；張載一派認為是「與事功合一的境界」；明代王守仁為代表的一派認為是「性與情合一的境界」。此說可作為參考。詳參李煌明：〈孔顏之樂——宋明理學中的理想境界〉，《中州學刊》第6期（2003年11月），頁151～160。

〔註119〕 〔宋〕蘇轍：《欒城集》（台北：臺灣商務印書館，1986年3月，影印文淵閣四庫全書本），卷22，頁244。

德不能任也。〔註120〕

「循理以求通，落其華而收其實，從容自得，不知夫天地之爲大，與生死之爲變」，蘇轍在此所思考的是更爲根本的人生意義，接觸到了性命之根本，內在心靈安頓問題。又其〈論語拾遺〉中也指出：

> 孔氏之門人，其聞道者亦寡耳，顏子、曾子，孔門之知道者也。故孔子嘆之曰：「朝聞道，夕死可矣。」苟未聞道，雖多學而識之，至于生死之際，未有不自失也。苟一日聞道，雖死可以不亂矣。死而不亂，而後可謂學矣。
> 〔註121〕

在北宋黨爭的艱困險境中，蘇轍體會了顏子「安貧樂道」的人生哲學，也安頓了自我心靈，尋得精神生命的依歸。

「樂道」的顏子學成爲兩宋士人追求的精神價值，正如程顥在〈秋日偶成二首〉之二所云：

> 閒來無事不從容，睡覺東窗日已紅。萬物靜觀皆自得，四時佳興與人同。道通天地有形外，思入風雲變態中。富貴不淫貧賤樂，男兒到此是豪雄。〔註122〕

「萬物皆備於我矣，反身而誠，樂莫大焉。」〔註123〕孟子之語揭示了作爲一個人的最大快樂；「富貴不淫貧賤樂」，則標舉了悟道之樂。所以，即使沒有成就一番功業，但只要達成內在精神的完善，也是頂天立地的「大丈夫」。內聖與外王，本即爲宋學的基本內涵，也是宋士大夫的兩大價值取向。當士人報國無門、遭窮處貶時，孔顏之樂的人生哲學以及悟道自得的人生體會，便會在這批落入人生困境的士大夫心靈上，發揮極大的精神寄託功效，使其在困蹇的謫貶處境中，仍能自我肯定作爲一個人的生存意義。

綜上所述，以兩宋黨爭之禍爲契機，也同時展開了宋士大夫群

〔註120〕　同前註，卷24，頁254。
〔註121〕　〔宋〕蘇轍：《欒城第三集》（台北：臺灣商務印書館，1986 年 3 月，影印文淵閣四庫全書本），卷7，頁825。
〔註122〕　同註37，頁8237。
〔註123〕　同註58，頁229。

體心態的轉向內在，而其表現的方式可以歸爲兩種類型：一是重新建構陶淵明的精神世界，以作爲自我心靈的安頓；一是以顏子樂的體道、悟道哲學，爲自己跌入深淵被遮蔽的生命，敞開一道澄明的存在之光。

第四節　宋學與理性精神

　　許多論者常指出宋人具有強烈的理性精神，而理性精神的高揚，則與宋代重視文教的時代風會及宋學新儒家心性義理之學的言說有密切關係。上述各節，分別由政策制度、國家社會局勢及文人黨爭等層面，論述了形塑宋型文化的外在因素。本節則將討論重心置於內在因素，亦即宋代學術話語建構對士大夫主體精神的滲透，形成了有別於唐型文化的一種「理性凝斂」的特質。

一、宋學

　　「宋學是宋代士人積極向上之主體精神與人格追求的學理化。它所要解決的根本問題乃是人生價值何在，與如何實現這一價值的問題。」〔註124〕換言之，宋學是通過論辨天人關係，來揭示人的主體精神及其本體價值。作爲一種文化學術話語，相較於漢學的「官方意識形態」性質，宋學則更具有「烏托邦」性質，〔註125〕更加體現了士人階層的社會關懷。關於士大夫階層對社會的關懷，由前述淑世精神、憂患意識等面向可以得到印證；另外，上文所述宋代士人對理想精神境界「孔顏之樂」的追尋，則體現了士人的另一精神層面。「達則兼濟天下，窮則獨善其身」的人生理念，外王內聖的人生價值追求，實即宋學言說對宋代士人精神的建構與滲透，同時也是形塑宋型文化最深層的因素。以下先論宋學言說的內涵。

〔註124〕 李春青：《宋學與宋代文學觀念》（北京：北京師範大學出版社，2001年 10 月），頁 34。
〔註125〕 同前註，頁 33。

　　宋學言說極爲複雜且豐富，其內涵可以簡要歸納爲本體範疇與工夫範疇。本體範疇如：心、性、誠、道、理；工夫範疇如：敬、思等。

（一）本體範疇

　　在宋學言說中，「心」是最爲核心的本體範疇。南宋時道學又有「心學」之稱。宋學對「心」的論述源自先秦儒學，在《孟子》一書中，「心」是作爲一種道德價值的可能性或潛能，同時也是人的主體，是一切道德價值的最終依據，是善的本源。如《孟子·公孫丑上》云：

> 惻隱之心，仁之端也；羞惡之心，義之端也；辭讓之心，
> 禮之端也；是非之心，智之端也。〔註126〕

此處之「心」爲一先驗的道德能力，是做爲能實現仁、義、禮、智諸道德價值的潛能。《孟子·告子上》又云：

> 耳目之官，不思而蔽於物，物交物，則引之而已矣。心之
> 官則思，思則得之，不思則不得也。此天之所與我者，先
> 立乎其大者，則其小者弗能奪也。此爲大人而已矣。〔註127〕

「心」在這裡則爲能思的主體，而不僅是道德的可能性。《孟子·離婁下》又云：「大人者，不失其赤子之心者也。」朱熹注云：

> 大人之心，通達萬變。赤子之心，則純一無僞而已。然大
> 人之所以爲大人，正以其不爲物誘，而有以全其純一無僞
> 之本然。是以擴而充之，則無所不知，無所不能，而極其
> 大也。〔註128〕

自孟子以「心」爲先驗的道德能力，爲能思的主體，宋儒繼而承之，闡釋此「赤子之心」乃爲純一無僞之本體，大人之心雖通達萬變，但因其不爲物誘，故能「全其純一無僞之本然」，這是大人之所以爲大人的根本。《孟子·盡心上》又云：

> 盡其心者，知其性也；知其性，則知天矣。〔註129〕

〔註126〕　同註58，頁66。
〔註127〕　同註58，頁204。
〔註128〕　同註32，頁106。
〔註129〕　同註58，頁228。

孟子認為人皆有善端，天理昭然於心，因此人只要「存其心」，「養其性」，即可通於天道。孟子對「心」的闡述，可說是人的自覺，使人的主體精神無限高揚。而這個觀點也為宋儒所推崇並繼承，如程頤云：

> 大抵稟於天曰性，而所主在心。才盡心，即是知性，知性，即是知天矣。〔註130〕

伊川繼承了孟子「盡心知性以知天」的看法，認為天地萬物之理在人心中，只要能發明本心，盡心盡性，就能通於天理。《二程集》云：

> 心即性也。在天為命，在人為性，論其所主為心，其實只是一個道。〔註131〕

心、性皆「只是一個道」，道在天曰「命」，在人稱為「性」。但只有當「性轉而為自為狀態」時，才是心。所以，二程也是認為心具有作為主宰的本體意義。「人因為有心才能意識到自己作為人存在，才能理性地主宰自然生命遵循理想的道路，走向理想之境。」〔註132〕「心」作為本體意義的重要性即在此，故在宋學言說中，「心」是極重要的核心範疇。另外，朱熹則提出「心貫性情」之說。《晦庵集》卷五十六云：「性為體，情為用，而心則貫之。」〔註133〕朱熹認為「性」是未發，是心之理，「情」是已發，是心之動，而「心」則統合貫通二者。朱熹又指出：

> 心之所得乎天之理則謂之性，性之所感於物而動則謂之情。是三者人皆有之，不以聖凡為無有也。但聖人則氣清而心正，故性全而情不亂耳。學者當存心養性而節其情也。
> 〔註134〕

聖人「氣清而心正」，不為物蔽，故已發、未發皆為善；但常人則須存心、養性、節情，守護本心，才能使天理昭彰於心。至於象山之學

〔註130〕 同註34，卷18，頁167。〈伊川語四〉。
〔註131〕 同註34，卷18，頁164。
〔註132〕 傅小凡：《宋明道學新論——本體論建構與主體性轉向》（北京：社會科學文獻出版社，2005年5月），頁53。
〔註133〕 同註94，卷56，頁686。
〔註134〕 同註94，卷64，頁237。〈答徐景光〉。

又有「心學」之稱。《象山集・象山語錄》卷二云:「萬物森然於方寸之間,滿心而發,充塞宇宙,無非此理。」〔註135〕實繼承孟子「萬物皆備於我」之義。又如〈雜說〉云:

> 四方上下曰宇,往古來今曰宙。宇宙便是吾心,吾心便是宇宙。〔註136〕

以及「人須是閑時大綱思量,宇宙之間如此廣闊,吾立身於其中,須大做一個人。」〔註137〕在象山學說中,「心」具備主體精神的無限性,等同宇宙,等同天理。所謂「人者,天地之心也。」〔註138〕因而人須自覺「大作一個人」,發揮精神力量,常懷「以天下為己任」的雄心壯志。

　　宋學,尤指道學,又稱心性之學。除了「心」之外,「性」也是宋學言說的重要範疇。且宋儒言「心」不離「性」,「性與理」,「誠與道」等學術話語,其基本意義相通而統一,直指最高本體。如「道」是自然的規律,「性」則是人對自然之道的秉賦,雖有自然與人之區別,但皆屬本體範疇。如衛湜《禮記集說》引程頤語云:

> 性與天道,一也。天道降而在人,故謂之性。性者,生生之所固有也。循是而言之,莫非道也。〔註139〕

性與天道是一體的,「天道降而在人」,在人身上彰顯的天道即是性,這是人與自然之間的相通性。程頤又云:「性即理也,所謂理,性是也。」〔註140〕性與理在此為同位語,指人與人之間本性的相通。關於性與理,程頤又進一步闡釋道:

〔註135〕 〔宋〕陸九淵撰:《象山集》(台北:臺灣商務印書館,1986 年 3月,影印文淵閣四庫全書本),卷 2,頁 563。

〔註136〕 同前註,卷 22,頁 451。

〔註137〕 同前註,卷 3,頁 576。

〔註138〕 〔漢〕鄭玄注、〔唐〕孔穎達疏:《十三經注疏——禮記》(台北:藝文印書館,1993 年 9 月),頁 434。

〔註139〕 〔宋〕衛湜:《禮記集說》(台北:臺灣商務印書館,1986 年 3 月,影印文淵閣四庫全書本),卷 123,頁 8。

〔註140〕 同註34,卷 22 上,頁 235。

> 吾生所有，既一於理，則理之所有，皆吾性也。人受天地
> 之中，其生也具有天地之德，柔強昏明之質雖異，其心之
> 所然者皆同。特蔽有淺深，故別而爲昏明；稟有多寡，故
> 分而爲強柔。至於理之所同然，雖聖愚有所不異。〔註141〕

人皆秉受天地之德，但因天理被遮蔽的深淺有所別，因而有昏明、強
弱的差異，但人性之「理」卻是與生具有，天下人都相同的。因此只
要去蔽，就能由昏返明。由於「人受天地之中，其生也則有天地之德」，
所以程頤才說：

> 理也，性也，命也，三者未嘗有異。窮理則盡性，盡性則
> 知天命矣。天命猶天道也，以其用而言之則謂之命。命者，
> 造化之謂也。〔註142〕

理、性、命，都是天道。人秉受天道，如果能充分開展天所賦予之德，
「窮理盡性」則能「知命」，達到與理合一，與道同體的境界。至於
張載論「性」，則有「天地之性」與「氣質之性」之分。《正蒙・誠明》
云：

> 形而後有氣質之性，善反之則天地之性存焉。故氣質之性，
> 君子有弗性者焉。〔註143〕

張載認爲「氣質之性」與「形」即肉體生命相關，是個體的脾氣、稟
性；而「天地之性」則爲宇宙之大生命在個體身上的體現，是人人與
生具來的共通性。但因天性常隱而不顯，個體常爲物欲所遮蔽，所以
人必須通過自我提升、自我反思，才能使秉受於天的至善之性顯現。
張載論性，「將人性之善歸之於宇宙間的大化流行，將人之惡歸之於
個體的感性氣質。」〔註144〕可以說使繼承自孟子的「性善論」更加
完滿。

　　另外，在探討本體範疇時，「道」與另一學術話語「誠」也常被

〔註141〕 同註 139，卷 133，頁 247。
〔註142〕 〔宋〕眞德秀：《西山讀書記》（台北：臺灣商務印書館，1986 年 3
　　　　　月，影印文淵閣四庫全書本），卷 2，頁 49。
〔註143〕 同註 63，卷 2，頁 114。
〔註144〕 同註 124，頁 51。

用來互爲闡釋，如《孟子・離婁上》云：

> 誠者，天之道也；思誠者，人之道也。〔註 145〕

趙岐注云：「授人誠善之性者，天也；思行其誠以奉天者，人也。」〔註 146〕所以，「誠」也是溝通天人之間的共通本性。至誠之人即聖賢，行爲舉止自然符合一切道德規範；而一般人因其亦秉受來自於天的「誠善之性」，如能「思誠」也可體悟天道的境界。周敦頤在《通書》中也繼承孟子對「誠」的言說云：「誠者，聖人之本。『大哉乾元，萬物資始。』誠之源也。」〔註 147〕「誠」是宇宙的根源，「誠」也是人的道德情感的內在體悟。人的道德情感體悟既源自於天，因此「誠」也就具有本體意義。程頤也說：

> 無妄者，至誠也；至誠者，天之道也。天之化育萬物，生生不窮，各正其性命，乃無妄也。人能合無妄之道，則所謂與天地合其德。〔註 148〕

「至誠」即天道，天道化育萬物，生生不息，天理流轉皆有規律可循，人如能合於天道，返回本眞，也就是「至誠」，就可「與天地合其德」，與天地之道同體。

由上述宋學本體範疇的話語言說中可以看出：宋儒將天地之道與人之心性相貫通，以人的道德價值本源與宇宙大生命交流往返，使人的內心世界與天地萬物同質同構，爲士人的主體精神與人格理想尋得了宇宙的高度，可以說在學理言說上深植人心。因此，在宋學話語建構影響下，以道自任、兼濟天下的理想，成爲士大夫普遍的精神追求。

（二）存養工夫

「敬」與「思」是宋學言說重要的工夫範疇。孔子將「敬」視爲倫理道德價值之一，也是行事時不可須臾背離的內在品質，是嚴肅認

〔註 145〕　同註 58，頁 133。

〔註 146〕　同前註。

〔註 147〕　同註 29，卷 1，頁 420、421。〈誠上第一章〉。

〔註 148〕　〔宋〕程頤撰：《伊川易傳》（台北：臺灣商務印書館，1986 年 3 月，影印文淵閣四庫全書本），卷 2，頁 250。

真、專心致志之意。如《論語‧子路》云：

居處恭，執事敬，與人忠，雖之夷狄，不可棄也。〔註149〕

朱熹注云：「恭主容，敬主事。恭見於外，敬主乎中。之夷狄不可棄，勉其固守而勿失也。」〔註150〕另外，《論語‧季氏》中提到「君子有九思」時，也指出「事思敬」，是指做事時認真嚴肅、專心一致的態度。持己、待物以敬，無時無刻認真嚴肅地看待事物與自身，存養、去蔽，則天道之善性自然呈現。宋儒對孔子臨事而「敬」的修養工夫也有繼承與發展，如伊川云：

主一則是敬。……只收斂身心便是主一。且如人到神祠中
致敬時，其心收斂，更著不得毫髮事，非主一而何？〔註151〕

伊川以人到神祠中禮敬時心之收斂專注狀態，來解釋「主一」這種敬的心理狀態，是收視反聽、專心致志，是為學修身的重要工夫。而人如何能做到「主一而敬」，專一不二呢？二程指出：「齊莊整敕，其心存焉。涵養純熟，其理著矣。」〔註152〕也就是收斂此心，使其「內無妄想，外無妄動」，專心一致、心無旁騖，摒除外在欲求，則心靈自能去蔽，使天理朗照，善根呈現。朱熹承二程觀點，也重視「敬」的存養工夫，其云：「敬者，一心之主宰，萬事之本根也。」〔註153〕又說：

此心操則自存。動靜始終不越敬之一字，伊洛拈出此字，
乃是聖學真的要妙工夫。〔註154〕

〔註149〕 同註32，頁86。

〔註150〕 同前註。

〔註151〕 〔宋〕朱熹撰：《伊洛淵源錄》（台北：臺灣商務印書館，1986年3月，影印文淵閣四庫全書本），卷11，頁502、503。

〔註152〕 〔宋〕楊時：《二程粹言》（台北：臺灣商務印書館，1986年3月，影印文淵閣四庫全書本），卷上，頁360。

〔註153〕 〔元〕胡震撰、胡光大續：《周義衍義》（台北：臺灣商務印書館，1986年3月，影印文淵閣四庫全書本），卷8，頁627。

〔註154〕 〔宋〕黃榦：《勉齋集》（台北：臺灣商務印書館，1986年3月，影印文淵閣四庫全書本），卷38，頁454。見〈董縣尉墓誌銘〉引朱熹語。

「敬」這種臨事自我戒懼的態度，能使主體不入於邪僻，私欲不入於心，則心中澄明朗淨，使主體得以自我提升。因此，宋儒對「主敬」的存養工夫極為重視。

　上述「敬」的存養工夫，可以說是看護人的心靈使其保持虛靜狀態，不為外物所引誘；而另一修持工夫「思」，則可視為道德理性的精神存在，可以將人由物欲的遮蔽下喚醒，從而達成主體的超越與提升。《孟子‧告子上》云：「耳目之官，不思而蔽於物，物交物，則引之而已矣。心之官則思，思則得之，不思則不得也。此天之所與我者，先立乎其大者，則其小者弗能奪也。此為大人而已矣。」〔註155〕孟子認為「思」是修身的入手處，是成「大人」亦即聖賢的關鍵。二程亦云：「惟思，為能窒欲。」〔註156〕可見，去除物欲之遮蔽以提升主體心靈，「思」是一極重要的修身工夫。但宋儒所強調的是在「敬」的心態下的思，即「無思之思」。如蘇轍《論語拾遺》云：

> 聖人無思，非無思也，外無物，內無我，物我既盡，心全而不亂。物至而知可否，可者作，不可者止。因其自然，而吾未嘗思，未嘗為，此所謂無思無為，而思之正也。〔註157〕

「外無物，內無我，物我即盡，心全而不亂。」能摒除一切物欲遮蔽，則能順應天理「心全而不亂」，任何行為舉止皆能自然合道。這種「無思之思」即是在「敬」的狀態下之「思」，是「思之正也」，是成聖成賢的必要修身工夫。

　綜合上述，宋學作為一種新儒學，其思辨的主要命題是人與自然、人與社會、人與人間的密切關係及使命。所謂「人者，天地之心也。」其所重視的是人的自覺，自覺其秉受於天之德，從而「與天地參」，在內省修身中「窮理盡性」，臻於「天人合一」的境界。並由個

〔註155〕　同註58，頁204。
〔註156〕　同註34，卷25，頁256。
〔註157〕　〔宋〕蘇轍撰：《論語拾遺》（台北：臺灣商務印書館，1986年3月，影印文淵閣四庫全書本），頁47。

人擴及社會、天下，由內聖而外王，將人的道德自律與事功建業融爲一體，可以說對個人主體性的高度提升有深切的期待。

二、理性精神

宋代學術文化語境的基本精神，最爲論者所稱道的如：理性主義的傾向、反思精神、創新精神、懷疑精神、好議論的言說衝動，以及對個體精神自由的渴求等。〔註 158〕綜合上述對宋學內涵的簡要探討，本文擬從中析出理性精神做爲與南宋四家詩對話的重心。

本章開頭曾指出傅樂成先生在〈唐型文化與宋型文化〉一文中，對宋型文化特質的概括性分析是「單純而收斂」。事實上，王水照先生對此概念曾有補充。他認爲：若從海上貿易的商業角度而言，宋型文化並不單純也不封閉。其於《宋代文學通論》一書中指出：

> 主張以「開放」與「封閉」來分指唐型文化與宋型文化的特點，其重要論據之一就是視其對外來文化採取何種態度，就是說唐型文化「以接受外來文化爲主」，而宋型文化則具有「排拒外來文化的成見」。……從宋朝的對外文化交流關係而言，當然不及唐代對外來文化的毫無顧忌的大膽而全面的吸取。……從海外貿易的商業角度來看，絲毫不比唐代遜色，但在文化輸入方面確實無法與之匹敵了。〔註 159〕

另外，宋代哲學思維三教合一的特點也影響到文人的宇宙觀、人生觀，甚至思考、行爲方式。若從此方面看來，宋人在外在事功領域可能不如唐人的開拓進取，但在內在主體精神世界的建設卻是超越唐人的。因此，「宋型文化可以說是內省的，但不能斷爲『封閉的』、『單純的』。」〔註 160〕王水照先生認爲較正確的說法應是「內省而廣大」。事實上，傅樂成先生的說法未提及「封閉」一語，「封閉」的說法是

〔註 158〕 同註 124，頁 65～70。
〔註 159〕 王水照主編：《宋代文學通論》（開封：河南大學出版社，1997 年 6 月），頁 33。
〔註 160〕 同前註，頁 20。

部份學者發揮傅樂成先生「單純收斂」之說而筆及的。〔註161〕傅樂成先生指出：儒、道、佛諸家融合所產生的理學，其文化精神及動態「轉趨單純而收斂」。此一簡約概括，是相對於唐型文化的精神與動態上的「複雜而進取」所下的界說，而王水照先生則以論據證明宋型文化的「非單純性」與「非封閉性」，二者皆有言說的基礎，而且並非對立。

　　綜合上述宋學基本核心範疇的討論，筆者認為：傅、王二位先生「單純而收斂」、「內省而廣大」之說，皆從其立論的角度切中宋型文化的特質。融合兩位學者的說法，筆者擬以「理性凝斂」來概括宋型文化滲透下的士人精神特質。受宋代學術氛圍影響，士大夫好讀書、好議論、好思辨，以及追求個體精神自由的價值取向，實可歸之於理性精神的高揚，以下將稍作列舉。

　　宋人好讀書、好議論、好思辨的特性例證頗多，在佑文國策以文為貴意識下，宋人求學讀書風氣頗盛，上至帝王下至鄉間里人，皆勤奮好學。如宋太宗每日皆有固定讀書時間，《續資治通鑑長編》卷二十五記載：

　　　　辰巳間視事，既罷，即看書，深夜乃寢，五鼓而起，盛暑永晝未嘗臥。〔註162〕

卷二十四〈太平興國八年十一月庚辰〉記載太宗讀《太平御覽》一書云：

　　　　朕性喜讀書，開卷有益，不為勞也。此書千卷，朕欲一年讀遍，因思學者讀萬卷書亦不為勞耳。〔註163〕

宋人讀書求學風氣之盛，洪邁《容齋隨筆》也有記載。《容齋四筆》卷五〈饒州風俗〉云：

　　　　吳孝宗子經者，作《餘干縣學記》云：「……為父兄者，

〔註161〕如大陸學者馮天瑜指出：「唐型文化相對開放、相對外傾、色調熱烈；宋型文化相對封閉、相對內傾、色調淡雅。」同註159，頁4。
〔註162〕同註5，卷25，頁376。〈雍熙元年十月〉。
〔註163〕同註5，卷24，頁359。

以其子與弟不文爲咎；爲母妻者，以其子與夫不學爲辱。」
〔註164〕

另外，北宋晁沖之〈夜行〉一詩云：「孤村到曉猶燈火，知有人家夜
讀書。」〔註165〕王禹偁〈清明感事三首〉之一：「昨日鄰家乞新火，
曉窗分與讀書燈。」〔註166〕、郭震〈紙窗〉詩：「不是野人嫌月色，
免教風弄讀書燈。」〔註167〕以及南宋陸游詩：「巷南巷北秋月明，東
家西家讀書聲。」〔註168〕宋人的讀書風氣之盛，由此可見。曉讀、
夜讀，日常生活中隨時有書爲伴，影響所及，宋詩「資書以爲詩」的
風氣，也就不難想見。

　　宋人不僅好讀書，更喜將讀書思考的心得發爲議論。如本章第一
節所述，宋代帝王與士大夫共治天下，宋太祖曾立下誓碑作爲「朝廷
綱紀」，不許殺士大夫及上書言事者，讓士人慷慨陳言，樹立勇於直
諫風氣，在客觀上營造了自由言說、議論時事的氣氛。再者，因士大
夫主體意識的自覺，普遍具有「以天下爲己任」的精神，也使他們勇
於發言，一抒己見。如前文所述，尤袤「立朝抗論，與人主爭是非。」；
楊萬里憂心國家局勢，曾上〈千慮策〉揭朝廷弊端，一片赤忱見於史
書，周必大稱賞其「立朝謇謇，知無不言，言無不盡。」；范成大帥
蜀期間也上書改革將兵之政；陸游則在大量創作中慨言國事，憂國憂
民之忱充塞全集。另外，在積弱國勢及苟安求和的恥辱環逼之下，士
大夫更是屢屢在朝抗論。如宋高宗時李綱對苟安國策痛陳：「棄前功，
蹈後患，以自趨於禍敗，豈不重可惜哉！」〔註169〕北宋理學家程頤
門生尹焞，也對朝廷屈辱求和心態引《禮記‧曲禮》指責宋高宗：「《禮》

〔註164〕　〔宋〕洪邁：《容齋隨筆》（上海：上海古籍出版社，1996 年 3 月），
　　　　　頁 666。
〔註165〕　同註37，卷1227，頁 13893。
〔註166〕　同註37，卷71，頁 806。
〔註167〕　同註37，卷21，頁 304。
〔註168〕　同註37，卷2154，頁 24268。見〈往在都下時與鄺德章兵部同居百
　　　　　官宅無日不相從僕來佐豫章而德章亦謫高安感事述懷作歌奉寄〉。
〔註169〕　同註40。

曰：『父母之讎不與共戴天，兄弟之讎不反兵。』今陛下方將信仇敵之譎詐，而覬其肯和，以紓目前之急，豈不失不共戴天，不反兵之義乎？」〔註170〕由於宋代文人集學術主體、參政主體與文學創作主體於一身，好議論的風氣除了表現在申說治國之策、抒發一己對國事的憂心外，也因其學術主體的身分，使詩歌也沾染此風。如宋詩的以理為主、以意為主、以學問為詩、以議論為詩的現象，都可視為在宋學專研義理滲透下，理性精神的張揚。

　　王安石門人陳祥道《論語全解序》云：「言理則謂之論，言義則謂之議。」〔註171〕程頤亦云：

　　　　在物為理，處物為義，體用之謂也。〔註172〕

「義理」與「議論」在宋儒觀念中是相同概念，「理」是「道」的顯現，「義」是「理」見於行事，可議論是非得失。就此而言，理是「體」，義是「用」。以繼承儒家道統為職志的宋儒，或從事功等實用價值發揮儒經本義，達成外王理想；或從性命本體角度闡釋道理，成就自我內在修為的內聖境界，形成「理性凝斂」的文化形態。較之唐型文化以建立事功為價值取向的浪漫色彩、感性激昂，確實凸顯了理性內斂的精神。而宋學義理文化精神對文學的滲透，除了上述對國家局勢、政治得失的論辯之外，最明顯的例子就是載道文學的盛行，如明、李夢陽〈缶音序〉曾云：「宋人主理，作理語。」〔註173〕即可見出宋代詩文的主「理」色彩；又如邵雍以其道德哲學為指標，從心性涵養的角度，認為所謂「詩言志」就是「以天下大義而為言」，其〈談詩吟〉云：

〔註170〕　同註17，卷428，頁27。

〔註171〕　〔宋〕陳祥道：《論語全解》（台北：臺灣商務印書館，1986 年 3 月，影印文淵閣四庫全書本），頁64。

〔註172〕　同註32，頁154。此句是朱熹引程頤之語注《孟子・告子上》：「理義之悅我心，猶芻豢之悅我口。」

〔註173〕　〔明〕李夢陽：《空同集》（台北：臺灣商務印書館，1986 年 3 月，影印文淵閣四庫全書本），卷52，頁477。

　　　詩者人之志，非詩志莫傳。人和心盡見，天和意相連⋯⋯。
〔註174〕

認爲詩是人之心志的呈現，詩所言說的是天之道與人之性，應「以天下大義而爲言」，不應爲情所累。另外，黃庭堅則更要求詩人應「忠信篤敬，抱道而居。」〔註175〕宋學對「道」的言說實已滲透於詩中，尤其理學家的詩，更明顯呈現出一種道德之美，在詩中闡釋本體觀。如邵雍〈乾坤吟〉：

　　　道不遠於人，乾坤只在身。誰能天地外，別去覓乾坤。〔註176〕

〈自餘吟〉云：

　　　身生天地後，心在天地前。天地自我出，自餘何足言！〔註177〕

「道不遠於人，乾坤只在身。」是從道、心等本體範疇，闡述天人一體的理念；「天地自我出」，則進一步提升人的主體精神與天地相終始。又如〈天聽吟〉：「天聽寂無音，蒼蒼何處尋。非高亦非遠，都只在人心。」〔註178〕、〈推誠吟〉云：「天人相去不相遠，只在人心人不知。」〔註179〕則從道德修養論闡述天人合一的思想。另外〈樂物吟〉云：

　　　物有聲色氣味，人有耳目口鼻。萬物於人一身，反觀莫不
　　　全備。〔註180〕

「萬物於人一身，反觀莫不全備。」是從修養論發揮孟子「萬物皆備於我矣，反身而誠，樂莫大焉。」之義。凡此載道言理之詩，雖有「味同嚼蠟」之譏評，但從宋儒將萬事萬物之理，歸於人心所固有之道德

〔註174〕　〔宋〕邵雍：《擊壤集》（台北：臺灣商務印書館，1986 年 3 月，影印文淵閣四庫全書本），卷18，頁145。

〔註175〕　〔宋〕黃庭堅：《山谷集》（台北：臺灣商務印書館，1986 年 3 月，影印文淵閣四庫全書本），卷26，頁 277。見〈書王知載朐山雜詠後〉。

〔註176〕　同註37，卷377，頁4643。

〔註177〕　同註37，卷379，頁4664。

〔註178〕　同註37，卷372，頁4577。

〔註179〕　同註37，卷378，頁4647。

〔註180〕　同註37，卷379，頁4669、4670。

理性，這一「天人相通」的精神角度來看，這種主體對自身內心世界
省察的理性精神，實爲唐、宋詩的重要區別之一。

　　上述載道說理詩，是以說理、議論爲主。另外，宋人還有樂道之
作，則是在抒情寫景中，心物交融、格物窮理，使心中仁義之道與萬
物之理融爲一體，在「天理流行，萬物各得其所」的詩趣中涵養道德。
最著名的作品，如前述程顥的〈秋日偶成二首〉之二：「閒來無事不
從容，睡覺東窗日已紅。萬物靜觀皆自得，四時佳興與人同。道通天
地有形外，思入風雲變態中。富貴不淫貧賤樂，男兒到此是豪雄。」
性理之學融入詩中，「道通天地有形外」、「萬物靜觀皆自得」，詩中呈
現與天地萬物上下同流的主體人格精神境界的高揚，由此即可見出宋
學理性哲思對文學創作的滲透。又如朱熹〈觀書有感二首〉之一云：

　　　半畝方塘一鑑開，天光雲影共徘徊。
　　　問渠那得清如許，爲有源頭活水來。〔註181〕

將人心以「半畝方塘」爲喻，如一面明鏡般映照著天光雲影。在寫景
中融理入景，以源源不絕的活水，形象描繪「天道」與「人心」上下
同流、涵養道德的詩意。

　　王水照先生曾指出：

　　　宋學的獨特成就是性理之學而不是事功之學，同樣，能反
　　　映出宋學對文學創作的獨特影響的是樂道之文而不是憂道
　　　之文。〔註182〕

宋學以心性義理之學爲核心，其目標是追求「內聖外王」的境界，由
「正心、誠意、修身」做起，然後「齊家、治國、平天下」。其最終
目標所指向的雖是「治國平天下」的事功之學，但其價值指向卻是人
的內心世界，而且宋學的主要價值也是實現於人的內心世界。它深度
挖掘拓展了人的精神空間，揭示「宇宙便是吾心，吾心便是宇宙」的
大道，通過修養工夫達成個體的精神自由，爲人的心靈尋得棲居之

〔註181〕同註37，卷2384，頁27500。
〔註182〕同註159，頁273。

所。這種安頓心靈的理性精神對宋代士人心態有極重大的影響,同時
也溢出學術邊界滲入宋人詩作中。宋學與宋詩,二者均為士人文化心
態的昇華與話語呈現,雖不能直言有主客關係,但其間的相互作用、
相互關注是明顯的。如李春青先生指出:

> 宋學的理性主義傾向對宋代詩學的價值追求產生了直接的
> 滲透。宋學對個體心靈的看護則一方面與詩文的陶情冶性
> 功能發生矛盾,另一面又為詩文的這種個體價值提供了理
> 論依據。〔註183〕

宋學的哲理思辨與詩歌的感性熱烈看似矛盾,然而正是在「思」
與「詩」的對話中,以理性精神為溝通管道,使文學創作主體的精神
生命益發深刻,並因而凸顯出宋型文化「理性而凝斂」的特質。

〔註183〕 同註124,頁70。

第四章　淑世精神、仁者胸懷（一）
——陸游詩中的用世之志

　　宋代詩文的創作與宋代士人的精神結構有著密切的關係,宋代士人精神結構的基本構成因素,可歸納爲:對「道」的闡發,對「事功」的追求,以及個體心靈生命的體驗。傳統儒學對生命境界有所謂「立德、立功、立言」三不朽,宋代士人也是通過對「事功」的追求來實現其社會理想,並在對「道」的闡發中涵養其心靈精神。因此,宋代士人的精神結構中融合著對形上之道的探求與功業的建立於一爐;對世事的憂慮與心靈的愉悅爲一體。如前章論及「理性精神」一節所述,以繼承儒學道統爲職志的宋士大夫,或從事功等實用價值發揮儒經本義,達成外王理想;或從性命本體角度闡釋義理,成就內在修爲的內聖境界。而這種「內外雙修」的宋學義理文化精神,滲透於詩文中最明顯的外在特色,就是對國家局勢、政治得失的論辯,以及對民生疾苦的悲憫。因此,經世濟民的淑世精神,以及對國家、社會、百姓處境的集體憂慮心情,便是宋代詩文中相當普遍的書寫。

　　雖然,王水照先生在《宋代文學通論》一書中曾指出:「宋學的獨特成就是性理之學而不是事功之學」〔註1〕亦即以心性義理之學爲

―――――――――――

〔註 1〕王水照主編:《宋代文學通論》（開封:河南大學出版社,1997 年 6 月）,頁 273。

核心，以「內聖外王」為境界的宋學，其最終目標所指向的雖是「治國平天下」的事功之學；但其價值指向卻是人內心世界的性理之學，其主要價值亦在於拓展人的精神空間，達成個體的精神自由。然而，不可否認的是，宋學的事功傾向也是宋型文化的鮮明特色之一。宋儒承襲並弘揚了傳統儒學的用世之志，再加以宋代特殊的國家政治局勢影響下，「屈賈之憂」成了集創作、學術、參政主體於一身的宋士大夫們必須直面的現實。因此，宋詩中關於政治參與、匡救之策、針砭世事、關注社會現實之作迭有所見。

宋士大夫普遍具有兼濟天下的使命感，具體表現在行動與思想觀念上，則呈現出「以天下為己任」、重氣節操守的特質，以及憂國憂民的仁者情懷。雖然，這種淑世精神與憂患意識並非宋士大夫所獨有，但在宋代佑文政策與積弱國勢雙重影響下，卻被放大成一種集體的精神特質，相較於其他朝代來說，這種特色尤為突出。南宋四家詩中反映此種特質的作品不少，其中尤以陸游作品最為豐富，數量遠多於其他三人。〔註2〕因此，本章先就陸游詩中對於政治現實、治亂之理積極關懷的淑世精神；以及對國家局勢、民瘼疾苦高聲呼籲的仁者情懷加以整理探討，以期勾勒出：在宋學事功傾向影響下，南宋四家詩中的用世之志。

第一節　儒學傳統與宋士大夫文化生命的凝融

宋代佑文政策，改革科舉制度、廣開寒庶仕進之門，科舉出身的宋士大夫群體，儒學傳統思想深植心中，以「修身、齊家、治國、平天下」為個人自我價值實現過程，其最終目標是「兼濟天下」。「以天下為己任」、匡時濟世的襟懷根植於宋士人群體意識中，誠如王安石

〔註2〕筆者按：陸游詩中反映淑世精神與憂患意識的作品約六百多首，范成大約九十多首，楊萬里約八十多首，尤袤約八首。四家詩中反映淑世精神與憂患意識的詩作，請詳參本論文所整理「附錄一」、「附錄二」。

在〈子貢〉一文中所云：「所謂儒者，用於君則憂君之憂，食於民則患民之患。」〔註3〕顯見，積極入世的儒學傳統凝融於宋士人的文化生命中。

　　宋代士人淑世思想、憂患意識的儒學淵源，由《禮記・儒行》中對儒者形象的描述，可以知其大概。《禮記・儒行第四十一》孔子對哀公所問儒者的品格、言行、道德的說明為：

> ……儒有不寶金玉，而忠信以為寶；不祈土地，立義以為土地；不祈多積，多文以為富。……儒有可親而不可劫也，可近而不可迫也，可殺而不可辱也。……其剛毅有如此者。儒有忠信以為甲冑，禮義以為干櫓，戴仁而行，抱義而處。……身可危也，而志不可奪也。雖危起居，竟信其志，猶將不忘百姓之病也，其憂思有如此者。……苟利國家，不求富貴。……儒有不隕穫於貧賤，不充詘於富貴。……故曰儒。〔註4〕

「戴仁而行，抱義而處」，剛毅正直，「身可危也，而志不可奪也」，「雖危起居」仍憂百姓之病，「不戚戚於貧賤，不汲汲於富貴」，儒者的鮮明形象躍然紙上。孔疏云：「『忠信以為甲冑』注云：『甲，鎧；冑，兜鍪也。干櫓，小盾、大盾也。』甲冑、干櫓，所以禦其患難。儒者以忠信禮義，亦禦其患難，謂有忠信禮義，則人不敢欺侮也。戴仁而行，仁之盛；抱義而處，義不離身。……『身可危也，而志不可奪也』者，言身乃可危，而心志不可變奪也。故《論語》云：『守死善道』是也。……『猶將不忘百姓之病也』者，猶，圖也。身雖不遇其世，所圖謀不忘百姓之所憂病也，言常念之也。其憂思有如此，謂儒者雖身不遇，猶能憂思於人，有如在上之事也。……隕穫，是困迫失志之貌，言己雖遇貧賤，不隕穫失志也。……充詘，是歡喜失節之貌，言

〔註3〕 〔宋〕王安石：《臨川文集》（台北：臺灣商務印書館，1986 年 3 月，影印文淵閣四庫全書本），卷 64，頁 521。

〔註4〕 〔漢〕鄭玄注、〔唐〕孔穎達疏：《十三經注疏——禮記》（台北：藝文印書館，1993 年 9 月），頁 974～980。

雖得富貴，不歡喜失節。……」〔註5〕《禮記・儒行》對儒者道德、
言行形象的塑造，充分反映了儒家積極入世，「行義以達其道」的淑
世精神。「居廟堂之高則憂其民，處江湖之遠則憂其君」的憂國憂民
仁者情懷，以及「富貴不能淫，貧賤不能移」的安貧樂道節操。《論
語・微子》云：「君子之仕也，行其義也。」〔註6〕認為出仕是士人的
本務，在盡君子之義的同時，「行義以達其道」，輔佐君主教化天下，
惠利百姓，完成經世濟民的志業。即使身在江湖，布衣終老，也不能
放棄對社會的關懷和對民瘼的憂思。此種淑世精神實即宋士大夫范仲
淹「進亦憂，退亦憂」仁者襟懷的儒學淵源。

　　考察宋代士人文化生命中所凝融的淑世濟民思想，實須結合儒學
傳統宇宙本體論、人性論、政治道德論來分說。儒學傳統提倡人道與
天道合一，《周易・繫辭下》云：「天地絪縕，萬物化醇。」〔註7〕《荀
子・天論》云：

　　　列星隨旋，日月遞照，四時代御，陰陽大化，風雨博施，
　　　萬物各得其和以生，各得其養以成。〔註8〕

天地絪縕，陰陽相激蕩，萬物皆因天時的調和、風雨的滋養而生長成
熟，萬品流行，生生不息。《周易・繫辭下》又云：「天地之大德曰生，
聖人之大寶曰位。」孔疏云：「自此以下欲明聖人同天地之德，廣生
萬物之意也。」〔註9〕聖人與天地同其德，亦有好生之德。《孟子・離
婁上》又以「誠」來溝通天人之間相通的本性，云：「誠者，天之道
也；思誠者，人之道也。」趙岐注云：

〔註5〕同前註，頁 976～980。
〔註6〕〔魏〕何晏注、〔宋〕邢昺疏：《十三經注疏——論語》（台北：藝文
　　　印書館，1993 年 9 月），頁 166。
〔註7〕〔魏〕王弼、〔晉〕韓康伯注、〔唐〕孔穎達疏：《十三經注疏——周
　　　易》（台北：藝文印書館，1993 年 9 月），頁 171。
〔註8〕李滌生著：《荀子集釋》（台北：臺灣學生書局，1988 年 10 月），頁
　　　365。
〔註9〕同註7，頁 166。

　　　　授人誠善之性者，天也；思行其誠以奉天者，人也。〔註10〕

人秉受來自天的誠善之性，確立了人在宇宙間的高度，因此，傳統儒
學以宇宙本體與人性論結合，溝通天人，協調人與自然和諧共榮的關
係。「人者，天地之心」，宋儒張載從而發揮此義，提出「爲天地立心，
爲生民立道，爲去聖繼絕學，爲萬世開太平」〔註11〕的良心呼籲，以
「爲天地立心」、爲百姓造福，作爲儒家聖賢不可逃避且樂於承擔的
責任。

　　再者，儒家倫理道德的基本內容──修己愛人，也是淑世思想的
重要淵源。《論語・學而》云：「入則孝，出則悌。謹而信，泛愛眾，
而親仁。」〔註12〕以及「仁者愛人」。除了修養自我成爲仁人，對於
士人而言，更要推己及人，愛眾人、關懷生民，時時懷抱拯救一切生
命於困苦流離之所的責任感。正如《孟子・萬章上》所云：

　　　　思天下之民，匹夫匹婦，有不被堯舜之澤者，若己推而內
　　　　之溝中，其自任以天下之重如此。〔註13〕

「自任以天下之重」的儒家知識份子，其積極入世的濟民精神，反
映於政治現實操作上則是「求民疾於一方，分國憂於千里」的仁者
情懷，以及「以不忍人之心，行不忍人之政」的民本仁政，一切施
政以民爲本。如《國語・楚語上》云：「夫君國者，將民之與處，
民實瘠矣，君安得肥？」〔註14〕保惠庶民，體察民情，仁民愛物，
這種以民爲本，以民爲貴的仁愛情懷，正是傳統儒學淑世精神之所
寄。

〔註10〕〔漢〕趙岐注、舊題〔宋〕孫奭疏：《十三經注疏──孟子》（台北：
　　　　藝文印書館，1993 年 9 月），頁 133。

〔註11〕〔宋〕朱熹、呂祖謙同編、葉采集解：《近思錄》（台北：臺灣商務
　　　　印書館，1986 年 3 月，影印文淵閣四庫全書本），卷 2，頁 33。

〔註12〕同註 6，頁 7。

〔註13〕〔漢〕趙岐注、舊題〔宋〕孫奭疏：《十三經注疏──孟子》（台北：
　　　　藝文印書館，1993 年 9 月），頁 170。

〔註14〕〔吳〕韋昭注《國語・楚語上》（台北：臺灣商務印書館，1986 年 3
　　　　月，影印文淵閣四庫全書本），卷 17，頁 154。

　　另外，儒學傳統有所謂「義利之辨」。《論語‧里仁》云：「君子喻於義，小人喻於利。」〔註15〕《論語‧述而》云：「不義而富且貴，於我如浮雲。」〔註16〕《孟子‧梁惠王上》云：「王何必曰利，亦有仁義而已矣。」〔註17〕先秦儒者肯定「義利之說，乃儒者第一義」〔註18〕，漢儒董仲舒又發揮爲：「夫仁人者，正其誼不謀其利，明其道不計其功。」〔註19〕義利之說爲宋士大夫所推重，所謂「餓死事極小，失節事極大。」有宋儒者尚風節的人格操守，正如宋人李綱所云：「士之養氣剛大，塞乎天壤，忘利害而外死生。」〔註20〕這種「忘利害」，「外死生」，淡泊名利，「貴義賤利」的精神，實爲淑世精神的內在要素，也是宋代士人普遍的精神追求。

　　綜上所述，儒學傳統中的仁民愛物、關懷人生、濟世興邦精神，亦爲宋代士人所秉承，如范仲淹的「不以物喜，不以己悲。居廟堂之高，則憂其民；處江湖之遠，則憂其君。……先天下之憂而憂，後天下之樂而樂。」〔註21〕將個人悲苦、歡喜轉化爲家國之憂，關心時政、民瘼的弘毅懷抱，正是傳統儒學淑世情懷與士人文化精神生命的融合呈現；張載的「天地之塞，吾其體；天地之帥，吾其性。」〔註22〕則由「天人合一」論出發，闡發「民，吾同胞；物，吾與也」的民胞物與精神。由宇宙本體的「萬物一體」論出發，結合仁民淑世的政治道

〔註15〕同註 12，頁 37。
〔註16〕同註 12，頁 62。
〔註17〕同註 13，頁 9。
〔註18〕〔宋〕朱熹：《晦菴集》（台北：臺灣商務印書館，1986 年 3 月，影印文淵閣四庫全書本），卷 24，頁 514。見〈與延平李先生書〉。
〔註19〕《漢書‧董仲舒傳》（台北：臺灣商務印書館，1986 年 3 月，影印文淵閣四庫全書本），卷 56，頁 351、352。
〔註20〕〔宋〕李綱：《梁谿集》（台北：臺灣商務印書館，1986 年 3 月，影印文淵閣四庫全書本），卷 138，頁 574。見〈道卿鄱公文集序〉。
〔註21〕〔宋〕范仲淹：《范文正集》（台北：臺灣商務印書館，1986 年 3 月，影印文淵閣四庫全書本），卷 7，頁 623。
〔註22〕〔宋〕張載：《張子全書》（台北：臺灣商務印書館，1986 年 3 月，影印文淵閣四庫全書本），卷 1，頁 80、81。

德論，不僅爲儒學傳統的淑世思想尋得根源，更豐富、深刻了此思想本身。宋代士人在特殊的國勢環境中承此傳統，發揮淑世精神的內外之義，其外在表現是對現實政治、治亂之理、人民疾苦的關心；其內在精神則彰顯淡泊名利、崇尙氣節的人格操守。積極入世的精神與激勵名節的凜然正氣交相輝映；置個人名利、死生於度外，以天下蒼生爲念的慷慨之氣充塞其心。瀟灑淡泊中內蘊著深摯的淑世情懷，經世濟民的初衷與天地萬物相親相融，這正是宋代士人的仁者胸懷，也是儒學傳統與士人文化生命的凝融。

第二節　南宋詩歌基調與陸游的淑世精神、憂患意識

　　淑世精神與憂患意識是宋代士人精神結構中對事功追求的呈現，宋代士人通過「事功」來實現其社會理想，因此詩中不乏蘊含經世濟民之志與對時局、百姓憂心的建言。又因宋代積弱的國勢，使身處動盪時代的宋士大夫普遍具有的民族憂患意識，較歷史上任何一個時代都更爲強烈，並抒發於詩文創作中。如錢鍾書先生曾指出：宋代文學中慨嘆國恥國難的作品，幾與趙宋王朝同時出現，且文學中所表現的愛國憂國情緒，隨時代的巨變益發沉痛、激烈，尤其靖康之變後，悲憤之音成爲南宋一百五十年詩歌的基調，並認爲「這是漢唐文學裡所沒有的現象」。〔註23〕在《宋詩選註》序言中則生動的描述了宋代文學中的愛國憂國情緒，隨時代巨變，在北宋到南宋文學中不同的呈現：

　　　　宋朝收拾了殘唐五代那種亂糟糟的割據局面，能夠維持比較長時期的統一和穩定。……不過，宋的國勢沒有漢唐的強大，我們只要看陸游的一個詩題：〈五月十一日夜且半夢從大駕親征盡復漢唐故地〉。宋太祖知道「臥榻之側，豈容

〔註23〕筆者按：此語爲錢鍾書先生在中國社會科學文學研究編的《中國文學史》第二冊《宋代文學》「第一章宋代文學的承先和啓後」中所論，但因原書並未直接注明此章爲錢氏所撰，所以後人常遺漏其說。詳參劉揚忠：〈北宋的民族憂患意識及其文學呈現〉，《長江學術》第 4 期（2006 年），頁 53。

他人酣睡」，會把南唐吞併，而也只能在他那張臥榻上做陸游的這場仲夏夜夢。到了南宋，那張臥榻更從八尺方牀收縮而爲行軍帆布牀。……北宋中葉以後，內憂外患，水深火熱的情況愈來愈甚，也反映在詩人的作品裡。詩人就像古希臘悲劇裡的合唱隊，……隨著搬演的情節發展，歌唱他們的感想，直到那場戲慘痛的閉幕，南宋亡國，唱出他們最後的長歌當哭。〔註24〕

從以上敘述中可以得知，時代巨變實左右著詩人情感的轉換。北宋前期，燕雲十六州未復和契丹的侵凌，導致民族憂患意識產生，亦即「『燕雲未復』作爲全民族的一個天大的『遺憾』，留在了集體的記憶裡，並成了北宋一百多年中不斷驅動文人創作『慨嘆國恥國難的作品』的一大心理情結。」〔註25〕甚至，這個「神州情意結」也從北宋跨越淮水蔓延至南宋，成爲一種集體潛意識，呼喚著兩宋士人的文學創作。北宋中期，由於西夏立國及侵擾，更加劇了宋士人的憂患感與生存焦慮。黨項羌族的割據勢力，使北宋王朝陸續失去西北州郡，國土日益狹隘，民族的生存危機感也更加重。同時，北宋王室「棄財於夷狄」，以訂立和約、輸送巨額銀絹，換取西北邊境短暫安寧的政策，也在以收復漢唐故土爲職志的士大夫心態上造成矛盾與痛苦。在令人沮喪的政治氛圍中，文學創作反映國家生存焦慮的憂國憂民作品則相當普遍，尤其在主和派勢力高漲下，抒發「將軍不戰空臨邊」、「報國欲死無戰場」此等無奈心境的詩作也逐漸豐富。靖康之變後，中原淪陷，宋王室被迫偏安東南半壁，北宋時只在部份文人士大夫間發展的民族憂患意識，〔註26〕遂在抗金復國中成了民族大事，憂國存亡成了南宋

〔註24〕 錢鍾書：《宋詩選註》（台北：木鐸出版社，1987年7月），頁1～3。
〔註25〕 同註23，頁54。
〔註26〕 同註23，頁63。按：此文中指出：「北宋基本上是一個承平的時代，『邊患』對於中原王朝的生存只構成局部的威脅，所以民族憂患意識只在一部份文人士大夫中產生和發展，並未成爲全民族的主流意識，也未成爲文學創作的基調。」這個看法也呼應了上述錢鍾書先生的意見：靖康之變後，悲憤之音才成爲南宋一百五十年詩歌基調的說法。

時期的主流意識，而悲憤之音更成爲南宋文學創作的主旋律。另外，由於宋王室以巨額錢財換來邊疆的短暫安寧，輸送絹帛、歲幣也造成人民稅賦上的痛苦，正如錢鍾書先生所說：「宋人跟遼人和金人打仗老是輸的，打仗要軍費，打敗仗要賠款買和，朝廷只有從平民身上去獲取這些開銷。」〔註27〕作品反映時代社會，因此，宋詩中也有不少憂民疾苦之作。

　　南宋四大詩人作品中，俯拾皆是表達對國家生存的憂慮與對人民苦難的同情之聲，其中尤以陸游作品最爲豐富。在陸游的卷帙浩繁詩作中，最爲人所稱道的便是喜言恢復之事，其悲憤激昂、報國雪恥、恢復失土、救民水火的情感，渲染於整部詩集中。錢鍾書先生即曾說：

　　　「忠憤」的詩才是陸游集裡的骨幹和主腦，那些流連光景的「和粹」的詩只算次要。〔註28〕

宋代遺老林景熙於〈王竹修詩集序〉亦指出：

　　　前輩評宋渡南後，以陸務觀擬杜，意在寤寐不忘中原，與拜鵑心事悲惋實同。〔註29〕

南宋羅大經《鶴林玉露》也指出：陸詩中「多豪麗語，言征伐恢復事。」〔註30〕清、呂留良、吳之振〈劍南詩鈔小序〉亦云：

　　　所謂愛君憂國之誠，見乎辭者，每飯不忘。〔註31〕

再證之以陸游〈示兒〉一詩：「死去元知萬事空，但悲不見九州同。王師北定中原日，家祭無忘告乃翁。」〔註32〕的眞情迫切，更可知其沸騰的愛國、憂國情懷。錢鍾書先生曾比較陸游與其他詩人愛國、憂

〔註27〕同註24，頁2。

〔註28〕同註24，頁190。

〔註29〕〔宋〕林景熙：《霽山文集》（台北：臺灣商務印書館，1986年3月，影印文淵閣四庫全書本），卷5，頁750。

〔註30〕〔宋〕羅大經：《鶴林玉露》（台北：臺灣商務印書館，1986年3月，影印文淵閣四庫全書本），卷14，頁384。

〔註31〕〔清〕呂留良、吳之振：《宋詩鈔》（台北：臺灣商務印書館，1986年3月，影印文淵閣四庫全書本），卷64，頁230。

〔註32〕〔宋〕陸游著、錢仲聯校注：《劍南詩稿校注》（上海：上海古籍出版社，2005年4月），頁4542。

國詩作的不同，指出：

> 「掃胡塵」、「靖國難」的詩歌在北宋初年就出現過，……
> 不過，陳與義、呂本中、汪藻、楊萬里等人在這方面跟陸
> 游顯然不同。他們只表達了對國事的憂憤或希望，並沒有
> 投身在災難裡，把生命和力量都交給國家去支配的壯志和
> 弘願；只束手無策地歎息或者伸手求助地呼籲，並沒有說
> 自己也要來動手，要「從戎」、要「上馬擊賊」，能夠「慷
> 慨欲忘身」或者「敢愛不皆身」，願意「擁馬橫戈」、「手梟
> 逆賊清舊京」。這就是陸游的特點，他不但寫愛國、憂國的
> 情緒，並且聲明救國、衛國的膽量和決心。〔註33〕

換句話說，陸游以實際行動實現其愛國懷抱，愛國情緒飽和於其生命
中，呈現於詩作中。檢視陸游八十五卷詩作，明顯呈現淑世精神的作
品約二百首左右，表達憂國、憂民意識的作品約四百多首，〔註34〕在
南宋詩人中可謂獨樹一幟。正如錢鍾書先生所說：

> 他看到一幅畫馬，碰見幾朵鮮花，聽了一聲雁唳，喝幾杯
> 酒，寫幾行草書，都會惹起報國仇、雪國恥的心事，血液
> 沸騰起來，而且這股熱潮衝出了他的白天清醒生活的邊
> 界，還氾濫到他的夢境裡去。〔註35〕

陸游生命中對於對理想國度與富強社會的構思，以及憂國憂民的仁者
襟懷，這股熱情是如何「衝出了他的白天清醒生活的邊界，還氾濫到
他的夢境裡去」？以下將分節論述屬於宋型文化中事功傾向的淑世精
神、憂患意識在陸詩中的呈現。

第三節　淑世之思與詩

南宋偏安東南半壁，當時舉國上下的核心議題主要為主戰、主和

〔註33〕同註24，頁191。
〔註34〕筆者按：請參見附錄一、附錄二。檢視分類的標準是以詩中明顯具
　　　　此精神或意識傾向的作品為主，有時一詩中雖略有提及，但作品的
　　　　主要意義指向並非屬此，本文即略而不錄。
〔註35〕同註24，頁192。

之爭，陸游也在詩文中表達對國家政局、國防的關心，並對上位者應有的作為提出建言，其堅定的主戰思想，從尚未出仕時即已奠定。陸游於紹興二十三年（1153），二十九歲時「赴鎖廳試。考官陳之茂擢務觀第一，觸秦檜怒，幾得禍。」〔註36〕紹興二十四年，三十歲時又試禮部，鎖廳薦送第一，但因論恢復而語觸秦檜，又被黜落。究其緣由，即因當時和戰問題壁壘分明，凡反對和議，主張恢復者，均遭受趙構、秦檜所迫害，如趙鼎、張浚、岳飛、胡銓、胡寅、李光等人，或遭殺戮，或被貶竄。陸游受其父、祖及交游影響，為一堅定的主戰派，故不受秦檜所喜，因而在名場中遭受打擊，一直到紹興二十五年十月，秦檜去世，陸游才於紹興二十八年「冬季始出仕，為福州寧德縣主簿。」〔註37〕

　　未出仕前，雖在名場遭受打擊，但陸游仍以詩歌為發聲管道，暢述心靈深處強烈的反抗強敵熱情，並對國家局勢多所關注。如卷一〈新夏感事〉詩云：

　　……近傳下詔通言路，已卜餘年見太平。聖主不忘初政美，小儒唯有涕縱橫。〔註38〕

詩中對於主上增置言事官，開言路，使士人對時政可貢獻一己之見的「美政」給予肯定，由此也可以窺見陸游積極入世之精神。又卷一〈送曾學士赴行在〉詩云：

　　……敢忘國士風，涕泣效臧獲。敬輸千一慮，或取二三策。……民瘼公所知，願言寫肝膈。……詔書已屢下，宿蠹或未革。期公作醫和，湯劑窮絡脈。士生恨不用，得位忍辭責。併乞謝諸賢，努力光竹帛。（冊39，頁24254）

此詩藉著對曾幾改知台州，作詩送之，一方面盛讚曾幾對民瘼的關

〔註36〕于北山：《陸游年譜》（上海：上海古籍出版社，2006 年 6 月），頁 52。

〔註37〕同前註，頁 64。

〔註38〕傅璇琮等編：《全宋詩》（北京：北京大學出版社，1998 年 12 月）冊 39，卷 2154，頁 24254。以下凡引用四人之詩均出自此書，僅於詩末標明冊數、卷次、頁碼，不再另立註解。

心;一方面也表現出身爲儒者關心人民疾苦以及「士生恨不用」的濟
世襟懷。

一、淑世之思

陸游的淑世之思,對外主張抗金禦侮、恢復中原;對內主張減輕
剝削、休養民力。認爲上位者須嚴法制、去玩習、革除財務困境、薄
賦恤民,要言之,以仁政養民,朝向民富國強的目標邁進,通過內部
的整頓,最終完成北方失土的收復,結束偏安東南半壁的困窘。其經
世濟民的思想主要見於文集中,如紹興三十二年十二月的〈上殿劄子
三首〉之一云:

> 若復爲官吏將帥,一切玩習,漫不加省,一旦國家有急,
> 陛下詔令戒敕之語,將何加此?而欲使人捐肝腦以衛社稷
> 乎?……使文武大小之臣,聳然知詔令之不可慢如此,實
> 聖政之所當先也。……〔註39〕

以深刻周密的思慮指出:若朝廷上下漫無法紀,一旦國家有急難,則
遑論保家衛國。因此,上位者須嚴法制、去玩習,以應社稷之危急。
另外,爲政要尚簡除繁,改正政壇上逐漸形成的虛浮迂滯流弊,並引
宋朝「祖宗之法」,太祖、太宗之世,法度典章廣大簡易,向孝宗闡
述:法度典章以廣大簡易爲準,凡繁碎無益之事,一皆省去,「使大
小之臣,咸有餘力以察奸去蠹,修舉其職,則太平之基,自此立矣。」
〔註40〕去除繁文縟節,使人力用於所當用之處,如此方有益於國家。

另外,南宋對金之戰的巨大歲幣開支,以及受困於王朝內部的三
冗——冗官、冗兵、冗費的靡費,使國家財政日益困厄,而朝中大臣
所主張的開源政策卻總是以剝削農民、苛徵稅賦來充實國庫,造成人
民的負擔與痛苦。因此,陸游主張應節用裕民、薄賦救民,他在〈書
通鑑後〉中說:

〔註39〕 〔宋〕陸游:《渭南文集》(台北:臺灣商務印書館,1986年3月,
影印文淵閣四庫全書本),卷3,頁331。
〔註40〕 同前註,頁332。

司馬丞相曰：「天地所生，財貨百物，止有此數，不在民則
在官。」其說辯矣，理則不如是也。自古財貨，不在民又
不在官者，何可勝數。或在權臣，或在貴戚近習，或在強
藩大將，或在兼并，或在老釋。方是時也，上則府庫殫乏，
下則民力窮悴，自非治世，何代無之？若能盡去數者之弊，
守之以悠久，持之以節儉，何止不加賦而上用足哉！雖捐
賦以予民，吾知無不足之患矣。〔註41〕

亦即盡去冗官、權臣、貴戚等之冗費，也就不須加賦於民，又能改善
「府庫殫乏」、「民力窮悴」的狀況。這個除弊、輕賦的濟世政策，不
僅對於國家財政有所助益，而且站在廣大的人民立場發聲，更凸顯陸
游以入世之儒的胸襟，尋求經國治世、強國富民的深沉用心。

　　陸游經綸天下的議論，主要是針對國家處境與安危而發。他對時
局的針砭，對人民痛苦來源的擔憂，實可歸結至對南宋不思恢復，偏
安求和政策的焦慮，因此，其淑世之思與其憂國憂民意識是相滲透、
相表裡的。然而，有見於其表達雄心壯志、提出國政主張、揮灑愛國
熱情的詩作，較之抒發憂國憂國之民之情的作品，更多了一份樂觀精
神，故本章將淑世之詩與憂患之作分別闡述，以下先歸納淑世之詩。

二、淑世之詩

　　淑世之詩在陸詩中的呈現，主要爲下列數種型態：一是以從戎南
鄭的實戰經歷爲核心，抒發爲國平胡虜的壯志；二是提出戰略建議、
衛國主張；三是以對名將的崇拜，表達一己的報國之情；四是以記夢
詩與與樂府擬作，彌補對現實苟安求和處境的不滿。這些詩作，揮灑
了陸游奮勇殺敵的熱烈情感，呈現出意氣風發的精神。

（一）以從戎南鄭的實戰經歷為核心，抒發為國平胡虜
###　　　的壯志

　　陸游於孝宗乾道八年（1172），以四川宣撫使王炎幕府身份，從

〔註41〕同前註，卷25，頁499。

戎南鄭、大散關宋金前線，據《宋史‧本傳》所載：

> 力說張浚用兵，免歸，久之，通判夔州。王炎宣撫川陝，
> 辟爲幹辦公事。游爲炎陳進取之策，以爲經略中原必自長
> 安始，取長安必自隴右始，當積粟練兵，有釁則攻，無釁
> 則守。〔註42〕

陸游稱王炎四川宣撫使幕府爲征西大幕，是征西的前線。宋孝宗即位
之初，頗有恢復之志，因此命王炎宣撫四川，其主要任務是積蓄人力、
物力，以圖進取。雖然當時朝廷內部仍有主和勢力暗藏活動，但據周
必大〈王炎除樞密使御筆跋〉云：「乾道七年七月二十六日，……除
王炎爲樞密使，依舊宣撫。又出方寸紙，載『如將帥』、『足財用』及
『招軍買馬』等事。」〔註43〕由此可知，孝宗的銳意恢復之志。王炎
征西大幕的重要工作，除了加緊積粟練兵、儲備戰鬥力量、守護前線
之外，更有向金國佔領區宣諭朝廷旨意及號召遺民起義等工作。如卷
十八〈秋懷〉云：「朝看十萬閱武罷，暮馳三百巡邊行。馬蹄度隴霜
聲急，士甲照日波光明。」、卷二十一〈和周元吉右司過弊居追懷南
鄭相從之作〉亦云：「閱兵金鼓震河渭」均可見當時前線積極準備、
軍威嚴明，充滿鬥志、力復中原的決心，這段從戎宋金前線的經歷，
正是陸游力抗強敵、收復中原宿願實現的契機。因此，詩人在前線生
活中充滿希望與熱情，「上馬擊狂胡，下馬草軍書」，以耿耿精忠巡弋
南鄭、散關前線，力圖成就復國雪恥大業。同時，日後回憶起這段漢
中八月前線經歷的詩作中，也充滿淑世報國的熱情。如卷一〈夜讀兵
書〉：

> 孤燈耿霜夕，窮山讀兵書。平生萬里心，執戈王前驅。
> 戰死士所有，恥復守妻孥。……（冊39，頁24253）

詩中以豪情萬丈的自白，表達不惜爲國犧牲一己性命，懷抱如古代俠

〔註42〕〔元〕脫脫等修：《宋史》（台北：臺灣商務印書館，1986 年 3 月，
　　　　影印文淵閣四庫全書本），卷395，頁414。
〔註43〕〔宋〕周必大：《文忠集》（台北：臺灣商務印書館，1986 年 3 月，
　　　　影印文淵閣四庫全書本），卷14，頁8。

客「一片丹心報天子」的壯志。又如卷四〈八月二十二日嘉州大閱〉詩云：

> 陌上弓刀擁寓公，水邊旌斾卷秋風。書生又試戎衣窄，山
> 郡新添畫角雄。早事樞庭虛畫策，晚遊幕府愧無功。草間
> 鼠輩何勞磔，要挽天河洗洛嵩。（冊 39，頁 24331）

藉著大閱時弓刀、旌旗、戎衣的金戈鐵馬畫面，壯大詩人抵抗金人的決心。「草間鼠輩何勞磔，要挽天河洗洛嵩」，「洛嵩」等中原之地，當時皆在金人手中，對於金人囂張情況，陸游在〈賀黃樞密啓〉中也曾指出：「夷狄鴟張，肆猖狂不遜之語；邊障狼顧，懷震擾弗寧之心。」〔註44〕因此，詩中陸游欲以昂揚的士氣擊退「草間鼠輩」，「洗嵩洛」、復中原，其報國壯志由此可見。又如卷四〈觀大散關圖有感〉云：

> 上馬擊狂胡，下馬草軍書。二十抱此志，五十猶癯儒。大
> 散陳倉間，山川鬱盤紆。勁氣鍾義士，可與共壯圖。坡陀
> 咸陽城，秦漢之故都。王氣浮夕靄，宮室生春蕪。安得從
> 王師，汛掃迎皇輿。……先當迎七廟，次第畫九衢。偏師
> 縛可汗，傾都觀受俘。上壽大安宮，復如貞觀初。丈夫畢
> 此願，死與螻蟻殊。志大浩無期，醉膽空滿軀。（冊 39，頁
> 24336、24337。）

「上馬擊狂胡，下馬草軍書。」見其緊湊、熱烈又充滿期望的心境。從詩中可以得知：觀「大散關圖」，惹起詩人沸騰的報國之志，希望能「從王師」、「迎皇輿」，並一舉擊潰敵方，「縛可汗」、「觀受俘」，詩末更提出對國家的願景，「復如貞觀初」，達到大唐盛世的國威。「丈夫畢此願，死與螻蟻殊。」則抒發了詩人的熱情，如能了此心願，死亦不足惜！其壯志如此浩大，但詩人終究還是回歸現實處境，「醉膽空滿軀」，仍透露了對國家不思恢復的幾許無奈。又如卷十四〈夜觀秦蜀地圖〉一詩：

> 往者行省臨秦中，我亦急服叨從戎。散關摩雲俯賊壘，清
> 渭如帶陳軍容。……孤臣昧死欲自薦，君門萬里無由通。

〔註44〕同註39，卷7，頁357。

正令選壯不爲用，筆墨尚可輸微忠。何當勒銘紀北伐，更
擬草奏祈東封。（冊39，頁24564）

與〈觀大散關圖有感〉一樣，都是以從戎宋金前線的經歷爲核心，在
觀地圖時惹起報國恢復之志。「孤臣昧死欲自薦，君門萬里無由通。
正令選壯不爲用，筆墨尚可輸微忠。」寫對現實苟安求和政策的無奈；
「何當勒銘紀北伐，更擬草奏祈東封。」則彰顯了詩人收復之志與用
世熱忱。

陸游詩中，凸顯對國家局勢的急迫感並極思爲國列戍、上馬擊賊
雄心的詩篇極多，再舉數例節錄如下：

平生鐵石心，忘家思報國。……中原久喪亂，志士淚橫臆。
切勿輕書生，上馬能擊賊。（冊39，卷三〈太息二首〉之一，
頁24309。）

從軍梁州亦少慰，土脈深厚泉流清。……柳陰夜臥千駟馬，
沙上露宿連營兵。胡笳吹墮瀼水月，烽燧傳到山南城。最
思出甲戍秦隴，戈戟徹夜相摩聲。（冊39，卷五〈蒸暑思梁
州述懷〉，頁24355。）

快鷹下韝爪觜健，壯士撫劍精神生。我亦奮迅起衰病，唾
手便有擒胡興。（冊39，卷五〈秋聲〉，頁24356。）

胡來即送死，詎能犯金湯。汴洛我舊都，燕趙我舊疆。請
書一尺檄，爲國平胡羌。（冊39，卷六〈江上對酒作〉，頁
24371。）

丈夫要爲國平胡，俗子豈識吾所寓。（冊39，卷六〈夜宿二
江驛〉，頁24372。）

三更騎報冰河合，鐵馬何人從我行。（冊39，卷九〈夜寒二
首〉之二，頁24442。）

我獨登城望大荒，勇欲爲國平河湟。才疏志大不自量，西
家東家笑我狂。（冊39，卷九〈大風登城〉，頁24444。）

安得龍媒八千騎，要令窮虜畏飛騰。（冊39，卷九〈嘆息〉，
頁24445。）

憑鞍寓目一悵然，思爲君王掃河洛。夜聽簌簌窗紙鳴，恰似鐵馬相磨聲。起傾斗酒歌出塞，彈壓胸中十萬兵。（冊 39，卷十一〈弋陽道中遇大雪〉，頁 24503）

恨不以此勞，爲國戍玉關。（冊 39，卷十一〈雪後苦寒行饒撫道中有感〉，頁 24503）

「平生鐵石心，忘家思報國」、「請書一尺檄，爲國平胡羌」、「三更騎報冰河合，鐵馬何人從我行」、「安得龍媒八千騎，要令窮虜畏飛騰」、「憑鞍寓目一悵然，思爲君王掃河洛」、「恨不以此勞，爲國戍玉關」。由上述諸詩，均可見出詩人捍衛國家、捨我其誰的耿耿忠心；同時，詩中對於戍邊梁州的種種一再提及，「最思出甲戌秦隴，戈戟徹夜相摩聲」，可見詩人是以一種崇高激烈的心情來從事爲國列戍的工作；再由「勇欲爲國平河湟」之語更可知陸游的決心，不僅希望能收復中原，更期盼回復漢唐舊疆。然而，以南宋的版圖之狹，能否守住淮水、漢中戰線猶是未知數，更遑論河湟之地。因「河湟」爲古羌地，南宋時已爲西夏所據，根據《新唐書·吐蕃傳下》云：「湟水出蒙古，抵龍泉與河合，⋯⋯故世舉謂西戎地曰河湟。」〔註45〕陸游亦深知其願望實現的希望渺茫，因此自語「才疏志大不自量，西家東家笑我狂。」然而，任憑西家東家笑其愚狂，「安得龍媒八千騎，要令窮虜畏飛騰」，詩人仍不減其以千騎殺入虜營的豪情壯志。

　　陸游爲國平胡虜的壯心，非僅限於列戍散關之時，愛國的激情始終貫穿於詩中，正如錢鍾書先生所說：「他看到一幅畫馬，碰見幾朵鮮花，聽了一聲雁唳，喝幾杯酒，寫幾行草書，都會惹起報國仇、雪國恥的心事。」〔註46〕這份熱情至老彌堅。如卷十八〈縱筆三首〉之二云：

東都宮闕鬱嵯峨，忍聽胡兒敕勒歌。雲隔江淮翔翠鳳，露霑荊棘沒銅駝。丹心自笑依然在，白髮將如老去何。安得

〔註45〕〔宋〕歐陽修、宋祁等敕撰：《新唐書》（台北：臺灣商務印書館，1986 年 3 月，影印文淵閣四庫全書本），卷 216，頁 293。

〔註46〕同註 24，頁 192。

鐵衣三萬騎，爲君王取舊山河。（冊 39，頁 24661）

「丹心自笑依然在，白髮將如老去何」，吐露了詩人「壯心未與年俱老」的眞情；「安得鐵衣三萬騎，爲君王取舊山河」，其恢復之志、急切之心更昭然於詩中。又如〈歲暮感懷〉、〈冬夜讀書有感二首〉之二，也是這種樂觀心境的展現：

> 昏昏殺氣秋登隴，颯颯飛霜夜出師。會有英豪能共此，鏡中未用歎吾衰。（冊 39，卷八〈歲暮感懷〉，頁 24413。）

> 胸中十萬宿貔貅，皁纛黃旗志未酬。莫笑蓬窗白頭客，時來談笑取幽州。（冊 39，卷二十八〈冬夜讀書有感二首〉之二，頁 24845。）

「會有英豪能共此，鏡中未用歎吾衰」、「莫笑蓬窗白頭客，時來談笑取幽州」，均表現出「壯心埋不朽，千載猶可作」的堅決毅力。即使對國家政策上不思進取、主和派坐令山河淪爲胡塵，有著強烈的不滿，詩人至老仍懷抱追敵、討敵的宿願。如卷六十八〈老馬行〉便是此種堅定意志的典型：

> 老馬虺隤依晚照，自計豈堪三品料。玉鞭金絡付夢想，瘦楂枯萁空咀嚼。中原蝗旱胡運衰，王師北伐方傳詔。一聞戰鼓意氣生，猶能爲國平燕趙。（冊 40，頁 25473）

「此詩開禧二年秋作於山陰」〔註47〕，據《金史》卷九十五《張萬公傳》云：「（泰和）六年（宋開禧二年），南鄙用兵。……山東連歲旱蝗，沂、密、萊、莒、濰五州尤甚。」〔註48〕韓侂胄開禧北伐雖以失敗收場，但詩人在山陰故居聽聞中原蝗旱之災，王師傳詔北伐，仍振奮不已，期盼已久的揮軍中原夢想終於實現。詩中以老馬自比，「老馬虺隤依晚照」，即使已是體力不如已往的殘照之年，但「一聞戰鼓意氣生」的精神，「猶能爲國平燕趙」的決心，形象鮮明的刻畫出詩人的報國豪情至老不休。

〔註47〕同註 32，頁 3818。

〔註48〕〔元〕脫脫撰：《金史》（台北：臺灣商務印書館，1986 年 3 月，影印文淵閣四庫全書本），卷 95，頁 348。

（二）提出戰略建議、衛國主張

雖然，錢鍾書先生在《談藝錄》中曾批評放翁喜談兵，云：

> 放翁談兵，氣粗語大，偶一觸緒取決，不失豪情壯慨。顧
> 乃丁寧反復，看鏡頻歎勳業，撫髀深慨功名。……自負甚
> 高，視事甚易。〔註49〕

並將這種書生紙上談兵、筆尖殺敵的現象，視之為高談闊論、不切實
際，甚至以「咖啡館戰略家」〔註50〕比喻放翁為一「紙上戰士」。陸
游詩中確實有不少「丁寧反復，看鏡頻歎勳業，撫髀深慨功名」的作
品，但筆者認為，這可視為始終一貫的恢復之志得不到釋放的一種自
我紓解方式，「自負甚高，視事甚易」的批評，對一個以「但悲不見
九州同」為一生遺憾的詩人或許並不很恰當。雖然，放翁常於筆尖殺
敵，但其於孝宗乾道八年（1172）從戎南鄭、大散關宋金邊界的經歷，
這段前線實戰的經驗中，遭遇過渭水強渡及大散關遭遇戰，〔註51〕從
實戰經歷中，了解了偏安東南的窘況，使他更認清了國家處境的艱難
與戰略的重要，因此仍提出不少積極的戰略建議，值得主政者參考。
如〈記夢〉詩曾云：「夢裡都忘困晚途，縱橫草疏論遷都。」陸游早
期主張遷都建康，其〈上二府論都邑箚子〉云：

> 某聞江左自吳以來，未有舍建康他都者。吳嘗都武昌，梁
> 嘗都荊渚，南唐嘗都洪州，當時為計，必以建康距江不遠，
> 故求深固之地。然皆成而復毀，居而復徙，甚至遂至於敗
> 亡。相公以為此何哉？天造地設，山川形勢，有不可易地
> 者也。車駕駐蹕臨安，出於權宜，本非定都。〔註52〕

亦即臨安地勢難守易攻，不若建康「天造地設」、龍蟠虎踞，不易攻
克。但從軍南鄭後，則又有遷都關中的主張。如前述《宋史·本傳》
記載陸游當時向王炎提出戰略建議：「經策中原，必自長安始，取長

〔註49〕錢鍾書：《談藝錄》（台北：書林出版有限公司，1999 年 2 月），頁
　　　 457。
〔註50〕同前註，頁 460。
〔註51〕同註32，頁 4623。
〔註52〕同註39，卷3，頁 334。

安，必自隴右始。當積粟練兵，有釁則攻，無釁則守。」又〈書渭橋事〉文中亦云：

> 河渭之間，奧區沃野，周秦漢唐之遺跡隱轔故在。自唐昭宗東遷，廢不都者三百年矣。山川之氣，鬱而不發。藝祖高宗，皆嘗慨然有意焉，而群臣莫克奉承。……夷暴中原積六七十年，腥聞於天。王師一出，中原豪傑，必將響應。決策入關，定萬世之業，茲其時矣。〔註53〕

于北山先生亦曾指出：「務觀對建都問題極為重視，詩文中屢有涉及。以為永久計，則宜建都關中；為目前形勢計，建康亦較臨安為勝。」〔註54〕可見，陸游早期主張遷都建康，永久之計則以關中地區為佳。其詩中也不斷提及：

> ……國家四紀失中原，師出江淮未易吞。會看金鼓從天下，卻用關中作本根。（冊39，卷三〈山南行〉，頁24306。）

> 公歸上前勉畫策，先取關中次河北。堯舜尚不有百蠻，此賊何能穴中國。……因公併寄千萬意，早為神州清虜塵。（冊39，卷八〈送范舍人還朝〉，頁24421。）

> ……近報犬羊逃漠北，豈無貔虎定關中。君王猶記孤忠在，安得英豪共此功。（冊39，卷十四〈閉門〉，頁24567。）

「卻用關中作本根」、「先取關中次河北」、「豈無貔虎定關中」，均視關中為重要的根據地。但放翁自抒志略的抗金構思，與堅決反抗侵略的意志，仍難敵主和派掌握「國是」的大環境氛圍，只能益發焦慮不安，對「戰馬死槽櫪，公卿守和約。窮邊指淮淝，異域視京雒。」（〈醉歌〉）的現狀，痛心無奈。

（三）以對名將的崇拜，表達一己的報國之情

南宋一代雖有驍勇善戰的名將，如岳飛、劉錡等人，然而，多數戍邊將領及主戰派，在執政者和議主張下，不是被害就是被貶，因此，南宋邊線只能消極戍守，無法積極備戰。《宋史》記載陸游雖曾力勸

〔註53〕同註39，卷25，頁502、503。
〔註54〕同註36，頁101。

張浚用兵，並爲王炎「陳進取之策」，卻都失望以歸；再加以長久累積的敗戰鬱悶，使陸游在詩中常以對名將事功的崇拜，來表達一己的報國之情。如卷七〈姚將軍〉一詩：「姚公勇冠軍，百戰起西陲。」〔註55〕藉著描寫西陲征戰大將姚平仲的事蹟，來表達國家正需要像這類的將領爲國平胡虜。又根據《渭南文集》卷二十三〈姚平仲小傳〉云：

> 姚平仲，字希晏，世爲西陲大將。……年十八，與夏人戰臧底河，斬獲甚眾，賊莫能枝梧。……金人入邊，城都受圍，平仲適在京師，……於是平仲請出死士斫營，擒敵帥以獻。〔註56〕

由上述引文，可見其勇猛善戰，陸游藉詠其事功以抒一己之志外，更表達對捍衛邊鎮將領的渴求。另外，陸游詩中也常在歌誦歷史上的俠士、將領事蹟中，抒發報國熱情。如：

> 人生不作安期生，醉入東海騎長鯨。猶當出作李西平，手梟逆賊清舊京。……國讎幸報壯士老，匣中寶劍夜有聲。（冊39，卷五〈長歌行〉，頁24369。）

> ……位卑未敢忘憂國，事定猶須待闔棺。天地神靈扶廟社，京華父老望和鑾。出師一表通今古，夜半挑燈更細看。（冊39，卷七〈病起書懷二首〉之一，頁24400。）

> ……昔者戌南鄭，秦山鬱蒼蒼。鐵衣臥枕戈，睡覺身滿霜。……夜宿鵝湖寺，槁夜投客床。寒燈照不寐，撫枕慨以慷。李靖聞征遼，病憊更激昂。裴度請討蔡，奏事猶衷創。我亦思報國，夢繞古戰場。（冊39，卷十一〈鵝湖夜坐書懷〉，頁24499。）

李西平、諸葛亮、李靖等，這些歷史上精忠報國之士，都是陸游傾慕與效法的對象，其淑世衛國之志，就在對這些忠義之士的歌詠中呈

〔註55〕 筆者按：由於此詩〈姚將軍靖康初以戰敗亡命建炎中下詔求之不可得後五十年乃從呂洞賓劉高尚往來名山有見之者予感其事作詩寄題青城山上清宮壁間將軍儻見之乎〉全長68字，故以前三字代表該詩。

〔註56〕 同註39，卷23，頁483。

現。另外，放翁詩中對胡漢戰爭中驍勇善戰的漢代名將，如李廣、李蔡等人，更是崇敬萬分，常在樂府詩題中加以歌詠。如：

> 千騎爲一隊，萬騎爲一軍。朝踐狼山雪，暮宿榆關雲。將軍羽箭不虛發，直到祁連無雁群。……（冊 39，卷十一〈出塞曲〉，頁 24482。）

> 北風吹急雪，夜半埋氈廬。將軍八千騎，萬里逐單于。漢家如天臣萬邦，歡呼動地單于降。鈴聲南來金閃爍，敕書已報經沙漠。（冊 39，卷十五〈出塞曲〉，頁 24590。）

> 匈奴莫復倚長戈，來款軍門早乞和。鐵騎如山尚可避，飛將軍來汝奈何。（冊 39，卷十四〈軍中雜歌八首〉之三，頁 24575。）

> 三月未春冰塞川，冬月苦寒雪闇天。紫髯將軍曉射虎，嚇殺胡兒箭似椽。（冊 39，卷十四〈軍中雜歌八首〉之五，頁 24575。）

「將軍羽箭不虛發」、「將軍八千騎，萬里逐單于」的壯大聲勢，「漢家如天臣萬邦，歡呼動地單于降」、「紫髯將軍曉射虎，嚇殺胡兒箭似椽」，將軍儡人的氣魄，都是積弱的南宋所缺乏的，也正是陸游所期盼與崇敬的。據《史記》卷一○九〈李將軍列傳〉云：「李將軍廣者，隴西成紀人也。……孝文帝十四年，匈奴大入蕭關，而廣以良家子從軍擊胡。……於是天子乃召拜廣爲右北平。……匈奴聞之，號曰：漢之飛將軍。避之數歲，不敢入右北平。」〔註57〕可見，藉著詩中對漢代名將的描繪，陸游亦冀望南宋能得如此神勇大將，爲國平胡塵，令敵人聞之喪膽。又如卷十八〈焉耆行二首〉之二云：

> ……大胡太息小胡悲，投鞍欲眠且復起。漢家詔用李輕車，萬丈陣雲來壓壘。……（冊 39，頁 24657。）

又據《史記·李將軍列傳》云：「廣之從弟李蔡，……以元朔五年爲輕車將軍，從大將軍擊右賢王有功。」〔註58〕陸游之詩正是藉著歌詠

〔註57〕〔漢〕司馬遷撰：《史記》（台北：藝文印書館，1996 年 8 月），頁 1171。
〔註58〕同前註，頁 1173。

將軍事功及漢世爭戰的勝利，逃離南宋苟安、屈辱的陰影，同時也表達一己爲國列戍的熱情。

（四）以記夢詩與與樂府擬作，彌補對現實苟安求和處境的不滿

現實南宋的屈辱處境，使陸游在描寫現狀的詩作中，總充滿挫折與無奈擔憂之情，但是在記夢詩與樂府擬作中，詩人卻意氣風發、奮勇殺敵，呈現另一番氣象。欲梳理此現象，可從佛洛依德的解夢加以闡釋。佛洛依德認爲，夢（包括夜夢、白日夢、幻想）是人的潛意識活動的表現。夢，往往透露了一些事實，訴說著一種願望。許多在現實中痛苦的情感，無法實現的願望，往往在夢中得到補償。佛洛依德在〈詩人與白日夢〉一文中說：

> 幸福的人從來不去幻想，幻想是從那些願望未得到滿足的人心中生出來的。換言之，未滿足的願望是造成幻想的推動力，每一個獨立的幻想，都意味著某種願望的實現，或意味著對某種令人不滿意的現實的改進。〔註59〕

佛洛依德以願望爲主線，將現實與夢境，過去、現在與未來，串聯在一起。在其觀念中，幻想與夢的本質有其共同處，亦即：批露願望。因此，夢、幻想與現實生活的關係是密不可分的。夢與幻想並非天馬行空，毫無來源，它總是關聯到現實，或以變形的形式呈現，是對現實的反映與彌補。以此觀點即可發現陸游多夢的原因，以及陸游夢詩較現實詩作更多了一份積極樂觀精神的癥結所在。在朝廷一片求和的氛圍中，有恢復之志的陸游，其被壓抑的願望，便是做夢與幻想的原動力。從這個角度來說，陸游的記夢詩就是對現實處境屈辱感的紓解。錢鍾書先生曾認爲放翁有二癡事：「好譽兒、好說夢。兒實庸材，夢太得意。」〔註60〕此批評雖有些嚴厲，但指出了放翁「好說夢」的

〔註59〕佛洛依德著、王嘉陵等編譯：《佛洛依德文集》（北京：東方出版社，1997年10月），頁297。
〔註60〕同註49，頁132。

特色，尚未說明的則是放翁「夢太得意」的原因，正是現實願望的無法實現，只好於夢中復國、夢中殺敵、夢中實現自己的滿腔熱情、報國之志。現實上，「將軍不戰空臨邊」、「報國欲死無戰場」的恥辱，就在「夜闌臥聽風吹雨、鐵馬冰河入夢來。」的夢境中消解，變形爲「北伐下遼碣，西征取伊涼」的凱旋歡呼。然而，意氣風發的背後，所蘊藏的是「政治理想未能實現的抑鬱苦悶、忠心報國反遭坎坷的憤怒不平，和目睹國運不濟，個人卻無力振起的沉重悲哀。」〔註61〕

　　陸游報國仇、雪國恥的愛國激情，是如何從「白天清醒的生活邊界」，「氾濫到他的夢境裡去」呢？從〈九月十六日夜夢駐軍河外遣使招降諸城覺而有作〉一詩，可以得知梗概。詩云：

> 殺氣昏昏橫塞上，東並黃河開玉帳。晝飛羽檄下列城，夜脫貂裘撫降將。將軍櫪上汗血馬，猛士腰間虎文韔。階前白刃明如霜，門外長戟森相向。朔風卷地吹急雪，轉盼玉花深一丈。誰言鐵衣冷徹骨，感義懷恩如挾纊。腥臊窟穴一洗空，太行北嶽元無恙。更呼斗酒作長歌，要遺天山健兒唱。（冊39，卷四，頁24332。）

「殺氣昏昏橫塞上，東並黃河開玉帳。晝飛羽檄下列城，夜脫貂裘撫降將。將軍櫪上汗血馬，猛士腰間虎文韔。」全然擺脫現實處境的失落之感，代之以兵強將猛、所向無敵的氣勢，而且夢裡的馬也非「廄馬肥死弓斷弦」中肥死的廄馬，而是驍勇善戰的汗血馬；「腥臊窟穴一洗空」更是詩人亟欲實現的願望。夢中如虹的氣勢，真有如千軍萬馬不可抵擋。又如〈五月十一日夜且半夢從大駕親征盡復漢唐故地見城邑人物繁麗云西涼府也喜甚馬上作長句未終篇而覺乃足成之〉一詩云：

> 天寶胡兵陷兩京，北庭安西無漢營。五百年間置不問，聖主下詔初親征。熊羆百萬從鑾駕，故地不勞傳檄下。築城絕塞進新圖，排仗行宮宣大赦。岡巒極目漢山川，文書初

〔註61〕霍然：《宋代美學思潮》（長春：長春出版社，1997年8月），頁246。

用淳熙年。駕前六軍錯錦繡，秋風鼓角聲滿天。苜宿峰前
盡亭障，平安火在交河上。涼州女兒滿高樓，梳頭已學京
都樣。（冊 39，卷十二，頁 24514。）

詩中所云「西涼」（武威）、「苜宿峰」（在河西）、「交河」（出天山）
等，均爲漢時西域舊疆，南宋時已盡爲西夏、金人所佔領，但在「夢
從大駕親征」的詩人夢中，這些邊庭皆已收復，甚至胡虜皆已臣服。
現實的缺憾，均在夢中得到補償。其他夢中書志之作，如：

僵臥孤村不自哀，尚思爲國戍輪臺。夜闌臥聽風吹雨，鐵
馬冰河入夢來。（冊 39，卷二十六〈十一月四日風雨大作二
首〉之一，頁 24799。）

……蘆笳青塚月，鐵馬玉關秋。……（冊 40，卷三十四〈五
月七日夜夢中作二首〉之二，頁 24938。）

我夢入煙海，初日如金鎔。赤手騎怒鯨，橫身當渴龍。……
平生擊虜意，裂眥髮上衝。尚可乘一障，憑堞觀傳烽。（冊
39，卷二十〈我夢〉，頁 24714。）

……玉關雪急傳烽火，青海雲開見戍樓。……（冊 39，卷
二十七〈枕上述夢〉，頁 24819。）

在〈我夢〉中，意氣風發之狀，擊虜的堅強決心，完全展現。而以淮
水與金爲界的南宋，在陸游的夢中甚至可「爲國戍輪臺」，以及神遊
至「玉關」、「青海」，離南宋疆域如此遙遠的漢唐邊地。在夢中，陸
游洩露了他懸念已久的渴望。又如〈記九月三十日夜半夢〉一詩：

一夢邯鄲亦壯哉，沙堤金轡絡龍媒。兩行畫戟森朱戶，十
丈平橋夾綠槐。東閤群英鳴珮集，北庭大戰捷旗來。太平
事業方設施，誰遣晨雞苦喚回。（冊 40，卷三十三，頁 24919。）

只有在夢中才能回到「邯鄲」、北庭邊關，才能聽到「北庭大戰捷
旗來」如此大快人心的勝利歡呼，而不是令人沉痛的「不見王師出
散關」。另外，〈中夜聞大雷雨〉一詩則有如天馬行空的狂想曲。詩
云：

雷車駕雨龍盡起，電行半空如狂矢。中原腥羶五十年，上

帝震怒初一洗。黃頭女眞褫魂魄,面縛軍門爭請死。已聞
三箭定天山,河青積甲齊熊耳。捷書馳騎奏行宮,近臣上
壽天顏喜。……長安父老請移蹕,願見六龍臨渭水。從今
身是太平人,敢憚安西九千里。(冊39,卷七,頁24393。)
詩中先形象的描繪了雷雨閃電,並由此大雷雨聯想到中原腥羶未除,
詩人甚至渴望「電行半空如狂矢」的閃電,能助南宋一臂之力,令「黃
頭女眞褫魂魄,面縛軍門爭請死」。若不是現實情況太令人失望,怎
會生此奇想?正如前述佛洛依德所說:「未滿足的願望是造成幻想的
推動力,每一個獨立的幻想,都意味著某種願望的實現,或意味著對
某種令人不滿意的現實的改進。」這句話可以說明確地指出陸游幻想
發生的來源,正是對令人不滿意的南宋現狀的反映。

　　另外,陸游詩中還有一部份是沿用樂府舊題的作品,並在其中寄
託報國情懷,以超越現實的難堪窘境。藉著回到「漢胡戰爭的歷史版
塊」,亦即以時空的回溯,一方面安慰現實中恢復之志受挫的心靈;
一方面也藉著漢胡之戰中肅敵的熱情,寄託一己爲國平胡虜情懷。陸
游樂府詩題中常出現漢朝與匈奴西域征戰地點及要塞,如玉門關、祈
連、青海、交河、天山、北庭、安西、燕然、焉耆、受降城,及長城
要塞榆關等。陸游詩中的「神州情意結」〔註62〕,實與南宋偏安一隅
的處境有密切關係,也反映出陸游亟思恢復之志。如:
　　……天聲一震胡已亡,捷書奕奕如飛電。高秋不閉玉關城,
　　中夜罷傳青海箭。……(冊39,卷十一〈大將出師歌〉,頁
　　24491。)

〔註62〕筆者按:王文進先生在《南朝邊塞詩新論》書中,曾列舉南朝詩歌
　　　　中此一時空回溯現象,黃景進先生在此書的序言中也曾指出:「在南
　　　　朝邊塞詩中常見漢代邊防名將及地名,可以說是空間的錯置。而詩
　　　　中所常表現的京洛意象及對北都的依戀,可以說是時間的錯置。依
　　　　照現代神話及原型理論的觀點,這些反覆出現的漢代名將、地名及
　　　　京洛意象,正是積澱在詩人潛意識中的『原型意象』。而對北都的依
　　　　戀,依照榮格的理論,則可以說是一種『神州情意結』。」參見王文
　　　　進:《南朝邊塞詩新論》(台北:里仁書局,2000年12月),頁2。

　　……長戈逐虎祈連北，馬前曳來血丹臆。卻回射雁鴨綠江，
　　箭飛雁起連雲黑。……（冊 39，卷八〈出塞曲〉，頁 24414。）
　　……天山熱海在目中，下殿即日名烜赫。馳出都門雪初霽，
　　直過黃河冰未坼。……（冊 39，卷二十八〈將軍行〉，頁
　　24836。）

《漢書・西域傳上》云：「西域以孝武時始通，本三十六國，其後稍
分至五十餘，皆在匈奴之西、烏孫之南。南北有大山，中央有大河，
東西六千餘里，南北千餘里。東則接漢，阸以玉門、陽關。西則限以
蔥嶺。」〔註63〕《漢書・宣帝紀》亦云：「匈奴數侵邊，又西伐烏孫。……
秋，大發興調關東輕車銳卒，……御史大夫田廣明為祈連將軍。」應
邵注曰：「祈連，匈奴山中名也。」〔註 64〕《史記・李將軍列傳・索
隱》云：「晉灼云：在西域，近蒲類。又《西河舊事》云：白山，多
夏有雪，匈奴謂之天山。」〔註 65〕玉關或玉門關、祈連、天山等，均
為漢胡戰爭的歷史積澱地點，陸游藉以寄託其策馬邊疆的想像與馳騁
沙場的指戈之處。又如：

　　鬢如猥毛磔，面如紫石棱。丈夫出門無萬里，風雲之會立
　　可乘。追奔露宿青海月，奪城夜蹋黃河冰。鐵衣度磧雨颯
　　颯，戰鼓上隴雷憑憑。三更窮虜送降款。天明積甲如丘陵。
　　中華初識汗血馬，東夷再貢霜毛鷹。群陰伏，太陽昇。胡
　　無人，宋中興。丈夫報主有如此，笑人白首篷窗燈。（冊 39，
　　卷四〈胡無人〉，頁 24340。）

「追奔露宿青海月，奪城夜蹋黃河冰。鐵衣度磧雨颯颯，戰鼓上隴雷
憑憑。」詩中所歌詠的是漢胡的邊疆之地，「丈夫報主有如此，笑人白
首篷窗燈。」強調的大丈夫追求事功之志，寧戰死沙場、恥白首篷窗。
藉著樂府詩題之作，陸游馳騁於漢胡爭戰中戰鼓隆隆的廣闊邊地，也
撫慰了現實中南宋苟安求和的痛楚，「胡無人，宋中興。」更是詩人內

〔註63〕〔漢〕班固撰、顏師古注：《漢書補注》（台北：藝文印書館，1996
　　　　年 8 月），頁 1636。
〔註64〕同前註，頁 111。
〔註65〕同註 57，頁 1175。

心終極的期盼。另外，還有涉及西域爭戰地點及要塞的詩篇，如：

> 三受降城無雍城，賊來殺盡始還營。漠南漠北靜如掃，清
> 夜不聞胡馬聲。（冊 39，卷十四〈軍中雜歌八首〉之一，頁
> 24575。）

> 受降城頭更奇絕，芬芬平沙千里月。選兵夜出打番營，鐵
> 馬蹴冰冰欲裂。（冊 40，卷三十三〈秋月曲〉，頁 24924。）

> 塞上今年有事宜，將軍承詔出全師。精金錯落八尺馬，刺
> 繡鮮明五丈旗。上谷飛狐傳號令，蕭關積石列城陴。不應
> 幕府無班固，早晚燕然刻頌詩。（冊 39，卷十六〈塞上〉，
> 頁 24606。）

> 全師出雁塞，百戰運龍韜。金絡洮州馬，珠裝夏國刀。（冊
> 39，卷二十八〈小出塞曲〉，頁 24838。）

> 焉耆山頭暮煙紫，牛羊聲斷行人止。平沙風急捲寒蓬，天
> 似穹廬月如水。（冊 39，卷十八〈焉耆行二首〉之一，頁
> 24657。）

由以上諸詩可以發現：詩人不僅神遊於北庭、燕然、焉耆、受降城等
西域征戰要塞，且詩中所表現的情感「賊來殺盡始還營」、「選兵夜出
打番營」、「全師出雁塞，百戰運龍韜」，均是勇猛的肅敵熱情；「漠南
漠北靜如掃」、「莽莽平沙千里月」、「平沙風急捲寒蓬，天似穹廬月如
水」，詩中所描繪的盡是西北大漠的壯闊景象。可見，藉著樂府詩中
西域征戰要塞的復現，詩人昂揚的報國激情也得以短暫噴發。

趙翼〈書放翁詩後〉云：「放翁志恢復，動慕皋蘭鏖。十詩九滅
虜，一代書生豪。⋯⋯」〔註66〕，劉辰翁《須溪集》卷六〈長沙李氏
詩序〉亦云：

> 陸放翁詩萬首，今日入關，明日出塞，渡河踐華，皆如昔人想
> 見狼居胥，伊吾北。有志無時，載馳載驅，夢語出狂。〔註67〕

〔註66〕同註49，頁 460。
〔註67〕〔宋〕劉辰翁：《須溪集》（台北：臺灣商務印書館，1986 年 3 月，
　　　　影印文淵閣四庫全書本），卷六，頁 520。

就事實而論，放翁確實「有志無時」，有恢復之志，但卻遇到苟安求和、不思恢復的上位者，因此，只好藉由擬昔人樂府詩題，尋找漢唐舊疆；只好「夢語出狂」，在夢中滅虜，在夢中一展衛國、報國熱情。這除了是一種心理補償，也正是放翁記夢詩、樂府擬作等詩篇，更具積極淑世情懷的主因。

第四節　憂患意識在陸游詩中的呈現

　　陸游晚年作《南唐書》，書中深寓用心，明寫南唐，實則暗喻南宋。其用意在警宋，喚醒南宋士人的憂患意識。如卷十一〈馮延巳傳〉中，孫忌指斥馮延巳之語云：

> 僕山東書生，鴻筆藻麗，十生不及君；詼諧歌酒，百生不
> 及君；諂媚險詐，累劫不及君。然上所以置君于王邸者，
> 欲君以道義規益，非遣君爲聲色狗馬之友也。僕固無所解，
> 君之所解者，適足以敗國家耳！〔註68〕

這段話對於南宋安於「西湖歌舞」的士大夫們，無異是一記警鐘。但時移勢轉，主戰派士人在張浚符離兵潰之後，已難再有發聲管道，詩人只好藉詩作抒發憂國憂民的赤忱。

　　相較於較具樂觀精神，對恢復中原仍抱持一份希望的淑世詩作，陸游的憂患詩多了一份焦慮與沉痛。檢視陸游詩集，表達憂患意識的作品約有四百多首，比淑世之詩多了一倍左右。由此也可印證：南宋詩歌基調與國勢的沉淪互爲表裡，主和派苟求和的「國是」壓制了主戰派的現況。

　　漢中八月的經歷，固然是放翁得以一展所長的關鍵時期，但因王炎的征西幕府於乾道八年（1172）十月解散，陸游也於同年十一月左右離開南鄭前線。根據范成大〈寄題潭帥王樞使佚老堂〉詩云：「四年西略可萬世，孤掌獨立扛千鈞。」〔註69〕可見是相當讚賞王炎在四

〔註68〕〔宋〕陸游撰：《南唐書》（台北：臺灣商務印書館，1986 年 3 月，
　　　　影印文淵閣四庫全書本），卷十一，頁 446。
〔註69〕同註 38，卷 2256，頁 25881。

川宣撫的功蹟，何以王炎突然被「促詔」罷歸？關於王炎的罷樞密使、奉祠原因，根據傅璇琮、孔凡禮兩位先生的研究指出：王炎被召回，正因功大，朝廷對他不放心，以及其廣泛招攬人才的作法，與朝中重臣如虞允文的意見相左。王炎被召回後，朝廷立即以虞允文取代，征西幕府星散，陸游的進取長安、經略中原建議便無法實現。正如傅、孔二位先生文中所云：

> 王炎的被召回，是自毀長城，表明南宋小朝廷的毫無作為，這是一幕歷史悲劇。從此宣告了宋孝宗進取政策更準確地說是意圖的終結，代之以維持現狀的苟安政策；而這對盼望恢復的士大夫和廣大人民群眾、對南望王師的遺民來說，是沉重的打擊。〔註70〕

這些失望悲痛的情感都生動地反映在陸游的詩中，如卷六十二〈出塞四首借用秦少游韻〉：「符離既班師，北討意頗闌。志士雖有懷，開說常苦艱。……」（頁25372），說明了有志恢復之士心中的憂慮，報國宏圖的落空，精神上的失落感與憤慨之情均呈現於詩中。以下分三大類加以說明。

一、憂國之心

陸游戎馬前線的經歷結束於王炎征西大幕的解散，卷三〈自興元赴官成都〉一詩：「今朝忽夢破，跋馬臨漾水。」正是乾道八年十一月離南鄭赴成都時恢復之志夢碎的心情走筆。對於主政者不思進取，一味求和，陸游憂國之心溢於言表：「和戎壯士廢，憂國清淚滴。」（〈書悲〉）、「小儒雖淺陋，一飯亦憂國。」（〈淒淒行〉）、「位卑未敢忘憂國」（〈病起書懷〉）、「感事憂國空餘悲」（〈龍眠畫馬〉）。可見，陸游既為國勢多艱而憂，又為南宋半壁飄零國土未復而感憤。考察陸游憂患意識的核心，主要也是在中原未復的問題上，亦即憂國是其憂患意識的重心。雖然錢鍾書曾指出：「放翁愛國詩中功名之念，

〔註70〕傅璇琮、孔凡禮：〈陸游與王炎的漢中交游〉，《杭州師範學院學報》第5期，（1995年），頁6。

勝於君國之思。」〔註71〕但證諸其詩文中的憂國、憂民、憂君之情，此批評或許過於嚴苛。放翁曾在〈賀周丞相啟〉中抒發其對國家的憂慮云：

> 竊以時玩久安，輒生天下之患，國無遠略，必有意外之虞。方今風俗未淳，名節弗勵，仁聖焦勞於上，而士大夫無宿道嚮方之實；法度修明於內，而郡縣無赴功趨事之風。邊防寢弛於通和，民力坐窮於列戍，每靜觀於大勢，懼難待於非常。至若靖康喪亂，而遺平城之憂；紹興權宜，而蒙渭橋之恥。高廟有盜環之逋寇，乾陵有斧柏之逆僣。江淮一隅，夫豈仗衛久留之地；梁益萬里，未聞腹心不貳之臣。文恬武嬉，戈朽鏃鈍。……〔註72〕

由上述引文可知，陸游憂患的核心在於國土未復，文恬武嬉，邊防廢弛，民力坐困於列戍，苟安求和，戈鏃無用武之地，棄任腐朽。國家之憂，莫甚於此。卷三〈山南行〉詩云：「會看金鼓從天下，卻用關中作本根。」提出以關中作根據地，再力圖恢復中原的凌雲壯志，至此不免消磨。對於現實處境的時不我予，詩人喟嘆連連，卷八〈關山月〉一詩即為最典型的心情寫照。詩云：

> 和戎詔下十五年，將軍不戰空臨邊。朱門沉沉按歌舞，廄馬肥死弓斷弦。戍樓刁斗催落月，三十從軍今白髮。笛裡誰知壯士心，沙頭空照征人骨。中原干戈古亦聞，豈有逆胡傳子孫？遺民忍死望恢復，幾處今宵垂淚痕。（冊39，頁24414）

此詩可與上述〈賀周丞相啟〉文中的憂國內容相呼應，以樂府舊題之名，暢述對現實國勢無奈憤恨的心情。據錢仲聯先生《劍南詩稿校注》云：「此詩淳熙四年正月，作於成都。」〔註73〕正是離開南鄭前線後，失落心情的表述。又根據《宋史·孝宗本紀》云：「隆興元年，……十一月，……辛丑，詔侍從臺諫於後省集議講和、遣使、禮數、土貢

〔註71〕同註49，頁132。
〔註72〕同註39，卷12，頁394。
〔註73〕同註32，頁623。

四事。」〔註74〕可見，自隆興元年（1163）詔議講和，至淳熙四年（1177），倏忽已十五年。和戎政策導致「將軍不戰空臨邊」的無奈，更令人痛心的是粉飾太平、歌舞昇平的景象，「廄馬肥死弓斷弦」對比著「笛裡誰知壯士心」；「中原干戈古亦聞」對照著「豈有逆胡傳子孫」，更道盡詩人的憂憤。遺民空垂淚痕，將軍空老邊關，壯士空度年華，整首詩中充滿憤慨與憂慮。綜觀陸游憂國之心，所憂約有以下數端：

（一）對主和派構陷抗金人才之憂

陸游對於「國無遠略」，苟安於江淮一隅，特別是主和派勢力高張，甚至構陷抗金將領，導致抗戰人才被貶斥，因而失卻中原之地，尤為憤恨。于北山《陸游年譜》於淳熙四年譜文云：

> 自靖康、建炎以來，義軍領袖，愛國軍民，激於民族義憤，與女真貴族侵略者展開反覆鬥爭，故事流傳可歌可泣者甚多。務觀除在詩文中屢加歌頌外，（如對宗澤、岳飛、劉錡、姚平仲等）并塑造劍客之形象，冀其以如霜白刃，剪滅仇讎。〔註75〕

陸游渴望抗金有人，因此對於宋代名將的遭遇，每每於詩中為其發聲。如宗澤在金兵南侵時留守開封，堅持抵抗，最後臨終時，「猶三呼渡河」，因此，陸游對此一民族英雄即一再賦詩歌頌之。如卷二十〈感秋〉詩云：

> ……君不見昔時東都宗太尹，義感百萬虎與狼。疾危尚念起擊賊，大呼過河身已僵。（冊 39，頁 24703）

此詩下作者自注云：「宗汝霖垂死尚部勒諸將北伐，忽大呼過河者三，隨即殞絕。」又卷二十七〈書憤〉詩云：

> 山河自古有乖分，京洛腥羶實未聞。劇盜曾從宗父命，遺民猶望岳家軍。上天悔禍終平虜，公道何人肯散群。白首自知疏報國，尚憑精意祝爐熏。（冊 39，頁 24824）

〔註74〕同註42，卷33，頁444。
〔註75〕同註36，頁214。

此詩自注云：「宗澤守東都，巨盜來歸百萬，號宗爺。岳家軍蓋紹興初語。」又卷二十五〈夜讀范至能攬轡錄言中原父老見使者多揮涕感其事作絕句〉云：

> 公卿有黨排宗澤，帷幄無人用岳飛。遺老不應知此恨，亦逢漢節解沾衣。（冊 39，頁 24796）

卷三十四〈感事〉之二亦云：「堂堂韓岳兩驍將，駕馭可使復中原。」宗澤之外，岳飛也是陸游景仰的抗金名將。紹興十年七月，岳飛擊敗宗弼於郾城，又追至朱仙鎮，大破敵方，但卻奉詔班師還都，河南州郡於是陷於金人之手，趙構與秦檜向金人屈膝求和。紹興十一年（1141），金宗弼在給秦檜的書信上說：「汝朝夕以和請，而岳飛方為河北圖，必殺飛始可和。」於是秦檜乃以岳飛為和議的絆腳石，設計陷害岳飛。同年十月，岳飛下大理寺獄。十一月，金許以淮水為界，歲幣銀帛各二十五萬匹，又割唐、鄧二州。十二月，岳飛賜死於大理寺獄，並殺張憲、趙雲。〔註76〕陸游在《老學庵筆記》卷一云：

> 秦檜之殺岳飛於臨安獄中，都人皆涕泣，是非之公如此！

〔註77〕

藉著民族英雄如宗澤、岳飛等人的被棄置、被殺害，陸游除了在詩中深表惋惜外，也表達了抗金名將遭迫害後，抗金無人的深憂，更對南宋苟安求和政策憤恨不已。

（二）對和戎政策之憂

張浚符離兵敗後，宋孝宗的銳意恢復之志不再，宋廷主張和議者更取得優勢，自此，北伐之議遂湮沒無聞。陸游詩中痛陳和戎之議的作品，均可見出詩人的悲憤與憂戚。在這類作品中，放翁除抒發憂國之情外，亦指斥當局苟安求和、蔑視強敵、廢弛邊防的不是。如卷十四〈悲秋〉詩云：

〔註76〕同註 36，頁 32。
〔註77〕〔宋〕陸游撰：《老學庵筆記》（台北：臺灣商務印書館，1986 年 3 月，影印文淵閣四庫全書本），卷 1，頁 5。

秋燈如孤螢，熠熠耿窗戶。秋雨如漏壺，點滴連早暮。我
豈楚逐臣，慘愴出怨句。逢秋未免悲，直以憂國故。三軍
老不戰，比屋困征賦。可使江淮間，歲歲常列戍。（冊 39，
頁 24571）

季節遞嬗每引詩人悲秋之鳴，此詩不同於一般悲秋之作以個人的愁苦
為主，而是直言所悲者「直以憂國故」。後四句則指出憂慮的原因：「三
軍老不戰，比屋困征賦」。指斥南宋議和政策造成戰士列戍江淮，不
戰而空老於邊，不僅浪費人力、物力，對國勢更無所助益，此即詩人
所憂所悲。其他詩作如：

壯士方當棄軀命，書生詎忍開和好。孤臣白首困西南，有
志不伸空自悼。（冊 39，卷七〈夜讀東京記〉，頁 24404。）

……秋風兩京道，上有胡馬迹。和戎壯士廢，憂國清淚滴。
關河入指顧，忠義勇推激。常恐埋丘山，不得委鋒鏑。……
（冊 39，卷十三〈書悲二首〉之一，頁 24543。）

趙魏胡塵千丈黃，遺民膏血飽豺狼。功名不遣斯人了，無
奈和戎白面郎。（冊 39，卷十七〈題海首座俠客像〉，頁
24623。）

百戰元和取蔡州，如今胡馬飲淮流。和親自古非長策，誰
與朝家共此憂。（冊 39，卷二十一〈估客有自蔡州來者感悵
彌日〉之二，頁 24724。）

漢家和親成故事，萬里風塵妾何罪。掖庭終有一人行，敢
道君王棄憔悴。雙駝駕車夷樂悲，公卿誰悟和戎非。……
（冊 40，卷三十〈明妃曲〉，頁 24867。）

……生逢和親最可傷，歲輦金絮輸胡羌。夜視太白收光芒，
報國欲死無戰場。（冊 40，卷三十五〈隴頭水〉，頁 24952。）

中原昔喪亂，豺狼厭人肉。輦金輸虜庭，耳目久習熟。不
知貪殘性，搏噬何日足。至今磊落人，淚盡以血續。後生
志撫薄，誰辨新亭哭。藝祖有聖謨，嗚呼寧忍讀。（冊 40，
卷五十七〈聞虜亂次前輩韻〉，頁 25302。）

從上述引詩可以得知，主和派和戎政策在陸游看來，正是加速國家滅亡的導火線，因為，人喪其志無異於喪其國。「和戎壯士廢，憂國清淚滴」、「生逢和親最可傷，歲輦金絮輸胡羌」、「報國欲死無戰場」、「公卿誰悟和戎非」等語，均顯露詩人對和戎政策的擔憂，也對當時朝中士大夫安於江南一隅的苟安懦弱心理，深感憂戚。在〈聞虜亂次前輩韻〉詩中曾自注云：「藝祖嘗為『大宋一統』四字賜大臣，今藏秘閣。」即有警醒當時沉迷偏安享樂的士大夫勿忘失土之意。放翁的憂慮，在〈跋張監丞雲莊詩集〉文中也可互證：

> 虜覆神州七十年，東南士大夫視長淮以北，猶儋荒也。以使事往者，不復黍離麥秀之悲，殆無以慰畬父老心。〔註78〕

又〈跋呂侍講歲時雜記〉亦云：「士大夫安於江左，求新亭對泣者，正未易得。」〔註79〕皆是對主張和戎政策一派士人的沉痛批評。當然，以主戰派的立場來看，屈膝求和必然有辱國族尊嚴，但議和使積弱的宋室得以喘息，避免百姓生靈塗炭，創造休養生息的機會，從現代的眼光看來，反而是一條生路。如清、趙翼《二十二史劄記》卷二十六「和議」條，即從較為客觀的歷史事件立場分析指出：

> 高宗謂趙鼎曰：「今梓宮、太后、淵聖皆在彼，若不與和，則無可還之理。」此正高宗利害切己，量度時勢，有不得不出於此者。厥後半壁粗安，母后得返，不可謂非和之效也。自胡詮一疏，以屈己求和為大辱，其議論既愷切動人，其文字又憤激作氣，天下之談義理者，遂群相附和，萬口一詞，牢不可破矣。然試令詮身任國事，能必成恢復之功乎？不能也。即專任韓、岳諸人，能必成恢復之功乎？亦未必能也。故知身在局外者，易為空言；身在局中者，難措實事。〔註80〕

〔註78〕同註39，卷28，頁525。

〔註79〕同註39，卷28，頁9。

〔註80〕〔清〕趙翼：《二十二史劄記》（台北：世界書局，1996年3月），頁342。

同時，更從後代歷史角度認為：「是宋之為國，始終以和議而存，不和議而亡。蓋其兵力本弱，而所值遼、金、元三朝，皆當勃興之運。天之所興，固非人力可爭，以和保邦，猶不失為圖全之善策。」〔註81〕可知，趙翼站在客觀現實的立場，為「和議」置一言，認為當時以和議為辱之說者，皆「知義理而不知時勢，聽其言則是，而究其實則不可行者也。」〔註82〕趙翼之說，是就歷史做總整理所得出的看法。但站在歷史現場的詩人陸游，以感同身受的立場，對當時主流意識的和戎政策提出抨擊，詩中字字句句肺腑之言，則讓後世讀者見識其憂患意識的核心全然圍繞著對國家處境的擔憂。從這個角度來說，錢鍾書先生所謂「放翁愛國詩中功名之念，勝於君國之思」〔註83〕的說法，就值得商榷了。

（三）對黨爭摧殘人才之憂

陸游的憂患意識中，對於南宋缺乏高明宰輔大臣以及黨爭對人才的摧殘，亦深表憂心。因國無棟樑之材則無法整頓內部，對抗強大外敵侵侮。如卷十〈北巖〉詩云：

> ……駭機一朝發，議罪至竄投。黨禁久不解，胡塵暗神州。
> 修怨以稔禍，哀哉誰始謀。小人無遠略，所懷在私讎。……
> （冊39，頁24459）

「小人無遠略，所懷在私讎」，詩中對於黨禁、個人私怨，造成「胡塵暗神州」的後果，提出嚴厲批判與憂心。又如：

> 榮河溫洛帝王州，七十年來禾黍秋。大事竟為朋黨誤，遺民空嘆歲時逌。食粟本同天下責，孤臣敢獨廢深憂。（冊40，卷四十一〈北望感懷〉，頁25057。）

> ……興邦在人材，巖穴當物色。如何清廟器，老死山南北。
> 小儒雖微陋，一飯亦憂國。豈無一得愚，欲獻懼非職。（冊40，卷四十二〈悽悽行〉，頁25070。）

〔註81〕同前註，頁343。
〔註82〕同前註。
〔註83〕同註49，頁132。

「大事竟爲朋黨誤」的「大事」，即恢復失土之事，被朝廷內部朋黨傾軋所延誤，「遺民空嘆歲時遒」，年復一年，中原淪陷已七十寒暑，遺民望穿秋水仍不見王師，詩人深以此爲憂。〈悽悽行〉一詩，則指出國家不知珍惜人才，就好比讓廊廟之材老死於南山，殊爲可惜。「小儒雖微陋，一飯亦憂國」，詩人既憂國無人才以興邦，又懼己職卑言輕，不爲國所用，「一飯不忘憂國」之忱見於詩中。

另外，在對黨爭摧殘人才之憂中，陸游詩中也常與憂君之意相結合，期盼一國之君能虛心接納建言，修養君德，不給奸邪可乘之機。換言之，陸游認爲施行國富民安的美政，有賴於有力的人君領導。其〈擬上殿劄子〉云：

> 欲望陛下昭然無置疑於聖心，克己以來之，虛心以受之，不憚舍短而取長，以求千慮之一得，庶幾下情得以畢達。群臣無伯益、召公之賢，陛下以舜、武王之心爲心，則是聖德巍巍，過於舜、武王矣。如其屈萬乘之尊，躬日昃之勞，顧於疏遠之言，無大施用，姑以天地之度容之而已，是獨言者一身之幸也。〔註84〕

放翁以舜、武王之賢，期待於南宋諸君，能以天地之大度容納群臣建言，而不剛愎自用，其積極的目的，正是不希望主上聽信苟安主和派的主張，能以恢復故土爲念。陸游期待君主能遠離讒禍，消弭黨爭，如此方是國家之幸。可見，其憂君之意實亦憂國之心。又如卷七〈夏夜大醉醒後有感〉詩云：

> ……欲傾天上河漢水，淨洗關中胡虜塵。那知一旦事大繆，騎驢劍閣霜毛新。卻將覆甕草檄手，小詩點綴西州春。素心雖顧老巖壑，大義未敢忘君臣。雞鳴酒解不成寐，起坐肝膽空輪囷。（冊39，頁24402）

卷五十一〈九月初四作四首〉之四云：

> 富貴功名未足云，平生一飯不忘君。（冊40，頁25213）

卷七十一〈雷雨〉詩云：

〔註84〕同註39，卷3，頁333。

雲昏失南山，雷過撼北戶。天其哀此民，畀以三日雨。未
言高下足，十已得四五。雨勢殊未已，喜色徧農圃。稽手
謁龍公，願言終有秋。民饑不敢辭，懼貽明主憂。（冊41，
頁25519）

「素心雖願老巖壑，大義未敢忘君臣」，詩中所指君臣，即盡君臣之意，
亦即陸游的憂君之意與憂國之心相結合。「富貴功名未足云，平生一飯
不忘君」，則抒發詩人未以功名為意，而以君國為念，此自陳心意之語，
正好反駁錢鍾書先生：「放翁愛國詩中功名之念，勝於君國之思。」的
批評。〈雷雨〉一詩則以雷雨三日終解農旱，秋收有望，詩人除感謝上
天賜雨外，，也以盡臣之責，分擔君憂為言：「民饑不敢辭，懼貽明主
憂」，顯見陸游的憂君之思中，寄託了一個入世之儒深沉的屈賈之憂，
並期盼君臣上下一心，破除黨派歧見，為國家留下棟樑之材。

（四）對宋軍不思進取與躁進之憂

忠憤許國的陸游，將報國無期之憂抒發在對南鄭前線生活的回憶
中，同時，對於宋軍不思進取的態度憂心忡忡。但在晚年韓侂冑開禧
北伐時，詩人一方面雀躍不已，另一方面又對宋軍的躁進深為擔憂。

漢中八月是陸游一生輝煌時期，但此時期留存的詩篇並不多，反
而是日後追憶從戎生活的作品頗多。〔註85〕在這些追憶作品中，常表
達對宋軍不思進取之憂。如：

從軍昔宿南山邊，傳烽直照東駱谷。軍中罷戰壯士閒，細
草平郊恣馳逐。……（冊39，卷十〈冬夜聞雁有感〉，頁
24472。）

〔註85〕筆者按：南鄭時期所作，現存作品約十餘首，原本據陸游自述約有
一百多首，並集結為《山南雜詩》，但據卷37〈感舊六首〉之自注，
《山南雜詩》曾墜水。其云：「予《山南雜詩》百餘篇，舟行過望雲
灘，墜水中，至今以為恨。」可見，南鄭時期作品不多，此為原因
之一。又，據傅璇琮、孔凡禮〈陸游與王炎的漢中交游〉一文所指，
可能因《山南雜詩》中「當有涉及王炎者。」而後因王炎被罷官，
且有「欺君」之嫌，罪名其後雖解除，但仍留下顧忌。此文認為「墜
落水中很可能即是托詞，極有可能陸游有意刪去。」同註70，頁57。

憶昔西征日，飛騰尚少年。軍書插鳥羽，戍壘候狼煙。渭水秋風夜，岐山曉雪天。……何時聞詔下，遣將入幽燕。（冊39，卷二十七〈憶昔〉，頁24820。）

昔者戍梁益，寢飯鞍馬間。一日歲欲暮，揚鞭臨散關。增冰塞渭水，飛雪暗岐山。……囊事空夢想，擁褐自笑屏。胡星未實地，大弓何時彎。（冊39，卷二十八〈懷昔〉，頁24841。）

我昔在南鄭，夜過東駱谷。平川月如霜，萬馬皆露宿。思從六月師，關輔笑談復。那知二十年，秋風枯苜蓿。（冊40，卷三十〈夏夜〉之二，頁24866。）

曾從征西十萬師，白頭回顧只成悲。雲深駱谷傳烽處，雪密嶓山校獵時。（冊40，卷六十〈感昔七首〉之五，頁25348。）

憶昔梁州夜枕戈，東歸如此壯心何。蹉跎已失邯鄲步，悲壯空傳敕勒歌。今日扁舟釣煙水，當時重鎧渡冰河。自憐一覺寒窗夢，尚想涪溪石可磨。（冊40，卷六十八〈憶昔〉，頁25475。）

從以上追懷漢中從戎之作，可以發現：詩中以從戎南鄭之初的意氣風發，「關輔笑談復」的豪情，對比「軍中罷戰壯士閒」的無奈；「何時聞詔下，遣將入幽燕」、「胡星未實地，大弓何時彎」、「憶昔梁州夜枕戈，東歸如此壯心何」等語，則將和戎罷戰導致期待落空的心境，都抒發於詩中。「曾從征西十萬師，白頭回顧只成悲」，更說明陸游對於宋軍不思進取，浪費戰備與人才的沉痛悲憤。

　　值得慶幸的是，陸游在生命的最後遇上了開禧北伐。這對於盼望恢復的詩人而言，是一個令人振奮的事件。嘉泰四年，八十歲的陸游對於宋室伐金之議雀躍不已，如卷五十八〈睡起已亭午終日涼甚有賦〉云：「頗聞王旅徂征道，敷水條山興已狂。」開禧元年秋（1205），即使只是聞宋軍北上，便雀躍興狂，卷六十二〈殘年〉詩云：「遣戍雖傳說，何時復兩京。」其渴盼成功之心更見迫切。開禧二年五月，韓侂冑請下詔伐金，十一月，丘崈簽書樞密院事，督視江淮軍馬，當時

宋軍諸將用兵皆敗,最後四川宣撫副使吳曦投靠金國。當北伐戰事至緊要關頭時,韓侂冑盼吳曦進兵,但吳曦卻接受金國封賞,叛宋降金,使北伐全局處於被動,終至以失敗收場。對於出師的行動,陸游本是積極擁護並歌頌抗金義舉,如卷六十二〈出塞四首借用秦少游韻〉云:

> 符離既班師,北討意頗闌。志士雖有懷,開說常苦艱。諸將初北首,易水秋風寒。黃旗馳捷奏,雪夜奪榆關。(冊40,頁25372)

可見,自符離潰敗後,朝中對北討意興闌珊,如今終於盼到出師北伐,因此陸游在詩中以充滿勝利的想像:「黃旗馳捷奏,雪夜奪榆關」,寫下其雀躍的心情。同時,在八十二高齡遇上北伐,卻只能撫劍興嘆,無用武之地,詩人也頗為感嘆。如卷五十八〈書事〉云:

> 北征笑談取關河,盟府何人策戰多。掃盡煙塵歸鐵馬,剪空荊棘出銅駝。史臣歷紀平戎策,壯士遙傳入塞歌。自笑書生無寸效,十年枉是枕珊戈。(冊40,頁25320)

面對此千載難逢的北伐機會,陸游雖有書生自笑「無寸效」的嘆息,但仍有恢復之志的熱情,如卷六十八〈老馬行〉云:「中原蝗旱胡運衰,王師北伐方傳詔。一聞戰鼓意氣生,猶能為國平燕趙。」(頁25473)由此可證,放翁忠憤報國、憂國之心,至老不衰。

對於開禧北伐,詩人實喜憂參半,因放翁由北伐將領的任命中,預見了失敗的結局。卷七十三〈觀諸將除書〉云:

> 百煉鋼非繞指柔,貂蟬要是出兜鍪。得官若使皆齊虜,對泣何疑效楚囚。(冊41,頁25545)

「齊虜」,典出《史記・劉敬叔孫通列傳》。劉敬,齊人,因說服漢高帝西都關中而拜郎中,但後卻諫阻擊匈奴。因此,漢高帝怒罵劉敬曰:「齊虜以口舌得官,今乃妄言沮吾軍。」〔註86〕此處以「齊虜」來指代那些以口舌得官者,亦即諷刺了朝中的投降派,認為朝廷任命北伐將領應慎重,否則無疑效楚囚對泣,自取失敗。果然,因寧宗趙擴及

〔註86〕同註57,卷99,頁1106。

其臣僚選將不當、料敵不明、意志不堅，最後開禧北伐以失敗收場。
于北山先生曾指出北伐失敗的原因及陸游的先見之明：

> 至如疆場上屢創金兵之李好義、畢再遇、田琳等，其光輝
> 戰績固仍昭載史冊，而西北邊防吳曦投敵，遽撤屏藩，牽
> 動江淮戰局，固亦一重要因素也。宋方在此次戰役開始與
> 戰鬥過程中，在戰略上亦犯有「輕發」與不「持重」之錯
> 誤，務觀於此，固早已鄭重言之。〔註87〕

《宋史・陸游本傳》亦云：「及挺子曦僭叛，游言始驗。」〔註88〕選
將的不當、戰略上的輕發與不持重，皆是造成開禧北伐失敗的原因之
一，這些原因，放翁皆早有預言。開禧北伐最終以失敗告終，史彌遠
殺韓侂胄於玉津園，主和派獨擅朝政，北伐之論就此偃旗息鼓。嘉定
元年（1208），再與金簽訂屈辱的「嘉定和議」，凡主戰者均列入秋後
算帳名單，史稱「嘉定更化」。恢復之志始終不移的陸游，「落職」厄
運也隨之而臨。然而，詩人並不因落職而憂，對於一個八十四歲的老
人，所深憂的是國家從此無收復的希望，這種痛心更令陸游難忍。如
卷七十一〈雨晴〉詩云：

> ……淮浦戎初遁，興州盜甫平。為邦要持重，恐復議消兵。
>
> （冊41，頁25521）

此詩作於開禧三年夏，詩人已敏感的意識到和議不遠了，雖憂心、痛
心，但仍苦諫「為邦要持重」。卷七十四〈書感〉亦云：

> 襆負客淮潁，鬖髿逢亂離。中原遂乖隔，北望每傷悲。……
>
> （冊41，頁25564）

開禧北伐的失敗，牽動了詩人的憂愁與悲憤，自忖在有生之年將無法
親見北伐壯舉，如卷七十六〈書憂〉云：「時人應怪我何求，白盡從
來未白頭。磅礴崑崙三萬里，不知何地可葬憂。」（頁25593）是陸
游真切的憂國之情。而作於嘉定元年夏的〈異夢〉詩，則傾吐了八十
四歲老戰士的想望與悲慨，詩云：

〔註87〕同註36，頁536、537。
〔註88〕同註42，卷395，頁414。

> 山中有異夢，重鎧奮雕戈。敷水西通渭，潼關北控河。淒
> 涼鳴趙瑟，慷慨和燕歌。此事終當在，無如老死何。（冊 41，
> 卷七十七，頁 25600。）

詩人想像自己披上重鎧，荷著戟戈，奮戰在關河輔渭，乃至燕趙的中
原故土，其矢志恢復之壯志，至死不移。嘉定二年（1210）底，其絕
筆詩〈示兒〉云：「死去元知萬事空，但悲不見九州同。王師北定中
原日，家祭無忘告乃翁。」（頁 25722）則直陳陸游最終的期盼與遺
憾。「但悲不見九州同」、「京洛尚胡塵」，成了詩人一生最深的懸念與
憂傷。

二、憂民之情

南宋向金求和，為應付龐大的歲幣銀絹支出，每每以收刮民脂民
膏作為開源的政策。剝奪人民之所有以奉送敵方，造成人民的苦痛，
陸游也在詩中加以諷刺，並為民發聲，「在朝多所論列，大抵國事則
主修兵備武，伺機以復中原，堅持其抗戰主張；論內政則主制大姓，
均賦斂，恤小民而抑豪強。」〔註89〕對於人民的痛苦，陸游主張從賦
稅上體恤人民。如〈上殿箚子〉（乙酉四月十三日）之二云：

> 臣伏觀今日之患，莫大於民貧，救民之貧，莫先於輕賦。
> 若賦不加輕，別求他術，則用力雖多，終必無益；立法雖
> 備，終必不行。以臣愚計之，朝廷若未有深入遠討、犁庭
> 掃穴之意，能於用度之間，事事裁損，陛下又躬節儉以勵
> 風俗，則賦於民者，必有可輕之理。……如是，則和氣浹
> 洽，必無水旱之災；歡聲洋溢，必無盜賊之警，何慮國用
> 之不足耶？〔註90〕

國用問題，陸游主張「用度之間，事事裁損」，且君主以身作則「躬
節儉以勵風俗」，如此，必可減輕人民的賦稅，救民之貧，則國內「和
氣浹洽」，也可減少水旱之災。此說雖有天象、人事之附會，但放翁

〔註89〕同註36，頁326。
〔註90〕同註39，卷4，頁340。

確實站在人民立場，爲民發聲。其詩集中也有大量的憂民之作以及揭露官府、縣吏向農民逼租的殘酷事實。憂天災、憂人禍，均是其仁者情懷的呈現。

（一）憂旱憂潦

農業社會，人民看天吃飯，水旱之災關係著一年的豐欠，也影響百姓賦稅的能力，更是人民痛苦的源頭。陸游詩中有不少憂雨憂旱之作。遇旱禱雨、逢潦祈晴，是詩人的憂民之情。如：卷十二〈大雨踰旬既止復作江遂大漲二首〉云：

> 牆角蚊雷喧甲夜，滛星昏昏出雲蟑。臨堂仰占久嘆吒，懸知龍君未稅駕。行人困苦泥沒骹，居人悲啼江入舍。便晴猶可望秋稼，努力共禱城南社。一春少雨憂旱嘆，熟睡湫潭坐龍懶。以勤贖懶護其短，水浸城門渠不管。傳聞霖潦千里遠，榜舟發粟敢不勉。空村避水無雞犬，茆舍夜深螢火滿。（冊 39，頁 24516）

此詩下自注云：「民家避水，多依丘阜，以小舟載米賑之。」詩中寫逢旱時憂農稼乾涸，遇潦時又憂霖潦千里，造成農民身家性命的損失。「榜舟發粟敢不勉」，說明詩人作爲地方官員的仁者之心。又如卷三十九〈喜雨〉詩云：

> 去年禹廟歸梅梁，今年黑虹見東方。巫言當豐十二歲，父老相告喜欲狂。插秧正得十日雨，高下到處水滿塘。六月欲盡日杲杲，造物已命摧驕陽。夕雲如豚渡河漢，占書共謂雨至祥。南山雷車載膏澤，枕上忽送聲淋浪。猛思濁酒大作社，更想紅稻初迎霜。六十日白最先熟，食新且領晨炊香。（冊 40，頁 25027）

此詩以「黑虹見東方」以及巫師的預言當豐十二年，描寫「父老相告喜欲狂」，共慶豐年的欣喜。晴雨豐欠，關係著國計民生，陸游雖退居故里，但仍關心著農作收成對人民生活的影響。此詩下自注云：「六十日白，稻名，常以六月下旬熟。」而卷五十七〈野飯〉中亦有：「六十日白可續飯」之語。「六十日白」爲當時的稻種名，是早稻最先熟

者。《陸游年譜》引清人徐時棟《煙嶼樓筆記》卷六記載：「早稻最先熟者曰『救公饑』，又名『六十日』，謂自浸秧至收成不過六十日耳。」〔註91〕陸游在詩中提及此早稻品種，也可作為農業史上的重要參考資料。其他喜雨、苦潦、憂旱之作，又如：

> 嘉穀如焚稗草青，沉憂耿耿欲忘生。鈞天九奏簫韶樂，未抵盧簷瀉雨聲。（冊39，卷十二〈秋旱方甚七月二十八夜忽雨喜而有作〉，頁24522。）

> 淅瀝簷聲枕上聞，攬衣起坐對爐薰。萬家歌舞豐年樂，未費烏龍一綫雲。（冊39，卷十八〈喜雨〉之二，頁24651。）

> 苦寒勿怨天與雪，雪來遺我明年麥。三月翠浪舞東風，四月黃雲暗南陌。坐看比屋騰歡聲，已覺有司寬吏責。腰鐮丁壯傾閭里，拾穗兒童動千百。……大婦下機廢晨織，小姑佐庖忘晚妝。老翁飽食笑捫腹，林下擊壤歌時康。（冊39，卷十九〈屢雪二麥可望喜而有作〉，頁24695。）

上述諸詩，或寫未雨時心急如焚、憂心忡忡之情，以及聞雨落之聲甚至覺得比鈞天韶樂更動聽的雀躍歡欣；或寫瑞雪慶豐年，一家人溫飽之樂。詩人喜雨、喜雪之作，均是為人民的豐收而喜。然而，若遇歲旱雨災造成農損，詩人亦憂戚與共。如卷五十八〈閔雨〉云：

> 歲秋固多雨，每恨不及時。黃塵蔽赤日，苗槁已不遲。踏車聲如雷，力盡真何為。天豈不念民，雲族風散之。窮民守稼泣，便恐化棘茨。妻子不望活，所懼尊老饑。我願上天仁，顧哀民語悲。鞭龍起風霆，尚繼豐年詩。（冊40，頁25318）

多雨成災造成農損，但若雨不及時，亦使苗槁化棘茨，「窮民守稼泣」。「踏車聲如雷，力盡真何為」，寫出農民費力汲水，只願辛苦的種植能不化為烏有。「天豈不念民」，詩人以感同身受之心「鞭龍起風霆」，願上天慈悲，看顧守稼哭泣的窮民。又如：

> 煙水茫無際，空階滴不休。一窗閒隱几，四月澹如秋。霜

〔註91〕同註36，頁442。

冷蠶遲績，泥深麥未收。家貧村酒薄，曷解老農憂。（冊 40，
卷五十一〈苦雨二首〉之二，頁 25208。）

太息貧家似破船，不容一夕得安眠。春憂水潦秋防旱，左
右枝梧且過年。禱廟祈神望歲穰，今年中熟更堪傷。百錢
斗米無人要，貫朽何時發積藏。（冊 40，卷五十九〈太息三
首〉之一、二，頁 25339。）

「春憂水潦秋防旱」，寫看天吃飯的農民的無奈與憂慮；「左右枝梧且
過年」，寫人民的窘迫。爲了能有豐年而「禱廟祈神」，但卻仍有另一
層憂慮，卷一〈二月十四日作〉云：「且祈麥熟得飽飯，敢說穀賤復
傷農。」（頁 24253）所謂「穀賤傷農」，豐歲生產過剩，造成「百錢
斗米無人要」的情況，只好將辛苦的收成囤積倉中等著腐朽。這首詩
可說揭露了現實社會中農民的痛苦。

（二）憂科斂殘民

農民除了憂旱憂潦妨害農作物收成外，對於徵科的頻繁與縣吏的
壓迫，也苦不堪言。陸游詩中常以寫實筆法加以描繪，如卷二十一〈鄰
曲有未飯被追入郭者憫然有作〉詩云：

春得香秔摘綠葵，縣府急急不容炊。君王日御金華殿，誰
誦周家七月詩。（冊 39，頁 24730）

「君王日御金華殿」，揭露君王的奢華享受；「縣府急急不容炊」，寫
徵科的煩冗，農民炊米欲食而不可得。縣府催逼繳稅，令民席不暇食，
以強烈的對比，控訴上位者不能體恤人民。又如卷三十七〈秋賽〉詩
云：

……常年徵科煩箠楚，縣家血濕庭前土。妻啼兒號不敢怨，
期會常憂累官府。今年家家有餘粟，縣符未下先輸足。木
刻吏，蒲作鞭。自然粟帛如流泉，儲積不愁無九年。（冊 40，
頁 24988）

卷三十七〈秋穫歌〉云：

牆頭累累柿子黃，人家秋穫爭登場。……萬人牆進輸官倉，
倉吏腼冷不暇嘗。訖事散去喜若狂，醉臥相枕官道旁。數

年斯民阽凶荒，轉徙溝壑殣相望。縣吏亭長如餓狼，婦女怖死兒童僵。豈知皇天賜豐穰，畝收一鍾富萬箱。我願鄰曲謹蓋藏，縮衣節食勤耕桑。追思食不饜糟糠，勿使水旱憂堯湯。（冊 40，頁 24993）

「常年徵科煩箠楚，縣家血濕庭前土」，「數年斯民阽凶荒，轉徙溝壑殣相望。縣吏亭長如餓狼，婦女怖死兒童僵」，以寫實手法描述官府酷虐徵科的慘況，以及荒年造成人民的痛苦。而「今年家家有餘粟，縣符未下先輸足」，「豈知皇天賜豐穰，畝收一鍾富萬箱」，則描寫難得的豐收盛況，百姓不必擔憂催租的逼迫，人民按時交租納稅，「萬人牆進輸官倉，倉吏胸冷不暇嘗。訖事散去喜若狂，醉臥相枕官道旁。」陸游描寫這種豐收榮景，常與縣吏的催租相對照。如卷六十七〈秋詞三首〉之二、三也有類似的筆法：

八月暑退涼風生，家家場中打稻聲。穗多粒飽三倍熟，車軸壓折人肩頳。常年縣符鬧如雨，道上即今無吏行。鄉閭老稚迭歌舞，竈釜日饜豬羊烹。（之二）

穫收功成將整駕，萬頃黃雲收晚稼。公私逋負一洗空，懷抱喜看兒婭姹。……（之三，冊 40，頁 25463）

「常年縣符鬧如雨，道上即今無吏行。鄉閭老稚迭歌舞，竈釜日饜豬羊烹。」寫豐年交租納稅後，鄉閭間歌舞歡慶的場面；「公私逋負一洗空，懷抱喜看兒婭姹。」也是描寫交了公稅與結了私帳後，身心舒暢之狀。詩人以這種好景對照水旱災荒之年，農民衣食無著、不得溫飽，輸租納稅更成問題，只得任憑縣吏催逼的慘狀，實亦由另一角度為農民發聲。又如卷五十五〈記老農語〉一詩，則藉著老農卑微的願望，抒發平民百姓生活之憂。詩云：

霜清楓葉照溪赤，風起寒鴉半天黑。魚陂車水人竭作，麥隴翻泥牛盡力。碓舂玉粒恰輸租，籃挈黃雞還作貰。歸來糠粃常不饜，終歲辛勤亦何得。雖然君恩烏可忘，為農力耕自其職。百錢布被可過冬，但願時清無盜賊。（冊 40，頁 25270）

「碓舂玉粒恰輸租，籃挈黃雞還作貸」，「雖然君恩烏可忘，為農力耕自其職」，農人自知納租交稅是其職責，但仍不免感嘆「終歲辛勤亦何得」。放翁此詩中藉著老農卑微的願望：「百錢布被可過冬，但願時清無盜賊。」描繪農民慘遭剝削、壓迫的現實。南宋當時的社會狀況，根據辛棄疾〈論盜賊札子〉所云：

> 州以趣辦財賦為急，縣有殘民害物之政而不敢問；縣以并緣科斂為急，吏有殘民害物之狀而縣不敢問；吏以取乞貨賂為急，豪民大姓有殘民害物之罪而吏不敢問。故田野之民，郡以聚斂害之，縣以科率害之，吏以取乞害之，豪民大姓以兼并害之，而又盜賊以剝殺攘奪害之。臣以謂「不去為盜，將安之乎！」正謂是耳。〔註92〕

由上述引文可知，「田野之民」受到州、縣、吏、豪民大姓及盜賊的層層剝削，輸租還貸後，只能以糠粃果腹。因此，陸游詩中藉著老農素樸的願望「但願時清盜賊」，吐露了老農的心聲。又《宋會要輯稿‧食貨一》載宋真宗在大中祥符六年云：「人言天下稅賦不均，豪富形勢者田多而稅少，貧弱地薄而稅重。由是富者益富，貧者益貧。」〔註93〕這即是陸游詩中所深憂的。又如卷七十九〈冬夜思里中多不濟者愴然有感〉詩云：

> 大耄年光病日侵，久辭微祿臥山林。雖知嘆老嗟卑語，猶有哀窮悼屈心。力薄不能推一飯，義深常願散千金。夜闌感慨殘燈下，皎皎孤懷帝所臨。（冊41，頁25633）

詩人雖老病，辭祿俸祠在鄉，但仍有「哀窮悼屈」之心，「義深常願散千金」，如能力所及，願貢獻一己之薄力，這正是詩人仁者情懷的呈現。

綜上所述，陸游的憂民之作主要以農民為核心，這與陸游長期生活於農村，對農民問題有深入了解關係密切。「自乾道二年（1166）

〔註92〕〔明〕楊士奇等編：《歷代名臣奏議》（臺北：臺灣商務印書館，1986年3月，影印文淵閣四庫全書本），卷319，頁829。
〔註93〕楊家駱主編：《宋會要輯本》（臺北：世界書局，1977年5月），頁4810。

五月定居山陰三山之後算起，到他去世時止，先後在三山居住不下三十年。」〔註94〕詩人在山陰故鄉，面對農民生活勞動的圖景與催租橫吏帶給農民的不安，使其詩筆思農民之思、憂農民之憂，正如卷四十四〈十月二十八日夜風雨大作〉一詩所述，在「風怒欲拔木，雨暴欲掀屋」時，詩人想到的是農民辛勤耕種的麥子可能被摧毀，更感同身受的想到「南鄰更可念，布被多未贖。明朝甑腹空，母子相持哭。」（頁25098）的慘況。對守稼而泣的農民，發出真心的理解與同情。放翁對農民豐收的喜悅，歉收的愁苦，潦旱的焦慮感受深刻，除了與農民長期相處的感情因素外，也有深層的重農思想的理性思考作支撐。重農思想，以農為本，是自古以來上位者治國的重要內容，如《韓非子‧詭使》云：「倉廩之所以實者，耕農之本務也。」〔註95〕以農為本，是興國富民的基礎。陸游承此農本思想，在卷七十六〈幽居記事十首〉之一亦云：「治道本耕桑，此理在不疑。」（頁25593）認為農功事關治理，因此在嚴州任上時，實行重農政策，發布勸農文，如〈丁未嚴州勸農文〉云：「農為四民之本，食居八政之先，豐歉無常，當有儲蓄。」〔註96〕〈戊申嚴州勸農文〉又云：「蓋聞為政之術，務農為先，使衣食之粗充，則刑辟之自省。」〔註97〕民以食為天，故國泰必先民安，民安必先食足，因此，為州官時，陸游以深刻的同情鼓勵農民，「深畎廣耡，力耕疾耘，安丰年而憂歉歲。」並在詩中提醒農民，豐收之年不忘記「數年斯民阨凶荒，轉徙溝壑殣相望」之時的慘狀。同時，也提醒為政者農田水利等基礎建設的需要，如當時鏡湖湖堤失修，造成水患頻仍，陸游在卷三十二〈鏡湖〉詩中云：

躬耕蘄一飽，閭閻望有年。水旱適繼作，斗米幾千錢。鏡

〔註94〕邱鳴皐：《陸游評傳》（南京：南京大學出版社，2002年2月），頁329、330。

〔註95〕陳奇猷校注：《韓非子集釋》（台北：華正書局，1987年8月），頁939。

〔註96〕同註39，卷25，頁498。

〔註97〕同註39，卷25，頁499。

　　湖佚已久，造禍初非天。孰能求其故，遺迹猶隱然。增卑
　　以爲高，培薄使之堅。坐復千載利，名託亡窮傳。民愚不
　　能知，仕者苟目前。吾言固應棄，悄愴夜不眠。（冊40，頁
　　24897）

詩中指出，由於湖堤失修，造禍連連，使水旱繼作，米價上漲。這些
人禍都是可以避免的，上位者豈有苟且偷安，不事修復之理？農民受
天災人禍所苦，爲政者不應以「民愚不能知」，而苟且於目前。然而，
南宋統治者未能「先存百姓」，正如《宋史‧食貨志》所云：「內則牽
於繁文，外則撓於強敵，供億既多，調度不繼，勢不得已，徵求於民。」
〔註98〕對外苟且求和，銀絹輸敵；對內苛租重徵，造成百姓掙扎痛苦。
放翁對此國弊民病深以爲憂，「悄愴夜不眠」，正是詩人的仁者之憂。

　　綜合本章對陸游詩中淑世精神與憂患意識諸詩的整理闡釋，可以
發現，在宋代特殊的國家政治局勢影響下，呈現「屈賈之憂」的仁者
胸懷之作，在陸游詩中的重要地位，不僅作品量多，內涵亦極爲深刻。
其對政治現實、治亂之理的積極關懷；對國家局勢、民瘼疾苦的高聲
呼籲，均勾勒出陸游深沉的用世之志。

〔註98〕同註42，卷173，頁205。

第五章 淑世精神、仁者胸懷（二）
——楊、范、尤詩中的用世之志

繼上章探討陸游詩中的用世之志後，本章將焦點集中於尤袤、楊萬里、范成大三人詩中關於淑世精神與憂患意識的呈現。尤袤詩作數量不豐，詩中表現用世之志的作品約八首左右，楊萬里約八十多首，范成大約有九十多首，三人合計約一百九十多首左右，尚不及陸游同類詩作的三分之一。

第一節　楊萬里、范成大、尤袤詩中的淑世精神

錢鍾書先生曾分析指出：「楊萬里的主要興趣是天然景物，關心國事的作品遠不及陸游的多而且好，同情民生疾苦的作品也不及范成大的多而且好。」〔註1〕此說指出了陸、楊、范三家詩作的主要特色。但量少不等於質差，楊萬里詩作雖以自然山水景物的書寫為重要特色，要「恢復耳目觀感的天真狀態」〔註2〕，但此特點並不妨礙楊詩涵蘊其淑世精神與憂患意識，尤其當張浚「符離」潰敗，孝宗下詔罪己，再次確立「異議不得而搖之」的「和議國是」之後，主戰派氣勢低迷之際，楊萬里思考救國之策，曾上〈千慮策〉揭露朝廷弊端，提

〔註1〕錢鍾書：《宋詩選註》（台北：木鐸出版社，1987年7月），頁181。
〔註2〕同前註，頁180。

出經世濟民的政治主張,展現對國事的擔憂與一片赤忱。同時,在淳熙十六年（1189）十二月至紹熙元年（1190）春的「接伴金國賀正旦使」的職務中,迎送陪伴金國使者,北到淮河、長江一帶南北交鋒戰場時,面對故國沉淪,也觸發了誠齋以淮河為主題的沉鬱悲涼憂國之作。

范成大的詩以《四時田園雜興六十首》奠定其在詩歌史上的地位,《石湖詩集》中不乏憂稼穡、憐老農的作品,詩中也表達他對官吏橫暴的憤怒與對百姓生活的同情,因此,錢鍾書先生認為「同情民生疾苦的作品」是范詩的重要特色。然而,范成大從政生涯中的州官任上,其施政事蹟卓著,賑旱減租、措置邊防,並曾上疏改革將兵之政,所謂「胸中之有甲兵,世稱小范之才高。」〔註3〕可見,其經世濟民之志亦不可忽視。尤其范成大在擔任「充金祈請國信使」的使金任務時,以凜然風骨達成使命,在跋涉、遊歷中原、華北淪陷區時,更書寫其所見所感,使其詩集中也有不少憂國憂民之作。

尤袤作品雖散佚不全,但據《本傳》的記載,其為官泰興縣時修城池,金兵侵城時,帶領軍民奮勇抵抗;台州任上修城池、抗水災;江東任上開倉放糧,恤民疾苦,充份展現一生清名令譽與濟世憂民之情。因此,以下將依次闡釋三人詩中的淑世精神與憂患意識。

一、楊萬里的淑世之思與詩

楊萬里與主戰派忠貞愛國之士交往密切,王庭珪、胡詮、張浚等人,均是其崇拜的典範。在張浚符離失敗,主和派氣燄高張之際,楊萬里對國事的擔憂與赤忱,使他寫下不少揭露政治、社會弊端與指斥當權者苟安求和的詩作,來表達一己愛國熱情。

（一）淑世之思

關於楊萬里的淑世之思,主要呈現在乾道六年（1170）向朝廷所

〔註3〕〔宋〕樓鑰:《攻媿集》（台北:臺灣商務印書館,1986年3月,影印文淵閣四庫全書本）,卷38,頁670。

上的〈千慮策〉中，其總結靖康之難的教訓，縱論古今歷史成敗的經驗，審時度勢，考察時弊，具體分析南宋政治軍事形勢，提出求生存、求發展的系統思想。其〈千慮策〉分「君道、國勢、治厚、人才、論相、論將、論兵、馭吏、選法、刑法、冗官、民政」十二部份。可見，其積極爲南宋王朝尋找出路的用世精神。以下略分述之。

1、對國家社會現狀的建言

楊萬里的淑世之思，主要是針對南宋社會現況提出建言，如在〈國勢上〉其分析：

> 何謂謀，晝不甘食，夜不安寢，君臣日夜蹙額，相顧以敵仇未滅爲大憂，以天下未一爲大恥，以宗廟社稷未有萬世不可亡之實爲大懼。收召豪傑，選馬屬兵，深謀密計，期於必取。……屹然有不可犯之堅，動則可以制人，靜則可以不制於人。〔註4〕

對南宋的現狀進行深入檢討，分析敵我雙方的利弊，提出積粟練兵、嚴格警戒、不怠惰偷安之建議，並舉史爲證，指出：「昔者秦之滅六國，非秦能滅六國也，六國實自滅也。不思長久之計，而苟一日之安，爭先割地以求和於秦，地朝割而兵夕至。」〔註5〕六國的明鑑在前，可說直接點明南宋屈辱求和之不當。另外，力勸孝宗居安思危，不應因符離之敗一時挫折而懷憂喪志，反而更應堅定抗金意志，君臣同心，必能有所作爲。如在〈君道中〉云：

> 蓋兆今日之和者，符離之役也。……今日之事，臣所大懼者，懼天下之志沮於一折，而敵人有以窺吾之沮，而天下之禍所從生也。〔註6〕

又如淳熙十二年（1185）的〈上壽皇論天變地震書〉也是誠齋的重要政論之一，其文云：

〔註4〕〔宋〕楊萬里：《誠齋集》（台北：臺灣商務印書館，1986 年 3 月，影印文淵閣四庫全書本），卷88，頁 150。

〔註5〕同前註，頁 152。見〈國勢中〉。

〔註6〕同前註，頁 145、146。

> 以重蜀之心而重荊襄，使東西形勢之相接；以保江之心而
> 保兩淮，使表裡唇齒之相依。勿以海道爲無虞，勿以大江
> 爲可恃。增屯聚糧，治艦扼險。君臣之所咨訪，朝夕之所
> 講求，姑置不急之務，精專備敵之策。平居無事，常若敵
> 至。庶幾上可消於天變，下不墮於戒心。〔註7〕

以天變地震爲契機，警醒君臣上下能有備無患，是針對國家局勢的愷
切建言，並對朝廷內外形勢全面分析，慨陳「言有事於無事之時」十
事，大抵分爲：國防上，主張愼敵情、謹邊備、固守江淮、增加屯兵、
積聚糧食。內政方面，則主張「屛虛文、畏天變、實倉廩、通貨泉、
儲人才、察情實」〔註8〕。對於不急之務，先暫時擱置，而專精於備
敵之策，如此才能禦敵於機先。然而，其苦心建言並未被重視，于北
山先生指出：「高、孝、光、寧，柔怯昏庸，每下愈況，絕無心亦無
力挽此頹波。」〔註9〕上位者的無力及無作爲，致使誠齋日後隱居鄉
里，不再肯應詔輕出，這無疑是對有心經世治國者的一種傷害。

2、對人才儲備的建言

楊萬里的濟世之思中，認爲強國之本應以儲備人才爲主。指出「備
兵不若備糧，備糧不若備人。」〔註10〕對於金人所畏懼的名將、名相，
如趙鼎、張浚、岳飛、韓世忠等人的不被重用，甚至被貶、被殺，認
爲是國家最危急之事。如在〈人才〉下指出：

> 天下之才其生在天，其成不在天。天生之，君成之，亦君
> 壞之。……國朝人才，一成於慶曆，再成於元祐。初壞於
> 紹聖，大壞於崇觀。當其成也，數世收其用；及其壞也，
> 至今被其患。〔註11〕

提醒人君，培養人才對於國家富強的重要性。並曾在〈淳熙薦士錄〉

〔註7〕同前註，卷62，頁580。
〔註8〕于北山：《楊萬里年譜》（上海：上海古籍出版社，2006年9月），頁
　　　280。
〔註9〕同前註，頁286。
〔註10〕同註4，卷62，頁579。見〈上壽皇論天變地震書〉。
〔註11〕同註4，卷89，頁166、167。

中取六十人才以獻當時宰相王淮，其用意即以人才爲國家治亂之所繫，重用經世治國之才，是國家根本大計。

3、對國計民生的建言

在民政上，楊萬里繼承儒家「保民而王」、「民爲邦本」觀念，指出民眾乃國家命運之所繫，因此賦稅剝削帶給人民的痛苦，爲政者須加以注意。如〈民政〉上云：

> 上賦其民以十，則吏因以賦其百。朝廷喜其辨而不知有破家鬻子之民；賞其功而不知有願食吏肉之民。吏之肉不足食也，功皈於臣，怨歸於君。利於國者小，害於國者大，此可悼爾。古之人君所以至於民散國亡而不悟者，皆吏誤之。蓋夫賦重而民怨，此奸雄敵國之資也，可不懼哉。〔註12〕

「古之人君所以至於民散國亡而不悟者，皆吏誤之。蓋夫賦重而民怨，此奸雄敵國之資也，可不懼哉。」可見楊萬里看到了政治上黑暗的一面，壓榨剝削，將導致人民的不滿，更可能因此而危及邦本，因爲國家是否昌盛，在於爲政者是否得民心。如其〈壬辰輪對第一箚子〉即勸誡君主：

> 國之命如人之命，人之命在元氣，國之命在民心。故君之愛養斯民，如人之愛元氣也。〔註13〕

取得民心，也就是穩固了邦本。至於如何取得民心？楊萬里認爲必須節用裕民，節省各項不必要的冗費，提供百姓優厚的政策。如減少田賦稅收、不誤農時等便民利民措施，都是爲政者當務之急。在薄賦斂、節財用等措施實行後，百姓生活得以安頓，則國力亦可得到恢復與充實，那麼抵抗外侮、收復失土，就指日可待了。

（二）淑世精神在楊詩中的呈現

楊萬里的經世濟民主張，主要是針對偏安一隅的南宋時弊提出改革意見，在內憂外患的現實下，楊萬里的淑世之思也許不被上位者所

〔註12〕同註4，卷90，頁194。
〔註13〕同註4，卷69，頁661。

採納，但其耿耿忠心、淑世情懷，仍滲透於詩中。如卷一〈仲良見和再和謝焉四首〉之三云：

> 健論開仍閣，清規高更寒。抗章胡未報，憂世可能寬。
> 收用今寧晚，飛鳶尚會看。自憐千慮短，所願一枝安。
> （冊 42，頁 26074）

此詩末自注云：「仲良抗章極言時事，不報。」楊萬里於宋孝宗隆興元年（1163），三十七歲左右，與仲良（即張材）多有唱和之作，〔註14〕此詩即有關二人討論時局，「抗章極言時事」。誠齋對國事的建言，〈千慮策〉雖未受重視，但詩中對仲良「抗章胡未報，憂世可能寬？」的擔憂之語，實亦自陳一己對國事的關注，可見，其勇於論事的淑世精神，並未因一時的挫折而消沉。又卷一〈讀罪己詔〉之三云：

> 只道六朝窄，渠猶數百春。國家祖宗澤，天地發生仁。歷
> 服端傳遠，君王但側身。楚人要能懼，周命正維新。（冊 42，
> 頁 26079）

此詩之作，主要是因符離兵潰，孝宗趙昚下詔罪己，楊萬里讀之感慨無限，乃作詩以寄託恢復之意。「君王但側身」，《詩‧大雅‧雲漢序》云：「宣王承厲王之烈，內有撥亂之志，遇災而懼，側身修行，欲銷去之。」〔註15〕亦即楊萬里勉孝宗，雖有符離之潰，但君上只有側身修行，以行善政，才能銷彌外患。「楚人要能懼，周命正維新」，則以楚指金人，以周比南宋，意即只有改變屈辱求和的投降政策，自立自強，才能使金人畏懼，不敢侵犯。人主應懷戒慎恐懼之心面對強敵，而非下詔罪己。這是楊萬里身為一個士大夫的懇切建言，以積極樂觀的精神勸告君主，不可懷憂喪志，雖暫側身江南，仍應以恢復祖宗疆域為目標，同時，也有鼓勵氣氛低迷的主戰派之意。又如：

> ……山與君恩誰是重，身如秋葉不勝輕。向來百鍊今繞指，
> 一寸丹心白日明。（冊 42，卷十二〈新除廣東常平之節感恩

〔註14〕同註8，頁66、70。
〔註15〕〔漢〕鄭玄箋、〔唐〕孔穎達疏：《十三經注疏——詩經》（台北：藝文印書館，1993年9月），頁658、659。

書懷〉，頁 26236。）

閩盜宵窺粵，南兵曉盡東。軍聲動巖谷，旗影喜霜風。貔
虎諸方集，欃槍一笑空。區區鼠子輩，不足奏膚公。（冊 42，
卷十七〈羽檄召諸郡兵〉，頁 26297。）

周郎昨贊元戎幕，夜眺秦川登劍閣。函關不用一九泥，談
笑生風掃河洛。……看君一箭落胡星，如皋一笑傾人城。
金印如斗帶萬釘，何人爲作燕然銘。（冊 42，卷二十三〈寄
題周元吉湖北漕司志功堂〉，頁 26375。）

〈新除廣東常平之節感恩書懷〉一詩，雖爲感恩之作，但詩中「一寸
丹心白日明」，則抒發了詩人對國家社稷的赤忱之心。〈羽檄召諸郡兵〉
一詩，則因閩盜猖獗，詩中描寫召集諸郡兵士共同討伐，平定亂象之
壯懷，「區區鼠子輩，不足奏膚公」，展現爲國平亂的經世精神。〈寄
題周元吉湖北漕司志功堂〉一詩，則藉讚賞周元吉佐戎幕、掃河洛之
事功，也寄託了詩人一己之志節。

據《宋史·本傳》記載，楊萬里於紹熙元年「借煥章閣學士爲接
伴金國賀正旦使」，此任務實則自淳熙十六年（1189）十一月即已接
獲，至紹熙元年（1190）春結束。〔註16〕在此次任務中，楊萬里寫下
不少抒發報國壯志以及感嘆國勢不振的憂患之作，如卷二十七〈過揚
子江二首〉云：

祇有清霜凍太空，更無半點荻花風。天開雲霧東南碧，日
射波濤上下紅。千載英雄鴻去外，六朝形勝雪晴中。攜瓶
自汲江心水，要試煎茶第一功。

天將天塹護吳天，不數殽函百二關。萬里銀河瀉瓊海，一
雙玉塔表金山。旌旗隔岸淮南近，鼓角吹霜塞北閑。多謝
江神風色好，滄波千頃片時間。（冊 42，頁 26436）

楊萬里在宋光宗紹熙改元之年，奉命借煥章閣學士，爲金國賀正旦使
的接伴使。在迎送金國使臣的任務中，書寫所見所感的〈過揚子江二
首〉，即是他在此行中第一次渡江往北迎接敵使所作。詩中「千載英

〔註16〕同註8，頁 390。

雄鴻去外，六朝形勝雪晴中」，是借古弔今，周汝昌先生指出：「『千載英雄』，指的就是紹興年代乃至乾淳之際的劉、岳、韓、張諸位大將，國之干城；……『六朝形勝』，就是指『直把杭州作汴州』的南宋小朝廷。」〔註17〕可見，楊萬里在這兩首詩中，以曲筆微諷的方式，暗寓其憂國慮敵之懷，表現了詩人對國家形勢的關注。第一首尾聯暗用陸游〈入蜀記〉：「乾道六年六月二十六日，五鼓發船。是日，舟人始伐鼓，遂遊金山。……山絕頂有吞海亭，取氣吞巨海之意，登望尤勝。每北使來聘，例延至此亭烹茶。」〔註18〕「要試煎茶第一功」即用此時事。第二首在寫景中提及「旌旗隔岸淮南近，鼓角吹霜塞北閒」，則暗諷南宋政權之狹隘，淮河成為宋金對陣的邊界，在暗諷中又提醒南宋君臣，「滄波千頃片時間」，敵人虎視眈眈，不可片刻掉以輕心。由此亦可見詩人對國家安危的關切之情。除了在親身的經歷中表達淑世情懷外，楊萬里也常在題、和、跋或送人之作中，藉著對友人的志節、事功的稱賞，寄託對自己的期許。如：

> 非俠非狂非逸民，讀書謀國不謀身。一封北闕三千牘，再活西州六萬人。（冊42，卷二十八〈題浩然李致政義概堂〉，頁26453。）

> ……祇合致君上堯舜，不應伴德止宗宣。草萊憂國從今始，記取雲章第一篇。（冊42，卷三十〈和御製瓊林宴賜進士余復等詩〉，頁26481。）

> 願挽天河洗北夷，老臣底用紫荷為。丹心一寸凌霜雪，祇有隆興聖主知。（冊42，卷三十一〈跋澹庵先生辭工部侍郎答詔不允〉之二，頁26499。）

> 西昌難作自古傳，卓令趙令不作難。二令來時民頓寬，二令去日官餘錢。從來美政人難繼，二君雙美今誰似。（冊42，卷四十一〈送西昌大夫趙嘉言上印赴闕〉，頁26643。）

〔註17〕周汝昌選注：《楊萬里選集》（台北：河洛圖書出版社，1979年5月），頁17、18。

〔註18〕〔宋〕陸游：《渭南文集》（台北：臺灣商務印書館，1986年3月，影印文淵閣四庫全書本），卷43，頁648。見〈入蜀記〉。

「讀書謀國不謀身」、「致君上堯舜」、「憂國從今始」，均展現儒家傳統的淑世濟民精神。「丹心一寸凌霜雪」，為國「挽天河」、「洗北夷」，則寄託了詩人為國奉獻的精神。〈送西昌大夫趙嘉言上印赴闕〉一詩則指出，以美政取得民心，與民休養生息，使百姓生活得以安頓，如此美政將使國力得以恢復與充實。「二令來時民頓寬，二令去日官餘錢」，詩中藉著對二令美政的讚美，指出了國家的當務之急與時弊。

　　綜上所述，楊萬里的淑世之思，思慮極為深沉周密，淑世之詩作品雖不多，但仍「一飯不忘金堤」，對國家存亡、朝政得失，均寄以深刻的關注之情。

二、范成大的淑世之思與詩

　　同情民生疾苦的詩作，是公認的范詩特色，范成大從政生涯中，亦以實施儒家仁政為指導方向，主張薄稅斂、惜民力、任賢能。歷任州官時，對於邊防措置，改革將兵政策，賑旱減租等經世利民之政績更是卓著。尤其擔任「充金祈請國信史」任務時，所寫的凜然風骨之作，均可感受到范成大的淑世情懷。

（一）淑世之思

《歷代名臣奏議》卷九十六〈經國〉記載：

　　知處州，范成大上疏曰：「臣聞自古建功業者，必有一定之規摹。規摹既定，則以其力之所能及者，日夜淬屬以赴之，而不可分其力於規摹之外。所謂力者有三：一曰日力，寸陰是也；二曰國力，資用是也；三曰人力，思慮智術之所及者是也。……日力窮於不及之務，國力耗於不急之須，人力疲於不急之役，皆非所以副陛下規摹之所欲為者。……
　　凡規摹之外，一切稍緩，俟大欲既濟，復之未晚。〔註19〕

陳述國家富強之基，以「三力」為規摹，且事有輕重緩急，時間、資用、人才，皆須用於所當用之時，才能有所助益。其淑世之思，由下

〔註19〕〔明〕楊士奇等編：《歷代名臣奏議》（台北：臺灣商務印書館，1986年3月，影印文淵閣四庫全書本），，卷96，頁701、702。

列數端言之。

1、胸中甲兵的報國之思

對於國防，范成大有其建言，如〈兵制〉中云：

> 臣伏見國家於屯衛正兵之外，別令諸州自募禁卒，故逐路
> 皆成全師，規摹深矣臣。……竊詢宿弊，尚有二端：一曰
> 簡閱未精，二曰營伍未立。〔註20〕

樓鑰曾謂：「胸中之有甲兵，世稱小范之才高。」可見，其軍事上的
才能，不僅能革除時弊，又能爲國擘畫，正是其用世之志的表現。另
外，在州官任上，則克盡職守，興利除弊。如范成大在帥桂的二年中，
「陳奏措置，著意於矯弊政，建事功。如西南購馬，緣革除宿弊，取
信邊民，而得馬最多。……如變鹽法而漕計充裕，郡縣亦減輕負擔；
如汰揀郡卒，期成勁旅；約結傜族，安定殊方，賑旱減租，冀紓民困，
皆有明效可睹者。」〔註21〕又〈神道碑〉亦載范成大帥桂時，戮力從
公，上疏言邊事，整訓將士，修飭邊防之作爲，云：

> 公日夜閱士，製器甲，督邊郡，次第行之。……以黎爲要
> 地，奏置路分都監，增五寨、籍少壯五千爲戰兵。〔註22〕

由此可見，其胸中有甲兵的報國濟世之思。

2、州官任上的濟世之思

范成大帥桂期間，主管軍事、民政，對於當時地方州縣官吏趁機
哄抬鹽價以及徵稅問題，曾上疏抗爭，爲民謀利。對於水利失修的狀
況，造成通航與灌溉的影響，也組織民力重修。如「桂林城北的朝宗
渠」，即是他關注的一項水利工程，范成大親自主持了朝宗渠的修復
工程，改善了當地居民的灌溉與用水問題。〔註23〕

〔註20〕同前註，卷223，頁397、398。

〔註21〕于北山：《范成大年譜》（上海：上海古籍出版社，2006年6月），頁197。

〔註22〕〔宋〕周必大：《文忠集》（台北：臺灣商務印書館，1986年3月，
　　　　影印文淵閣四庫全書本），卷61，頁647。見〈資政殿大學士贈銀青
　　　　光祿士大夫范公成大神道碑〉一文，簡稱〈神道碑〉。

〔註23〕何開粹：〈治桂三年，嶺表流芳——記范成大在桂林〉，《中共桂林市
　　　　委黨校學報》第3卷第1期（2003年9月），頁62。

　　范成大治蜀也有很高的評價，展現其經世濟民之情懷。宋孝宗淳熙元年（1175）十月，范成大被任命為四川制置使兼知成都府，蜀地為西南屏障，在南宋時期是邊防重鎮，所謂「北控秦隴，所以臨制捍防，一失其宜，皆足致變。」〔註24〕范成大在蜀期間不過兩年，但他「并蠲民瘼」、「加惠彼民」〔註25〕有很大的政績，陸游稱其「及公之至也，定規模，信命令，弛利惠農，選將治兵，未數月，聲震四境，歲復大登。」〔註26〕由此即可得知，范成大經世濟民之思與實踐。四川為南宋對金作戰的前線，養兵之費大增，常造成民力困乏，范成大治蜀除了整軍經武外，也為民減負，解除蜀民憂困，功績卓著。在〈論邦本箚子〉中，以儒家仁民之政為本，指出：

> 得民有道，仁之而已。省徭役，薄賦斂，蠲其疾苦而便安
> 之，使民力有餘而其心油然。〔註27〕

以民為邦的仁民之政，在蜀地的政績得到蜀民的極大愛戴。〔註28〕「省徭役，薄賦斂，蠲其疾苦而便安之」，苦民所苦，進而「蠲其疾苦」，都是其淑世情懷的落實。黃震《黃氏日抄》卷六十七跋語亦云：

> 其帥蜀帥廣，皆能寬民力，練軍實，出使萬里外，如言治
> 堂上時，討論申明，纖悉具備，可謂刻志當世者矣。〔註29〕

「寬民力，練軍實，出使萬里外，如言治堂上時」，此評不僅綜述了范成大的為官歷程，同時也肯定其胸中的用世之志。

（二）淑世之詩

　　「願挽江流接河漢，為君直北洗欃槍」，「頂踵國恩元未報，驅馳

〔註24〕同註18，卷14，頁412。見〈范待制詩集序〉。
〔註25〕同註22，卷111，頁222。見〈賜權四川制置使范成大〉。
〔註26〕同註18，卷14，頁412。
〔註27〕〔宋〕黃震撰：《黃氏日抄》（台北：臺灣商務印書館，1986年3月，影印文淵閣四庫全書本），卷67，頁612。
〔註28〕筆者按：范成大治蜀的重要政績，可詳參張邦煒、陳盈潔：〈范成大治蜀述論〉，《四川師範大學學報》第31卷第5期（2004年9月），頁129～136。
〔註29〕同註27，卷67，頁635。

何敢歎勞生」，爲國平胡的壯志以及儒者濟世之情，也是以田園詩爲
特色的《石湖詩集》中的另一重要主題。其呈現方式，一是在與友人
唱和或送人之作中，表達其報國之志；一是在使金的親身經歷中，昂
揚爲國犧牲的凜然氣節。分述如下。

1、與友人唱和中的報國之志

范成大的愛國之作，雖無陸游親自披掛上陣的激情，但在送人之
作中，常隱含一己報國之情。如卷八〈送洪景盧內翰使虜二首〉之二
云：

> 檄到中原殺氣銷，穹廬那敢說天驕。今年蕃始來和漢，即
> 日燕當遠徙遼。北土未乾遺老淚，西陵應望孝孫朝。著鞭
> 往矣功名會，麟閣丹青上九霄。（冊41，頁25817）

卷二十六〈吳歈一首送丘宗卿自平江移會稽〉詩云：

> ……胸奇百鍊當活國，君豈獨私吳與越。鶴鳴樟橋猿夜啼，
> 匈奴未滅家何爲。……（冊41，頁25993）

卷二十九〈次韻袁起巖許浦按教水軍二絕句〉詩云：

> 橫波組練試揚舲，風捲魚龍海欲凝。但得綈袍如挾纊，何
> 妨鐵甲冷如冰。戈船戰櫂疾如飛，莫遣潮沙澱海湄。草奏
> 直須窮利病，奉身從此繫安危。（冊41，頁26025）

〈送洪景盧內翰使虜二首〉之二，藉洪景盧使虜的機會，表達一己對
國事的積極期盼，「北土未乾遺老淚，西陵應望孝孫朝」，則指出對淪
陷區遺民的關切與對國家屈辱求和的失望。〈吳歈一首送丘宗卿自平
江移會稽〉詩，此詩自注曰：「宗卿十三年前嘗守吳，今復來，期年
而去越。民困於和買，蓋有意爲蠲減之。」藉著與友人唱和或送人赴
任之作，除讚賞友人丘宗卿的事功外，「胸奇百鍊當活國」，也略抒一
己同樣具有經世濟民的懷抱。〈次韻袁起巖許浦按教水軍二絕句〉，則
藉著描述袁起巖訓練水軍一事，表達對國家安危的關注，「橫波組練
試揚舲，風捲魚龍海欲凝」，寫出了訓練的危險；「但得綈袍如挾纊，
何妨鐵甲冷如冰」，則描寫將兵上下不辭辛苦之情；「戈船戰櫂疾如

飛」、「奉身從此繫安危」，更以國家安危繫於一身而深感任重道遠，
展現了詩人的淑世情懷。

2、使金任務中的心情寫真

于北山《范成大年譜》載：「乾道六年，……五月，遷起居郎，
充金國祈請信使，求陵寢地及更定受書禮。……抵燕，見金主請二事，
申辯不屈。被拘客館，賦詩明志。九月，自金還，所請二事皆未果。」
〔註30〕，雖然所請「求陵寢地及更定受書禮」二事皆未如願，但此次
北行所賦七十二首七絕，為其愛國詩篇的代表，內容則「頗寓故國興
衰之感，遇北方遺民故老，觸目驚心，尤多悵恨。」〔註31〕使金之行
中，除了以懷古傷今或直指現實的作品，表達對故國失土、人民之憂
外，也有不少詩篇表達了為國犧牲之志與高昂的氣節，充份顯現其儒
者風骨。如卷十二〈會同館〉一詩：

> 萬里孤臣致命秋，此身何止一漚浮。提攜漢節同生死，休
> 問羝羊解乳不。（冊41，頁25856）

此詩題下自注云：「燕山客館也。授館之明日，守吏微言有議留使人
者。」對於范成大當廷論辯，導致金主不悅，因此有殺身之危機，故
詩中云「萬里孤臣致命秋」。〈會同館〉一詩，以視死如歸的凜然氣節，
「提攜漢節同生死，休問羝羊解乳不」，置個人死生於度外的風骨，
雖所請「二事」未能得到回應，卻贏得宋、金一致尊崇。又如卷十二
〈雷萬春墓〉一詩：

> 九隕元身不隕名，言言千載氣如生。欲知忠信行蠻貊，過
> 墓胡兒下馬行。（冊41，頁25847）

此詩題下自注云：「在南京城南，環以小牆，榜曰忠勇雷公之墓。」
范成大使金組詩中，有關歷史遺跡的詩篇佔了一半以上，詩人藉著對
歷史古蹟的吟詠，除了寄託歷史興亡之感外，也有借古憂今、指涉現
實之意。同時，藉著緬懷古人之作，尊崇古人忠貞不二之心，更表明

〔註30〕同註21，頁131、132。
〔註31〕同前註，頁132。

自己的心志。「九隕元身不隕名，言言千載氣如生」，說明了雷公忠貞不二的英雄形象，並以「過墓胡兒下馬行」說明胡人對雷公的敬仰。詩人更以此為榜樣，在使金之行中捍衛宋朝尊嚴，愛國忠君之氣節見於詩中。使金組詩除以上這些表達個人氣節之作外，更多的則是抒發詩人憂國憂民之情，於下節再詳述。

三、尤袤詩中的淑世精神

尤袤雖名重一時，但因詩文散佚，在現存的六十多首詩中，大多為寫景、詠物、贈別、懷古等題材，其中亦有少數感懷身世、反映社會現實之作，從中亦可一窺其用世之志。尤袤任職地方官時，秉持儒家傳統的淑世情懷，革除弊政，對人民疾苦感同身受，並積極事功，耿直敢言，此精神亦可見諸其詩中。

在淑世精神的社會實踐方面，尤袤任泰興縣令時，率眾修築外城，使城池在金兵南渡時得以保全，人民感念其功而為之立生祠；淮南亂後，曾作〈淮南謠〉為民請命；知台州時，抗水災、修城池，對百姓疾苦視如己傷；淳熙十年在江東提刑任上，論救荒之策，當時江東雖大旱，但尚無餓殍，尤袤經世濟民之功不可沒。閱讀尤袤現存的十五篇奏議，仍可感受其憂國憂民之心與積極用世之志，力圖通過自我的努力，致君堯舜、澤及下民，此情懷在〈易帥守〉詩中也可見及，詩云：

> 維揚五易帥，山陽四易守。我來七八月，月月常奔走。帑藏憂煎熬，官民困馳驟。世態競趨新，人情蓋詣舊。如其數移易，是使政紛糅。彼席不得溫，設施亦何有。淮南重彫瘵，十室空八九。況復苦將迎，不忍更回首。嘗聞古為治，必假歲月久。安得知弈棋，易置翻覆手。（冊 43，頁 26853～26854）

此詩以「維揚五易帥，山陽四易守」，官員送往迎來，「月月常奔走」，易使官疲民困，也會造成政治紛糅的窘迫。因此，論述治國之道，「嘗聞古為治，必假歲月久。安得知弈棋，易置翻覆手。」若過度頻繁的更替帥守，將造成政治動盪，主帥席不暇溫，政策無法落實，其結果

是「設施亦何有」。最後更以弈棋爲喻，認爲帥守不可如奕棋之隨意更替。從這首詩中，可以看出尤袤的治國主張，認爲不可令百姓疲於奔命，是其以民爲本的淑世精神之張揚。又如〈送吳待制帥襄陽二首〉之二云：

> 欲將盤錯試餘鋒，故擁旗麾訖外庸。南峴北津形勝地，前
> 羊後杜昔賢蹤。不妨倒載同民樂，自有輕裘折虜衝。努力
> 功名歸報國，莫思山月與林鐘。（冊43，頁26860）

據詩後注云：「公詩『飽看七寶山頭月，慣聽三茅觀裡鐘。』此吳環也，琚之弟，高宗吳后之姪。」此詩藉送吳環帥襄陽之事，勉以「努力功名歸報國，莫思山月與林鐘」，除暗和吳詩，實亦自抒詩人用世之志。

第二節　楊萬里詩中的憂患意識

淑世之詩，主要凸顯詩人爲國戮力的志節；憂患之作，則更多了一份悲天憫人的襟懷。《易‧繫辭下》云：「作《易》者，其有憂患乎？」〔註32〕憂患意識是儒家人生哲學的重要特色，也是傳統儒者對世道人心、國家興亡、人民生存的一份人道關懷。楊萬里的主要興趣雖在天然景物，但關心國事、同情民瘼的作品，仍有不少質量俱佳者。楊萬里在〈和李天麟二首〉中云：「句中池有草，字外目俱蒿。」根據周汝昌先生對此二句的闡釋，認爲楊萬里的作詩主張：「詞采詩風要像六朝大詩人謝靈運因夢謝惠連而寫出『池塘生春草，園柳變鳴禽』那樣的清新自然的佳句，而內涵意旨，要『蒿目而憂世之患』——關切國家社會、世道民生。」〔註33〕此說可謂見到了楊萬里以新、奇、快、活、諧、趣爲特色的誠齋詩作的另一重要面向。清人潘定桂在〈讀楊誠齋詩集九首〉之二，亦云：

〔註32〕〔魏〕王弼、〔晉〕韓康伯注、〔唐〕孔穎達疏：《十三經注疏——周
　　　　易》（台北：藝文印書館，1993年9月），頁173。
〔註33〕同註17，頁21。

一官一集記分題，兩度朝天手自攜。老眼時時望河北，夢
魂夜夜繞江西。連篇爾雅珍禽疏，三月長安杜宇啼。試讀
淮河諸健句，何曾一飯忘金堤。〔註34〕

詩中稱賞的是其《朝天續集》中所收錄，奉命接伴金國使者時，渡江
淮觸目所見所感之作。但楊萬里詩集中憂國憂民之作，實不止此，也
許此類作品不若陸游之豐富，但情感並不稍遜，更非前人所謂「誠齋
詩不感慨國事」〔註35〕。其他關念民生之作，如〈農家嘆〉、〈憫旱〉、
〈旱後郴寇又作〉、〈秋雨嘆〉……等，皆爲同情理解人民疾苦之佳作。
因此，楊萬里雖以山水自然作品著名於世，本節則將探索的角度朝向
較爲人所忽略的憂患詩作，一探其感慨國事、憂民疾苦的仁者襟懷。

一、《誠齋易傳》中的憂患之思

除了上節所引《千慮策》中可以得見楊萬里深切的報國之心和憂
患精神外，作爲南宋著名的詩人和思想家，其《誠齋易傳》堅持經世
致用學風，引史證《易》，書中也藉著《易》理，闡發憂國憂民的憂
患意識。如《誠齋易傳・泰上六》云：

泰至于上六，則陰盛而陽微，君子消而小人長，泰往而否
來，如城之頹而爲隍，于是治化而亂，存化而亡，國化而
家，辟化而庶，有不忍言者矣。《詩》曰：「高岸爲谷，深
谷爲陵」是也。……嗚呼！聖人之戒，亦不緩矣。而猶有
不懼者，何也？〔註36〕

楊萬里以「泰上六」「城復于隍」之辭，指出治亂、存亡的轉化，否

〔註34〕湛之編：《楊萬里范成大資料彙編》（北京：中華書局，1985 年 9 月），
頁 92。

〔註35〕如清人光聰諧在〈誠齋詩不感慨國事〉中云：「誠齋與放翁同在南宋，
其詩絕不感慨國事，惟《朝天續集》中〈入淮河四絕句〉、〈題盱貽
軍東南第一山〉二律、〈跋丘宗卿使北詩軸〉少見其意，與放翁大不
侔。……」見《有不爲齋隨筆》庚卷。同註 42，頁 92。筆者按：「絕
不感慨國事」一詞，過於武斷不公，且據筆者搜索，楊萬里憂國之
作並不僅此，可參閱本文附錄二。

〔註36〕〔宋〕楊萬里撰：《誠齋易傳》（台北：臺灣商務印書館，1986 年 3
月，影印文淵閣四庫全書本），卷 4，頁 556。

極泰來，泰極否至，正如自然界高岸化爲深谷，深谷化爲高陵的變化，因此，人也應居安思危，不可失去警惕之心。楊萬里處於強敵壓境的南宋偏安朝廷，其引史證《易》，以《易》理高揚憂患意識，實有現實意義與深刻的用心。如《誠齋易傳・坤・文言》又云：

> 福生於一小善，禍起於一小不善。萬者一之積，大者小之
> 積。善可積也，不善不可積也。……故一小不善之心，在
> 下者不可不察之於己；在上者不可不察之於人。察之早，
> 勿使之漸，則國之禍不作矣。〔註37〕

此說指出了憂患意識貴於防微杜漸，尤其處憂患之世如南宋朝廷者，更當深爲警惕，才能使國家免於禍患。楊萬里透過《易》理闡釋憂患意識，而其主要的目的仍在於用《易》，亦即用於修身、齊家與治國。〔註38〕但面對苟且偷安、委曲求全的朝廷，誠齋深廣的憂患精神，便首先表現爲對國勢的深切關注與對國家命運的擔憂，其〈送徐宋臣監丞補外〉詩曾云：「補天煉石無虛日，憂國如家有幾人。」（卷 30，頁 26481）可知，誠齋始終關懷國家，並不只以天然景物爲興趣。

二、憂患之思在誠齋詩中的呈現

以下將誠齋憂患詩作分別闡述如下：

（一）憂國之懷

《宋史・楊萬里傳》云：

> 侂胄專僭，日益甚，萬里憂憤，怏怏成疾。家人知其憂國
> 也。凡邸吏之報時政者，皆不以告。忽族子自外至，遽言
> 侂胄用兵事，萬里慟哭失聲，亟呼紙書曰：韓侂胄奸臣，
> 專權無上，動兵殘民，謀危社稷，吾頭顱如許，報國無路，
> 惟有孤憤！又書十四言別妻子，筆落而逝。〔註39〕

〔註37〕同前註，卷 1，頁 528。

〔註38〕參見唐明邦：〈楊萬里《誠齋易傳》中的革新思想和憂患意識〉，《孔子研究》第 5 期（2002 年），頁 99。

〔註39〕〔元〕脫脫等修：《宋史》（台北：臺灣商務印書館，1986 年 3 月，影印文淵閣四庫全書本），，卷 433，頁 107。

楊萬里的憂國忠憤之心，從《宋史・本傳》的記載可以得知，雖然誠齋屬力主恢復失土的主戰派，但對於韓侂冑無周詳謀略的輕率動兵舉動，認爲不僅無法達到預期效果，還可能因此招致「謀危社稷」的後果而深感憂心。

1、敗戰與議和之憂

除《宋史・本傳》的記載之外，楊萬里對國家現狀的憂慮也滲透於詩中。如卷一〈讀罪己詔〉之一、二云：

> 莫讀輪臺詔，令人淚點垂。天乎容此虜，帝者渴非羆。何
> 罪良家子，知他大將誰。願懲危度口，儻復雁門踦。
> 亂起吾降日，吾將強仕年。中原仍夢裡，南紀且愁邊。陛
> 下非常主，群公莫自賢。金臺尚未築，乃至羨強燕。（冊42，
> 頁 26079）

楊萬里寫〈讀罪己詔〉的背景是紹興三十二年（1162），孝宗趙眘即位後有恢復之意，以手書召見張浚，張浚力主和議之非，趙眘加張浚少傅官爵，封魏國公，除江淮宣撫使。次年改元隆興元年（1163），進張浚爲樞密使，都督江淮東西路軍馬。四月召見張浚，訂定北伐大計，出師渡江，遣李顯忠出濠州、指靈璧，邵宏淵出泗州、指虹縣，一月之內連復靈璧、虹縣、宿州三城，金兵大敗。但李顯忠、邵宏淵二將因私憾不和，不和的原因，據史載：李、邵二將初收復宿州時，邵宏淵欲發倉庫犒賞士兵，李顯忠不許，只以現錢犒士兵，士兵皆不悅。此事造成二將不和，種下符離潰敗之因。如《續宋編年資治通鑑》云：

> 宏淵與顯忠不相能，而顯忠又私其金帛，不以犒士，士憤
> 怨，遂潰而歸。〔註40〕

陣前二將不和，〔註41〕導致金人乘勝追擊，造成宋兵赴水死者不可勝

〔註40〕〔宋〕劉時舉：《續宋編年資治通鑑》（台北：臺灣商務印書館，1986年3月，影印文淵閣四庫全書本），卷8，頁 954。

〔註41〕筆者按：關於二將不和的流言頗多，周汝昌先生之說可作爲參考。其云：「李顯忠事，當時議論不一。《宋史・李顯忠傳》敘符離之役，

計的符離潰敗。此一戰役是宋朝主戰、主和勢力消長的關鍵，主和派在符離之潰後大肆攻擊張浚，孝宗亦動搖恢復之志，罷張浚都府，並進用秦檜餘黨湯思退爲相，盡撤邊防，割地求和，孝宗並下詔罪己，南宋恢復之志就此消退，陸、楊等愛國志士無不痛心疾首。誠齋〈讀罪己詔〉之一，反用漢武帝下「哀痛詔」之典，即漢武帝末年，後悔開邊擴張而棄輪臺之地，並下「哀痛詔」一事，然而與孝宗的抗仇復國處境並不相同。「何罪良家子，知他大將誰」則指出此一戰役之失敗原因，不該譴責戰士們不努力，而是李、邵二人的嫌隙所導致。「願懲危度口，儻復雁門踦」則以漢光武帝破王莽而中興即位前的一段艱危經歷，影射南宋「中興」的高宗趙構，於建炎二年（1128）南逃途中，金兵攻至長江北岸瓜洲，倉皇渡江的狼狽狀。「懲」意即要以往事爲借鑑之意。〔註42〕「雁門踦」則以漢代段會宗爲西域都護，西域服其威信之典故，冀望並勉勵張浚莫因此役潰敗而氣餒，要以將來的成功，挽回此次失敗之恥辱。第二首「中原仍夢裡，南紀且愁邊」，則對淪陷於金的中原故土，已四十年未恢復，仍是夢中才能一到之地，而宋金淮水之界版圖急縮之外，如今連邊界也岌岌可危，有令人不勝憂嘆之意。「陛下非常主，群公莫自賢」則頌揚孝宗不同於一味求和的高宗，而是有恢復大志的君王，並指責當時只顧個人利益，置國家人民於不顧的湯思退黨人及臣僚。「金臺尚未築，乃至羨強燕」則以燕昭王在易水東南築臺，置千金招攬天下士，號「黃金臺」，而後求得樂毅、鄒衍等賢士伐齊，燕國自此邁向富強的典故。此處反用此典故，指出金人尚未能如燕國築臺求賢，足以成大事業，以南宋之

邵宏淵一力破壞，顯忠苦戰到底的情形，應參看。」並認爲：邵宏淵欲發倉庫犒賞士卒，顯忠不許，只以現錢犒士兵，導致士兵不悅，而有所謂中飽私囊之說的狀況，「可能是出於保護國家財產的用意，不一定就是要自飽私囊，當時必有藉此中傷顯忠者，故流言甚盛。」又根據後來朝廷復李顯忠防禦使等官職，並賞賜銀絹，進上將軍，賜第杭州等事，可知，已爲李顯忠洗刷冤屈。參見註17，頁23〜25。

〔註42〕同註17，頁19。

力，何至於羨慕金國，甚至因畏懼而乞和呢？此詩除了感慨中原未復外，也有勉勵孝宗及其他憂慮國家安危之士人，不可因此喪志之意。又如卷二〈路逢故將軍李顯忠以符離之役私其府庫士怨怒而潰譎居長沙〉一詩，也是有關符離之役的詩作。詩云：

> 貪將如中使，兵書不誤今。只悲熊耳甲，誰怨裹蹏金。貫
> 傅羹同郡，朱游獨折心。書生何處說，詩罷自長吟。(冊42，
> 頁26082)

據周汝昌先生指出：「作者寫此詩時，瞭解尚未必清楚，還有受流言的影響。」〔註43〕故有「貪將如中使，兵書不誤今」之語，符離之役潰敗一事，原因指向李顯忠與邵宏淵二將，因欲發倉庫犒賞士卒事，造成嫌隙。《清波雜誌》據《符離記》記載亦云：

> 隆興改元夏，符離之役，王師入城，點府庫，有金一千二
> 百兩，銀二萬兩，絹一萬二千匹，錢二萬五千貫，米豆共
> 六萬餘石，布袋十七萬條。〔註44〕

可見，府庫金銀財絹數目龐大，宏淵欲發府庫犒士卒，顯忠不許擅動府庫，造成二人嫌隙，而有李顯忠「私其府庫」的流言傳出，最後「士怨而潰」，符離之役以失敗收場。楊萬里此詩即以此事爲題並作評論，首二句「貪將如中使，兵書不誤今」，指出貪帥不可使之意。「只悲熊耳甲，誰怨裹蹏金」，其中「熊耳甲」是指符離一役宋軍大敗，金人獲甲三萬，南宋開國以來所累積的軍資器械喪失殆盡，令人悲痛；「裹蹏金」即「馬蹄金」，此處指錢財，亦即府庫中的龐大資金物資。而面對國家重大失敗大事，詩末以書生的感慨沉痛作結，表達一介書生的憂國之忱。另外，在〈跋蜀人魏致堯撫幹萬言書〉詩中，亦抒憂國之懷。詩云：

> 雨裡短簑頭似雪，客間長鋏食無魚。上書慟哭君何苦，政
> 是時人重子虛。(冊42，卷四，頁26118。)

〔註43〕同註17，頁25。
〔註44〕〔宋〕周輝撰：《清波雜誌》(台北：臺灣商務印書館，1986年3月，
影印文淵閣四庫全書本)，卷6，頁43。

「短檠」是古代貧士照讀所用的燈，「客間長鋏食無魚」用戰國時貧士馮驩典故，馮驩爲孟嘗君門下客，但孟嘗君以常禮待他，馮驩乃彈其劍鋏而歌曰：「長鋏歸來乎，食無魚。」〔註45〕此詩以此典故意指魏致堯亦一介貧士，同樣有才而不受主上重視。「上書慟哭君何苦」則用賈誼事，賈誼嘗上書漢文帝，極論天下事云：「臣竊惟事勢，可爲痛惜者一，可爲流涕者二，可爲長太息者六，若其他背理而傷道者，難徧以疏舉。」〔註46〕以此比喻魏致堯上萬言書事。「政是時人重子虛」則用司馬相如〈子虛賦〉典故。此二句暗指當時愛國志士如魏致堯等人，爲了抗敵救國，關心時政，給皇上上萬言書，切論國家大事，期盼救弊圖強，但卻因主上所喜乃是浮誇、粉飾太平的言論，致使萬言書被棄如敝屣。此詩諷刺之餘，更見詩人的憂憤與不平。楊萬里借跋魏致堯萬言書的機會，也抒發心中對國家不思恢復及上位者不聽忠言的深憂。又如卷十九〈題曹仲本出示譙國公迎請太后圖自肅天仗以下皆紀畫也〉一詩：

> 德壽宮前春晝長，宮中花開宮外香。太皇頤神玉霄上，都人久不瞻清光。今晨忽見肅天仗，翠華黃屋從天降。一聲清蹕萬人看，天街冰銷樓雪殘。北來又有一紅繳，八鸞三騑金轂端。輦中似是瑤池母，鳳舄霞裳剪雲霧。太皇望見天開顏，萬國春風百花舞。乃是慈寧太母回鑾圖，母子如初千古無。朔雲邊雪旗腳濕，御柳宮梅寒影疎。向來慈寧隔沙漠，倩雁傳書雁難託。迎還驊駬彼何人，魏武子孫曹將軍。……功蓋天下只戲劇，笑隨赤松躡雙屐。飄然南山之南北山北，君不見岳飛功成不抽身，卻道秦家丞相嗔。（冊42，頁26331～26332）

此詩借題畫之作表達對愛國大將岳飛被害的惋惜，以及國家與金人

〔註45〕〔漢〕司馬遷撰：《史記》（台北：藝文印書館，1996 年 8 月），卷75，頁947。見〈孟嘗君列傳〉。

〔註46〕〔漢〕賈誼：《新書》（台北：臺灣商務印書館，1986 年 3 月，影印文淵閣四庫全書本），卷1，頁393。

議和的不當。詩題「譙國公」指曹勛，曹仲本「疑當是曹勛的後人」
〔註47〕。詩中所記「譙國公迎請太后」一事，太后是徽宗趙佶的賢妃、
高宗趙構的母親，姓韋。靖康二年（1127），金人攻陷汴京，擄徽、
欽二宗及韋賢妃、趙構妻子邢氏等人北去，而曹勛爲隨從同行者。不
久之後，曹勛逃回，帶回徽宗、韋妃等人的祕信給高宗，並建議招募
敢死志士，航海入金，救回徽宗等人，但其建議不被採納並被外調，
九年不得升遷。而後當秦檜與金議和時，金人答應將二帝靈柩與韋妃
送回，曹勛便是擔任「報謝」金國副使之職〔註48〕。此詩所述之圖中
人物，即爲曹勛迎請被擄諸皇室中唯一生還的韋太后，詩末則藉此圖
所述之事點出：秦檜與金人議和投降，派出使臣迎請韋太后，正是以
爲國干城的岳飛之屈死所換來的。楊萬里在詩末大膽揭露這個內幕，
實即表明對朝廷一味屈辱求和的不滿，在諷刺中顯露其對國家政策的
深憂。

2、渡淮使北所見之憂

紹熙元年（1190），楊萬里擔任接伴金國賀正旦使，迎來送往至
淮上，所作諸詩，集中於詩集中的卷二十七，如〈過瓜洲鎮〉、〈初入
淮河四絕句〉、〈題盱貽軍東南第一山〉……等，均可見其憂國深情。
清人潘定桂對楊萬里的憂國情懷深有領會，曾云：「試讀淮河諸健句，
何曾一飯忘金堤。」〔註49〕可見，渡淮諸作是誠齋憂國之作的重要詩
篇。以下將由此一任務所見所感諸詩以及跋贈友人的使北經歷詩作，
一窺誠齋憂國之情。如〈過瓜州鎮〉詩云：

> 夜愁風浪不成眠，曉渡清平卻晏然。數棒金鉦到江步，
> 一檣霜日上淮船。佛狸馬死無遺骨，阿亮臺傾只野田。
> 南北休兵三十載，桑疇麥壠正連天。（冊42，卷二十七，
> 頁26436。）

〔註47〕同註17，頁132。
〔註48〕同前註。
〔註49〕同註34。

「佛狸馬死無遺骨」，詩中的「佛狸」爲北魏太武帝拓跋燾的小名，曾企圖攻南朝宋，此處以北魏太武帝比喻金主完顏亮之攻南宋，大敗於采石一役之事。楊萬里在此詩下自注云：「元顏亮辛巳南寇，築臺望江，受誅其上。土人云。」〔註50〕「阿亮臺傾只野田」，即指完顏亮敗後，金兵內部生變，完顏亮被部下殺死於瓜洲，往昔所築的望江臺，早已傾倒毀壞。末聯「南北休兵三十載，桑疇麥壠正連天」，指從采石一役至楊萬里過瓜洲鎮時，已約三十年，乾道元年（1165）「隆興和議」後，南宋以主和爲「國是」，再無恢復之志，故云「休兵三十載」。而眼前「桑疇麥壠」太平景象，實寓含言外之意，亦即對南宋不思恢復的感慨。另外，〈初入淮河四絕句〉則最能表達楊萬里此行的感慨與憂思。詩云：

> 船離洪澤岸頭沙，人到淮河意不佳。何必桑乾方是遠，中流以北即天涯。
>
> 劉岳張韓宣國威，趙張二相築皇基。長淮咫尺分南北，淚濕秋風欲怨誰。
>
> 兩岸舟船各背馳，波痕交涉亦難爲。只餘鷗鷺無拘管，北去南來自在飛。
>
> 中原父老莫空談，逢著王人訴不堪。卻是歸鴻不能語，一年一度到江南。（冊 42，卷二十七，頁 26439。）

誠齋行過淮河，感慨淮河已成宋、金國界，心中意緒萬端發而爲詩，「何必桑乾方是遠，中流以北即天涯。」指越過淮水中線以北，即是金國佔領疆域。「中流以北即天涯」，楊萬里此句正如陸游〈醉歌〉：「窮邊指淮泲，異域視京雒。」之意，自古「無邊亡國」，宋金今僅以淮河爲界，而此邊界又非牢不可破，誠齋對岌岌可危國勢的憂心，由此可見。另外，此詩也可與同卷〈題盱貽軍東南第一山〉詩：「……萬里中原青未了，半篙淮水碧無情。登臨不覺風煙暮，腸斷漁燈隔岸明。」（頁 26439）互相參看，二首都隱含國土淪喪的沉痛感。〈初入淮河

〔註50〕傅璇琮等編：《全宋詩》（北京：北京大學出版社，1998 年 12 月），頁 26436。

四絕句〉之二，指出南宋初期的抗敵英雄名將，如劉錡、岳飛、張浚、韓世忠以及二相趙鼎、張浚等人，奠定了南宋的局面，然而，愛國名將、名相皆遭秦檜等人所迫害或驅逐，導致抗戰力量潰散，國家偏安東南。「長淮咫尺分南北」，是誰之過？「淚濕秋風欲怨誰」？有暗斥高宗趙構之意。第三首寫兩岸阻隔不通，只有鷗鳥可自在飛行往返，對比遺民的沉痛。第四首「王人」是指宋朝派往金國的使臣，淪陷區的遺民父老遇到從故國來的使者，訴說亡國生活的慘痛不堪，與第三首相同的也以歸鴻與鷗鷺作映襯，指出人不如歸鴻，沉痛刻畫出中原父老渴盼王師而不可得的悲痛與無奈。另外，卷三十〈跋丘宗卿侍郎見贈使北詩一軸〉詩，雖非自身經歷，但亦以友人的使北經歷爲觸發點，一抒憂國之情。詩云：

> ……乃是丘遲出塞歸，贈我大軸出塞詩。手持漢節娖秋月，弓掛天山鳴積雪。過故東京到北京，淚滴禾黍枯不生。誓取胡頭爲飲器，盡與遺民解魋髻。詩中哀怨訴阿誰，河水鳴咽山風悲。中原萬象聽驅使，總隨詩句歸行李。……（冊42，頁 26485）

詩中以丘遲比丘崈，丘崈爲光宗時戶部侍郎，亦曾被派遣爲迎接金國賀生辰使的接伴使。丘崈使北曾過「故東京」，即北宋故都開封汴京，見到了「禾黍枯不生」的荒涼景況。「禾黍」句用《詩・王風・黍離》典故，本述周朝東遷，大夫行役至故都宗周之地，見當年宮室之區遍生禾黍，故作〈黍離〉以憑弔故國。此處則說「禾黍枯不生」，是深一層的寫法，也暗指金國對北宋故都的破壞。使北之臣見此景況，不禁感慨悲憤，欲以金國統治者之頭顱爲飲器，「誓取胡頭爲飲器」之「飲器」，典出《史記・大宛列傳》：「……匈奴破月氏王，以其頭爲飲器。」〔註51〕這是對不共戴天之仇敵的洩憤、侮蔑方式。「盡與遺民解魋髻」之「魋髻」是胡人髮式，此處指胡人妝扮。意即遺民父老淪爲金人統治，裝飾皆變，因此希望能恢復故土，還遺民宋朝服飾妝

〔註51〕〔南朝宋〕裴駰撰：《史記集解》（台北：臺灣商務印書館，1986 年3 月，影印文淵閣四庫全書本），卷 123，頁 383。

扮。然而，宋室的不思恢復，何時才能「盡與遺民解雛髻」呢？對此，詩人的無奈與哀怨盡付河水與山風，「河水嗚咽山風悲」，正是詩人憂慮之情的發聲。

　　楊萬里對宋、金界河的敏感程度，除上述〈初入淮河四絕句〉之外，又如卷三十三〈江天暮景有歎二首〉：

　　　　只爭一水是江淮，日暮風高雲不開。白鷺倦飛波政闊，都
　　　　從淮上過江來。
　　　　一鷺南飛道偶然，忽然百百復千千。江淮總屬天家管，不
　　　　肯營巢向北邊。（冊42，頁26518）

這兩首詩是由觀看江邊暮景而引發的感歎。「天家」猶言「皇家」、「天子」，「天家管」之意，是指此處仍是「大宋國的領土」。〔註52〕「江淮總屬天家管，不肯營巢向北邊。」藉鷺鳥的不肯營巢向北邊，對比南宋的向金稱臣割地，以此表達詩人對國家不圖振作之感慨。事實上，在《千慮策‧國勢中》楊萬里對於淮河要塞的重要性，曾提出建言云：

　　　　凡淮之要害之地，敵之所必攻者，巨鎮如廬、壽、廣陵者，
　　　　則各擇一大將，委以一面，而付之重兵。……有淮，而後
　　　　江者吾之江也；無淮，則江者非獨吾之江也，亦敵之江
　　　　也。……且吾之有淮，以為空曠也；使吾不有而敵有之，
　　　　彼以為空曠，彼將居而耕，耕而守，守而伺，則吾之一喘
　　　　而彼聞，一動而彼見。……引敵以自逼，而日夕與之相目
　　　　於一水之間，則國尚何可為，而敵尚何可備哉！〔註53〕

上述的建言，指出了淮水對於戰備上的重要性。淮水若不保則國無邊，國無邊則國亡矣！由於楊萬里對國勢的深刻剖析，因此詩中對宋、金淮水之界也隱藏了詩人極為敏銳的憂患意識。又如卷二十八〈雪霽曉登金山〉詩云：

　　　　焦山東，金山西，金山排霄南斗齊。……乾坤氣力聚此江，
　　　　一波打來誰敢當？金山一何強，上流獨立江中央。……金

〔註52〕同註17，頁197。
〔註53〕同註4，卷88，頁153、154。

宮銀闕起峰頭，槌鼓撞鐘聞九州。詩人踏雪來清遊，天風
吹儂上瓊樓，不爲浮玉飲玉舟。大江端的替人羞，金山端
的替人愁。（冊 42，頁 26446）

金山，在江蘇鎮江西北七里，焦山，在鎮江東北九里，二山相距十五
里，對峙於大江中，並稱「金焦」。〔註 54〕南宋建炎、紹興中，金兵
南侵時，金焦地點爲險急的兵家必爭渡口。當時，由於韓世忠、虞允
文等名將率兵奮勇抗敵，使金兵敗退未能得逞渡河。但當時臣僚以爲
金兵敗退是因有「水府」、「江神」的保佑。陸游《入蜀記》曾記載：
「（乾道六年六月）二十五日早，以一豨、壺酒，謁英靈助順王祠，
所謂下元水府也。祠屬金山寺。」〔註 55〕洪邁《容齋隨筆》亦云：「紹
興末，胡馬飲江，既而自斃（指完顏亮爲部下所殺），詔加封馬當、
采石、金山三水府。……方完顏亮據淮上，予從樞密行府於建康，嘗
致禱大江，能令虜不得渡者，當奏冊爲帝。泊事定，朝廷許如約。」
〔註 56〕誠齋於此詩中，對於宋室不圖振作，仰賴水府制敵的可悲想
法，提出批判與諷刺。「大江端的替人羞，金山端的替人愁。」對國
家只倚賴天險的屏障，不思自立自強的作法，誠齋在陪伴金使登金山
時，不禁感慨萬端，發出既可羞也可愁的深沉憂慮。

（二）憂民之情

除了國事之憂，楊萬里對平民百姓也有著深切的感情，一憂一喜
常牽掛著人民，以「民，吾同胞，物，吾與也」的仁者胸懷，關心著
人民的處境，對民生疾苦的關切，實貫穿於誠齋詩中，雖錢鍾書先生
曾說：「同情民生疾苦的作品也不及范成大的多且好」〔註 57〕，但誠
齋憂民之作仍不可忽略。

〔註 54〕同註 17，頁 179。
〔註 55〕〔宋〕陸游：《入蜀記》（台北：臺灣商務印書館，1986 年 3 月，影
　　　　印文淵閣四庫全書本），卷 1，頁 881。
〔註 56〕〔宋〕洪邁著：《容齋隨筆》（上海：上海古籍出版社，1996 年 3 月），
　　　　卷 10，頁 129。見〈禮寺失職〉。
〔註 57〕同註 1。

1、對賦稅問題造成民怨的關注

在《千慮策・民政上》誠齋曾云：

> 臣聞民者，國之命而吏之仇也；君之喜而國之憂也：天下
> 之所以存亡，國祚之所以長短，出於此而已矣。……政之
> 不便於民者，未必皆上之過也。朝廷將額外而取一金，以
> 問於其土之守臣，必曰：「可也」。民曰：「不可」，不以聞
> 矣。不惟不以聞也，從而欺其上曰：「民皆樂輸。」又從而
> 矜其功曰：「不擾而集。」上賦其民以一，則吏因以賦其十；
> 上賦其民以十，則吏因以賦其百。朝廷其辦，而不知有破
> 家鬻子之民；賞其功，而不知有願食吏肉之民。……古之
> 人君，所以至於民散國亡而不悟者，皆吏誤之：蓋夫賦重
> 而民怨，此奸雄敵國之資也，可不懼哉！〔註58〕

此說可謂一針見血指出了民怨的所在，「上賦其民以一，則吏因以賦
其十；上賦其民以十，則吏因以賦其百。」正是這種不斷的剝削，造
成官逼民反的社會問題發生。楊萬里在向君王建言的同時，也替廣大
人民發聲，如卷三〈旱後郴寇又作〉一詩云：

> 自憐秋蝶生不早，只與夜蛩聲共悲。眼邊未覺天地寬，身
> 後更用文章爲。去秋今夏旱相繼，淮江未淨郴江沸。餓夫
> 相語死不愁，今年官免和糴否。（冊42，頁26097）

據《宋史・孝宗本紀》云：「（乾道元年五月）郴州盜李金等復作亂，
遣兵討捕之。」〔註59〕乾道元年（1165），兩淮地方連年旱災，加以
賦稅重重，造成餓夫遍地，逼使李金等人起而反抗官府，楊萬里此詩
即以此事爲主題。詩中指出：連年旱災雖嚴重，但「和糴」造成人民
的痛苦，實更甚之。以春蝶秋生，只能與蟋蟀一樣發出悲涼的鳴聲爲
喻，藉此表達民怨、民瘼的痛苦呼聲。在《千慮策・民政上》楊萬里
曾指出：

> 往歲郴寇之作，亦守臣和糴行之不善之所致也，嘗有以告

〔註58〕同註4，卷90，頁194。
〔註59〕同註39，卷33，頁449。

> 陛下者乎？天下皆知朝廷有意罷此等之役矣。雖然，臣猶
> 有聞焉：江西之郡，蓋有甲郡以絹非土產而言於朝，乞市
> 之於乙郡者。此何謂也？民所最病者，與官爲市也。……
> 民之不願者，官且治之。名爲督責於正租，實爲鄰郡之橫
> 斂。且有所謂「和買」者，已例爲正租矣；又有所謂「淮
> 衣」者，亦例爲正租矣。〔註60〕

「往歲郴寇之作，亦守臣和糴行之不善之所致也。」正好與此詩互
相呼應，誠齋此詩指出了「郴寇之作」，實乃郡吏守臣「和糴」行之
不善所導致的官逼民反狀況。所謂「和糴」是指官向民買米，「和」
是雙方同意之意，但所謂「買」糧，常是白取，正如同藉口爲淮邊
守軍製衣服，而額外索取絹匹的「淮衣」一樣，也是一種苛斂的名
目。「和糴」的弊政實自唐代已有之，如白居易〈論和糴狀〉文中曾
指出：

> 凡曰和糴，則官出錢，人出穀，兩和商量，然後交易也。
> 此來和糴事則不然，但令府縣散配戶人，促立程限，嚴加
> 徵催，苟有稽遲，則被追捉鞭撻，甚於稅賦，號爲和糴，
> 其實害人。〔註61〕

由白居易的狀文可知，名爲「和糴」，實則害人。宋代和糴的弊病大
概與此類似，但又更變本加厲。楊萬里此詩指出，造成郴寇興起的原
因，正是官吏守臣「和糴」行之不善所致，且朝廷雖曾頒布免和糴的
政策，但江西諸郡卻仍有官吏守臣以秋租之名，賦一取十，賦十取百
的不當名目苛徵，造成人民苦不堪言。「去秋今夏旱相繼」，天災不可
免，又逢官吏催逼，造成餓夫滿街，詩末「今年官免和糴否」，實爲
飢民的最大控訴與無奈。誠齋此詩掌握了人民憂愁的來源，替人民發
聲。又如卷一〈晚立普明寺門時已過立春去除夕三日爾將歸有歎〉一
詩，也是站在農民立場，詩云：

〔註60〕同註4，卷90，頁195。
〔註61〕〔唐〕白居易撰：《白氏長慶集》（台北：藝文印書館，1981年2月），
　　　　卷58，頁1425。

　　……夜來飛霰打僧窗，便恐雪真數尺強。催科不拙亦安出，
　　吾民瀝髓不濡骨。邊頭犀渠未晏眠，天不雨粟地流錢。（冊
　　42，頁26070）

此詩寫除夕前寄宿僧寺，因恐夜雪數尺造成農民損失，「催科」無法
如期繳交，並掛心邊關，以致夜不成眠，憂國憂民之情，見諸字裡行
間。「天不雨粟地流錢」，天不掉下糧食，卻要地上錢如流水，意指統
治者聚斂重苛，靡費佚樂無度，只有瀝民之髓，往人民身上剝削，如
此則造成人民更深沉的痛苦。誠齋在詩中既憂苛賦，又憂雨、憂旱，
以感同身受之心關注民瘼。

2、對旱潦天災造成農損的悲憫

　　催科問題雖是人民的負擔，但潦旱天災更是農民憂愁的來源，楊
萬里詩中對此民生大計也有不少關注。如卷二〈憫農〉詩云：

　　稻雲不雨不多黃，蕎麥空花早著霜。已分忍飢度殘歲，更
　　堪歲裡閏添長。（冊42，頁26091）

此詩作於隆興二年（1164），此年閏十一月。〔註62〕「稻雲不雨不多
黃，蕎麥空花早著霜」，言水田遇旱災，而旱田又遇凍災，只好忍飢
度殘歲。但雪上加霜的是「更堪歲裡閏添長」，遭逢荒年且日曆上又
多出一個月，使窮苦人民更難度日了。卷三〈憫旱〉則云：

　　鳴鳩喚雨知喚晴，水車夜啼聲徹明。……下田半濕高全坼，
　　幼秧欲焦老差碧。……一門手指百二十，萬斛量不盡窮愁。
　　小兒察我慘不樂，旋沽村酒聊相酌。更哦子美醉時歌，焉
　　知餓死填溝壑。水車啞啞止復作。（冊42，頁26097）

「下田半濕高全坼，幼秧欲焦老差碧。」眼見田中土裂禾焦，旱象造
成農作將無法收成，而一門浩繁食指，則不知何處止飢。農民之憂實
即詩人之憂，「萬斛量不盡窮愁」，萬斛所量不是米糧，而是不盡的窮
愁，說明了憂慮之深。可恨的是，旱象仍無消解的跡象，老天既不可
期，只好盼望大地的慈悲，努力踩水車以求一點灌溉用水。「水車啞

〔註62〕同註17，頁35。

唖止復作」，詩末以唖唖水車止復作的聲響，但卻汲不出一點灌溉水的寫實景象，道盡農民面對旱災的無奈。

詩人既憂旱象造成人民收成的妨礙，因此，久旱逢甘霖時，農民的喜悅之情便見諸誠齋筆下。如卷三〈旱後喜雨四首〉之四云：

> 密灑疏飄儘自由，通宵到曉未須休。平生愁聽芭蕉雨，何事今來聽不愁。（冊 42，頁 26097、26098）

「平生愁聽芭蕉雨」，夜雨本來引詩人愁緒，但此詩則反寫夜雨聽不愁，其因即大旱已久，造成農作收成欠佳，如今一雨解旱，故雨聲不愁人。「密灑疏飄儘自由，通宵到曉未須休」，詩人以欣賞期盼的角度，感同身受書寫雨落之狀，完全是站在農民的立場。又如以下三詩也屬相同心情：

> 憫雨喜見雲，喜雲愁不雨。……喜雨不但人，松竹亦鼓舞。未知今年熟，得似去年否。（冊 42，卷六〈晚登清心閣望雨〉，頁 26143。）

> 九郡報來都雨足，插秧收麥喜村村。（冊 42，卷三十一〈夏日雜興〉，頁 26498。）

> 玉帝愁聞旱，雷公怒見鬚。搜龍無覩處，倒海不遺餘。稻裡雲初活，蕎梢雪再鋪。老農啼又笑，欲去且安居。（冊 42，卷四十一〈九月三日喜雨蓋不雨四十日矣〉，頁 26638。）

大旱之後，不但人喜雨，自然草木也望雲若渴，「喜雲愁不雨」是人民共同心情的寫照。因雨水兆豐年，故「九郡報來都雨足，插秧收麥喜村村」，農民因雨水充足是豐年的預兆而喜悅，詩人則因人民之喜悅而喜悅。第三首「雷公怒見鬚」、「倒海不遺餘」，則將雷鳴閃電、大雨傾瀉之景象予以形象化；「稻裡雲初活，蕎梢雪再鋪」，旱後逢甘霖，農作收成有望，因此「老農啼又笑」，喜出望外，笑中帶淚，誠齋此詩捕捉了久旱逢甘霖感動的瞬間。

雨水固然兆豐年，但若久雨成災則會造成農損，因此，詩人既憂旱又憂潦。如卷四〈宿龍回〉云：

> 大熟虛成喜，微生亦可嗟。禾頭已生耳，雨腳尚如麻。頃

　　者官收米，精於玉絕瑕。四山雲又合，奈爾老農家。（冊42，
　　頁26114）

「大熟虛成喜，微生亦可嗟」寫出了老百姓盼望莊稼的大豐收，但卻
空歡喜一場的可悲；「禾頭已生耳，雨腳尚如麻」則描述了久雨不停
的景象。遭逢霖雨，農損已不可免，但官府收租米皆極其挑剔，總要
上好的無瑕精米，而雨水影響米質，恐讓人民無法繳納官租，窘迫之
況，可以想見。詩末「四山雲又合，奈爾老農家」則再以久雨不晴，
陰雲四合，加深逼迫感，寫盡老農的感嘆與無奈。

　　久雨祈晴，久旱則禱雨，此舉雖無科學根據，但卻是古代上位者
顯現其仁者襟懷的一種方式。對上位者的禱雨，祈求老天爺幫助，楊
萬里雖亦憂雨憂旱，但卻認為盡人事更重於求天應。如卷二十三〈聖
上閔雨徧禱未應下詔避殿減膳感歎賦之〉詩云：

　　夏旱焚如復入秋，聖皇避殿減瓊羞。數峰北峙雲垂合，一
　　陣西風雨又休。逐日望霓穿卻眼，何時倒海作奔流。諸賢
　　袖有為霖手，不瀉天瓢洗主憂。（冊42，頁26376）

為祈求上天降下甘霖，古代君王常避殿減膳、潔身祭天以禱雨。此詩
描寫聖上禱雨未應，「逐日望霓穿卻眼」，然而仍無「倒海作奔流」的
甘霖降下。原因何在？楊萬里認為原因在於「諸賢袖有為霖手，不瀉
天瓢洗主憂」，亦即微諷大臣不能及早準備抗旱急務，分擔主上之憂。
換言之，未盡人事是不能祈求天應的。據《年譜》所載，淳熙十四年，
楊萬里「因旱歎應詔上疏，請節用、慎刑、納諫及寬民力；並陳備旱
急務：寬州縣，核積藏，信勸分之賞，賞救荒之官。」〔註63〕可見，
此詩中的「感歎」，實即暗示朝中上下未能節用、慎刑、寬民力，又
未能「核積藏」早做準備，導致大旱一來，措手不及。人事既未盡，
因此，即使「聖皇避殿減瓊羞」也作用不大。誠齋在為民憂旱的同時，
所提出的批判與建議實更具建設性。又如卷三〈和蕭伯振禱雨〉詩云：

　　雲氣微昇又霍然，虛疑數點長三川。渚東秔稻今無雨，社

〔註63〕同註8，頁325。

　　曲桑麻莫問天。餓死何愁更平糴，野夫半去只荒田。未辭
　　託命長鑱柄，黃獨那能支一年。（冊 42，頁 26097）
「餓死何愁更平糴，野夫半去只荒田」，在和友人的禱雨詩中，楊萬
里也揭露並批判「和糴」給人民帶來的災難，顯現其為民喉舌的胸懷。
　　大旱導致莊稼歉收、民生凋敝、農村荒涼，大雨又造成米質不佳、
農收損失、無法納租，這些狀況都是人民憂愁的來源。以上諸詩，或
為民請命，或憂雨喜雨，其中均可感受到誠齋和人民憂樂與共的仁者
襟懷。雖然，錢鍾書先生指楊萬里同情民生疾苦的作品不及范成大多
且好，但根據本文上述的整理分析，或可為誠齋此類作品稍作平反。

第三節　范成大詩中的憂患意識

　　范成大詩歌的代表作首推其隱居石湖時的作品《四時田園雜興六
十首》，錢鍾書先生在《宋詩選註》中指出：《四時田園雜興》為「中
國古代田園詩的集大成。……把〈七月〉、〈懷古田舍〉（陶潛）、〈田
家詞〉（元稹）這三條線索打成一個總結，使脫離現實的田園詩有了
泥土和血汗的氣息。」〔註64〕清、宋長白《柳亭詩話》卷二十二亦云：
　　范石湖《四時田園雜興》詩，於陶、柳、王、儲之外，別
　　設樊籬。〔註65〕
所謂「別設樊籬」，實指范成大田園詩之不同於以往田園詩的表現。
中國古代田園詩有兩大系統：一為陶淵明所開創，唐代王維、孟浩然
所繼承發展的田園詩派，藉著描寫田園風光的靜謐清純，表達自己人
格之質樸超邁。或述說躬耕隴畝的體驗，或書寫隱逸田園之意趣，其
著眼所在是人與自然和諧的哲學詩化，傾向於道家人生觀及價值取
向。另一派系統則為自中唐元、白新樂府運動興起的憫農詩、田家詞
等，反映農民命運坎坷與農村生活苦辛，具批判精神的田園別派，傾

〔註64〕同註 1，頁 216～218。
〔註65〕〔清〕宋長白撰：《柳亭詩話》（台北：莊嚴文化出版社，1997 年 6
　　　　月，四庫全書存目叢書影本），卷 22，頁 553。

向於儒家傳統言志載道、批判諷喻的價值取向。而范成大的田園詩作則融合兩大系統，在其《四時田園雜興》詩中，或寫田園風光，或抒農民春耕、夏耘、秋收、冬藏的勞動，或描繪農村的鄉俗、儀式，更值得關注的是，揭發農村生活的黑暗面，並為農民的不幸發聲。范成大以其長期隱居石湖農村的經歷，感同身受之心，審視農民與農村，因此，其作品能「於陶、柳、王、儲之外，別設樊籬。」亦即更進一步擴展了田園詩的境界，集田園詩的大成，與前人的田園詩作有所區別。正如程千帆先生所說：「這樣，他便與來自詩人之寫農民，或寄託自己閒適的感情，或嗟嘆農民的艱辛生活，卻始終處在一個旁觀者的地位有所不同。這也正是范成大對田園詩的獨特貢獻。」〔註66〕換言之，石湖以親身經歷為基礎，投入田園世界，在山水清音中，依舊關切世道，為民疾呼，寄寓悲憫之思；在清新自然的詩句中，對剝削壓迫者予以揭露，是范成大作品不同於往昔田園詩作的特色，也是范成大田園詩的深度所在。

　　除了《四時田園雜興》中憂民疾苦之作外，范成大還有許多為民請命之作，如〈催租行〉、〈後催租行〉……等，同時，其使金七十二絕句，亦為表達憂國憂民情懷的作品。陸游在〈銅壺閣記〉中曾稱賞范成大：

> 公且以廊廟之重，出撫成師，北舉燕趙，西略司并，挽天
> 河之水，以洗五六十年腥羶之污。〔註67〕

清人柴升在〈石湖先生詩鈔序〉中亦稱：

> 南宋詩人眾矣，而後人獨倭渭南不置，不知石湖先生實負
> 時譽。……有抑漕司強取之疏，有罷明州海物之疏，有移
> 軍儲賑饑之疏，而最稱不朽者，奉使金庭，為朝廷爭大禮，
> 詞氣激昂，瀕於死而後脫。及制置兩川，能部分諸路，堵
> 其前驅，吐蕃青姜，相率鼠伏，此不可磨滅之功業，雖不

〔註66〕程千帆、吳新雷著：《兩宋文學史》（高雄：麗文文化事業股份有限公司，1993年10月），頁369。
〔註67〕同註18，卷18，頁445。

有詩亦傳，況有詩以與之俱傳。〔註68〕

由上述前人的肯定可知，范成大使金組詩的憂國憂民意識與田園諸作的同情民生疾苦，同樣都是其仁者胸懷的呈現，以下將分別闡釋之。

一、憂民之思與詩

明、王世貞〈范文穆吳中田園雜興卷〉云：「……即詩無論竹枝鷓鴣家言，已曲盡吳中農圃故事矣。」〔註69〕此說肯定范成大融入農民生活，並巨細靡遺的呈現生動深刻的田家生活，因此，「憂稼穡」、「憐老農」之音，可說是《石湖詩集》的主旋律。錢鍾書先生也說，范成大「不論是做官或退隱時的詩，都一貫表現出對老百姓痛苦的體會，對官吏橫暴的憤慨。」〔註70〕如成大帥金陵時，逢歲旱，便奏移軍儲米「二十萬石賑飢民，苗額二十萬斛，是年蠲三之二，而五邑受粟總四萬五千四百餘戶，無流徙者。」〔註71〕因此，周必大曾稱其「仁民愛物，凡可興利除害，不顧難易，必為之。」〔註72〕可見，豐富的政治經歷和對人民疾苦的關心，使范成大詩作更具有充實的社會內涵，程千帆先生也指出：「在這方面，他表現得比其好友楊萬里要凸出一些。」〔註73〕以下就范詩中的憂民之作，分三類闡述。

（一）人禍之憂

據《宋史全文》卷二十六記載：「富民之無賴者，不肯輸納，有司均其數於租戶，胥吏喜於舍強就弱。」〔註74〕胥吏「舍強就弱」，

〔註68〕〔清〕周之鱗、柴升編：《宋四名家詩鈔》（台北：莊嚴文化出版社，1997年6月，四庫全書存目叢書影本），頁715。

〔註69〕〔明〕王世貞撰：《弇州四部稿》（台北：臺灣商務印書館，1986年3月，影印文淵閣四庫全書本），卷130，頁180。

〔註70〕同註1，頁216。

〔註71〕同註22，卷61，頁649。見〈神道碑〉。

〔註72〕同註22，卷61，頁650。

〔註73〕同註66，頁363。

〔註74〕〔元〕不著撰人：《宋史全文》（台北：臺灣商務印書館，1986年3月，影印文淵閣四庫全書本），卷26上，頁417。

這就使善良佃農的稅賦更加龐大，稅賦繁重是農民生活中的重擔，再加以貪官橫索、稅賦不均，此即為農民痛苦的來源，范成大詩中對此著墨不少。如卷三〈催租行〉詩云：

> 輸租得鈔官更催，踉蹡里正敲門來。手持文書雜嗔喜，我亦來營醉歸耳。牀頭慳囊大如拳，撲破正有三百錢。不堪與君成一醉，聊復償君草鞋費。（冊41，頁25767）

此詩開頭即扣住催租主題，「輸租得鈔」，指官方催租，農民交清租稅，拿到了收據，然而，負擔並未就此解決。「踉蹡里正敲門來，手持文書雜嗔喜」二句，則勾劃了一個機詐善變的催租官吏形象，眼看農民已有了繳租收據，便轉移話題說自己是來喝杯酒的。但詩中寫出了農民早已理解里正口頭「營醉歸」，實則要錢的暗語，因此，後句緊接著說「牀頭慳囊大如拳，撲破正有三百錢」，打破撲滿，將其中所僅存的三百錢送給里正。末聯「不堪與君成一醉，聊復償君草鞋費」則以委婉的語氣賠不是，說這點小錢不夠里正喝酒，只能貼補作為草鞋費。「草鞋費」，在此指小費之意。〔註75〕范成大在此詩中，將貪官橫索的嘴臉以及農民對此現況的無奈，生動描繪出來，不只憂民所憂，也為民發聲。又如卷五〈後催租行〉云：

> 老父田荒秋雨裡，舊時高岸今江水。傭耕猶自抱長饑，的知無力輸租米。自從鄉官新上來，黃紙放盡白紙催。賣衣得錢都納卻，病骨雖寒聊免縛。去年衣盡到家口，大女臨岐兩分首。今年次女已行媒，亦復驅將換升斗。室中更有第三女，明年不怕催租苦。（冊41，頁25788）

此詩以白話素描的方式，緩緩訴說一個老農的無奈。面對秋霖成澇，農田荒廢，為生計所迫，只好為人傭耕，但仍無法糊口，故自知「無力輸租米」。對於嚴重災害，官府理應體恤民生，蠲免租稅，甚至開倉賑濟，然而，新任地方官卻不顧朝廷蠲免租稅的詔令，仍一味催租。

〔註75〕同註1，頁221、222。錢鍾書云：「行腳僧有所謂『草鞋錢』，早見於唐代禪宗的語錄。……宋代以後，這三個字也變成公差、地保等勒索的小費的代名詞，就是《儒林外史》第一回所謂『差錢』。」

「黃紙」是皇帝的詔書,「白紙」是縣官的公文,〔註 76〕亦即天災發生時,朝廷頒布了豁免災區賦稅的詔令,而地方官吏則以白紙公文勒逼人民繳稅。面對這種口惠實不至的官樣文章,「抱長饑」的老農只好賣衣納租,交了租,「病骨雖寒聊免縛」,至少可免去被綁至官府鞭笞之苦。此句貼切傳達了老農為求生存,內心掙扎之情。「去年衣盡到家口」,寫禦寒衣物賣完後就輪到賣家口了,大女兒、二女兒,或賣身,或為婢妾,以換取升斗交納租賦,然而,詩中最深沉的悲哀,莫過於以平靜的語氣道出「室中更有第三女,明年不怕催租苦」,此二句傳達了苛賦剝削、貪官橫索的可怖。老農被無止盡的逼迫至家破人亡、賣衣鬻女的慘狀,范成大以代言的口吻為老農發聲,不帶激烈憤慨的語氣,冷然地道出老農的辛酸,這種冷言反語較之憤怒咒罵,更加真切的呈現出老農心中的苦痛。

這種人禍之憂,也見諸《四時田園雜興》中,如以下諸詩:

小婦連宵上絹機,大者催稅急於飛。今年幸甚蠶桑熟,留得黃絲織夏衣。(冊 41,卷二十七〈夏日田園雜興十二絕〉之五,頁 26004。)

采菱辛苦廢犁鋤,血指流丹鬼質枯。無力買田聊種水,近來湖面亦收租。(冊 41,卷二十七〈夏日田園雜興十二絕〉之十一,頁 26004。)

垂成穡事苦艱難,忘雨嫌風更怯寒。牋訴天公休掠剩,半償私債半輸官。(冊 41,卷二十七〈秋日田園雜興十二絕〉之五,頁 26004。)

租船滿載候開倉,粒粒如珠白似霜。不惜兩鍾輸一斛,尚贏糠籺飽兒郎。(冊 41,卷二十七〈秋日田園雜興十二絕〉之九,頁 26004。)

黃紙蠲租白紙催,皂衣旁午下鄉來。長官頭腦冬烘甚,乞汝青錢買酒迴。(冊 41,卷二十七〈冬日田園雜興十二絕〉之十,頁 26005。)

〔註 76〕同註 1,頁 223。

以上諸詩爲范成大隱居石湖時所作，根據此組詩前序云：「淳熙丙午，沉疴少紓，復至石湖舊隱。野外即事，輒書一絕，終歲得六十篇，號《四時田園雜興》。」〔註77〕可見這組詩作於淳熙十三年（1186），亦即范成大六十一歲，隱居蘇州石湖養病時所作。組詩中有四季田園的風光，勞動人民的悲喜，更重要的是詩中呈現著儒者的悲憫襟懷，南宋社會農村的現狀與民生的疾苦，均融入作者的人生思考中。南宋社會，農民的痛苦來源主要來自統治階級賦稅剝削，當時的農業稅主要爲夏、秋二稅，正稅之外又有許多附加稅，且官僚、地主兼併土地，據《宋史‧食貨志》云：「百姓膏腴，皆歸貴勢之家。」〔註78〕農民大都爲佃戶，地主對農民進行殘酷壓榨，地租中的正租，「田主收十六七」，強奪農民收穫的六七成。另外，還有高利貸，利率高達百分之三百。〔註79〕又《文獻通考》卷二十六〈國用〉記載「隆興三年臣僚言」亦指出：

> 富家放貸約米一斗，秋成還錢五百，其時米價既平，糶四
> 斗，始克償之，農民豈不重困？〔註80〕

除了上述高利貸與地租，還有官租的催收，都壓榨了農民的膏血，范成大在此組詩中均予以揭露與抨擊。如「小婦連宵上絹機，大耆催稅急於飛」、「無力買田聊種水，近來湖面亦收租」、「賤訴天公休掠剩，半償私債半輸官」、「黃紙蠲租白紙催，皂衣旁午下鄉來」等，均寫出農民疲於應付租稅的無奈與痛苦。《宋史‧食貨志》又載：

> 民輸粟於官謂之苗，舊以一斛輸一斛，今以二斛輸一斛矣。
>
> 〔註81〕

農民的負擔日益沉重，由此可知。上述〈秋日田園雜興十二絕〉之

〔註77〕同註50，頁26002。

〔註78〕同註39，卷173，頁220。

〔註79〕參見徐新國：〈論范成大的《四時田園雜興》詩〉，《揚州大學稅務學院學報》第4期（2000年），頁62、63。

〔註80〕〔元〕馬端臨著：《文獻通考》（台北：臺灣商務印書館，1986年3月，影印文淵閣四庫全書本），卷26，頁589。

〔註81〕同註39，卷174，頁245。

九：「不惜兩鍾輸一斛，尚贏糠覈飽兒郎。」即將官府殘酷的剝削與農民的慘況表露無遺。據錢鍾書先生指出：「宋代官家收租，規定農民每一石米得多繳六斗的『耗』。」〔註82〕事實上，由於吏胥的舞弊勒索，農民得拿出近三石米，纔算繳納了一石的租。一鍾等於六斛四斗，故「兩鍾輸一斛」即指一石租得實繳十二石八斗。〔註83〕官府稅收之無度與農民負擔的沉重，可以想見。面對官府、地主的層層剝削，詩末「尚贏糠覈飽兒郎」之語，看似輕鬆實極沉痛，被層層盤剝後，只剩糠核餵養兒女，農民的心酸可知。又如〈冬日田園雜興十二絕〉之十：「黃紙蠲租白紙催，皂衣旁午下鄉來。」則寫朝廷下詔免除租賦，但衙役卻陽奉陰違又來催租。《宋史・食貨志》云：「屢赦蠲積欠，以蘇疲民，州縣不能仰承德意，至變易名色以取之。」〔註84〕又云：

> 蠲賦之詔無歲無之，而百姓未沾實惠，蓋民輸率先期歸於
> 吏胥、攬戶，及遇詔下，則所放者吏胥之物，所倚閣者攬
> 戶之錢，是以寬恤之詔雖頒，愁嘆之聲如故。〔註85〕

可見「黃紙蠲租白紙催」，人民並未蒙受蠲賦詔令之利，反先受其害，上意不能下達，催租依舊，人民重擔未減。詩末更以公差的回答：「長官頭腦多烘甚，乞汝青錢買酒迴。」訴盡人民的無奈。亦即：縣官是糊塗不管事的，你們這些人得先孝敬我幾個錢買酒。這兩句，可以說是直接行勒索之實了。

上述諸詩，詩歌語言雖質樸，但情感強烈，揭露深刻，將吏胥催租的惡行惡狀以及朝廷口惠實不至的措施揭發出來。詩中滲透著農民的血淚，以及作者深沉的憂慮與憤慨。除了《四時田園雜興》外，卷十六〈勞畬耕〉也反映了宋代山區、水鄉農民艱苦的勞動和受剝削的

〔註82〕同註1，頁37。按：此為自後唐明宗時即有的法令，「人民每繳一石米得外加二升『雀鼠耗』。」亦即連被麻雀、老鼠吃掉的米，都要算在百姓身上。

〔註83〕同註1，頁229。

〔註84〕同註39，卷174，頁244。

〔註85〕同註39，卷174，頁245。

情況，並寄予深刻的同情。詩云：

> 峽農生甚艱，斫畬大山顛。赤埴無土膏，三刀財一田。頗
> 具穴居智，占雨先燎原。雨來亟下種，不爾生不蕃。麥穗
> 黃剪剪，豆苗綠芊芊。餅餌了長夏，更遲秋粟繁。稅畝不
> 十一，遺秉得饜飧。何曾識秔稻，捫腹常果然。我知吳農
> 事，請爲峽農言。吳田黑壤腴，吳米玉粒鮮。長腰鉋犀瘦，
> 齊頭珠顆圓。紅蓮勝彫胡，香子馥秋蘭。或收虞舜餘，或
> 自占城傳。早秈與晚罷，爛炊甑甗間。不辭春養禾，但畏
> 秋輸官。奸吏大雀鼠，盜胥衆螟蟑。掠剩增釜區，取盈折
> 緡錢。兩鍾致一斛，未免催租瘝。重以私債迫，逃屋無炊
> 煙。晶晶雲子飯，生世不下咽。食者定游手，種者長流涎。
> 不如峽農飽，豆麥終殘年。（冊 41，頁 25895）

此詩是淳熙二年（1175），范成大入蜀途中於四川巫山所寫。〔註 86〕
這首詩除了是憂民之作外，詩中所記「刀耕火種」的種植方式，也具
有古代農業史料的價值。〔註 87〕作者在詩題序文中曾自述此詩寫作的
原因，指出：峽農「春種麥豆，作餅餌以度，夏秋則粟熟矣。官輸甚
微，巫山民以收粟三百斛爲率，財用三四斛了二稅。（按：即春秋二
租。）食三物以終年，雖平生不識秔稻，而未嘗苦饑。余因記吳中號
多嘉穀，而公私之輸顧重，田家得粒食者無幾，峽農之不若也。作詩

〔註86〕 繆鉞等撰：《宋詩鑑賞辭典》（上海：上海辭書出版社，2004 年 3 月），
頁 1027。

〔註87〕 按：所謂「刀耕火種」的種植方式，范成大在詩題序文中指出：「畬
田，峽中刀耕火種之地也。春初斫山，衆木盡蹶，至當種時，伺
有雨候，則前一夕火之，藉其灰以糞，明日雨作，乘熱土下種，
即苗盛倍收，無雨反是。」又此詩中提到許多稻作品種，如詩中
自注云：「長腰米狹長，亦名箭子；齊頭白，圓淨如珠；紅蓮，色
微赤；香子亦名九里香，斗米入數合作飯，芳香滿案。舜王稻，
焦頭無鬚，俗傳瞽瞍燒種以與之；占城種來自海南，罷稏、秈米
價最賤。以上皆吳中米品也。」詩中所列吳中稻種繁多，如長腰、
齊頭白、紅蓮稻、香子稻、舜王稻、占城稻、罷稏、早秈等八個
不同品種，對吳中米種類的介紹保留，皆可作爲農業史的重要補
充史料，故亦具有研究古代農業史的價值。引文同註 50，頁
25895、25896。

以勞之。」〔註88〕此詩前半寫巫山農民畬耕生活雖艱困,但仍可喜,因「捫腹常果然」,至少可飽餐不至挨餓;後半則舉吳地農民生活景況加以對照,用以安慰峽農,同時,也揭露吳農遭受剝削的事實。江南農民受官租、私債剝削的慘況,詩中以「大雀鼠」比奸吏,以「眾螟蟓」,亦即成群的螟蛾與蝗蟲,比喻強盜般的差役與里正的掠奪景況。掠奪時用大的量器「釜區」,並以「緡錢」,即折收現錢的辦法,增加農民的負擔。「兩鍾致一斛,未免催租瘢」,則揭露了繳租時「兩鍾」被當成「一斛」,致使繳不起租稅的農民,還要忍受身軀被鞭笞之苦。不堪忍受地租、私債催逼的農民,只好外逃,因此,屋裡常不見炊煙。〔註89〕此詩結尾「晶晶雲子飯,生世不下咽。食者定游手,種者長流涎。」寫農民辛苦耕種稻糧,但吃它的常是游手好閒之人,耕種者只能流著口水看別人吃。以此結語安慰峽農,雖「豆麥終殘年」,但仍能以粗糧填飽肚子,境遇較之雖居住富庶沃壤地區,種了品種良好的稻穀,卻因官租、私債催逼而逃亡斷炊的吳農好多了。此詩以對比的方式,將吳地農民受盤剝的情況鮮明而尖銳的揭露,范成大在詩中展現了對農民深刻的同情,並對奸吏、盜胥、官租、私債所造成的社會問題,寄予極大憂心。與〈勞畬耕〉所述有異曲同工之意者,如卷十六〈夔州竹枝歌九首〉之六:「東屯平田秔米軟,不到貧人飯甑中。」(頁 25897)亦為貧民發聲,在委婉諷喻中,呈現朝政與制度對人民所造成的不幸。

(二)天災之憂

乾旱、雨潦等自然氣候影響農作物的生長與收成,是靠天吃飯的農民生活中最大的憂慮,范成大對農民的擔憂深有所感,常在詩中呈現其憂慮。如卷十六〈沒冰鋪晚晴月出曉復大雨上漏下濕不堪其憂〉詩云:

〔註88〕同註 50,頁 25895。
〔註89〕筆者按:此詩部份翻譯,參考書中陳祥耀先生之闡譯。同註 86,頁 1028。

　　晚色熹微煖似薰，兒童歡喜走相聞。無端星月照濕土，依
　　舊山川生雨雲。旅枕夢寒涔屋漏，征衫潮潤冷爐熏。快晴
　　信是行人願，又恐田家曝背耘。（冊 41，頁 25900）

此詩中自注云：「吳諺曰：『星月照濕土，明朝依舊雨。』蓋雨後微晴，
星月燦然，必復雨，占之每驗。」以吳諺之預告「星月燦然，必復雨」，
知大雨只是暫歇，天氣尚未放晴，但作爲行旅之人，則喜晴不喜雨，
故云：「快晴信是行人願」。然而，行人雖祈晴，天果眞放晴後，「又
恐田家曝背耘」。可見，詩人是站在田家立場，既憂雨又憂晴。又如
卷十七〈秋老四境雨已沛然晚坐籌邊樓方議祈晴下忽有東界農民數十
人訴山田卻要雨須長吏致禱感之作詩〉云：

　　歲晚羈懷有所思，秋來病骨最先知。鏡中公案已甘老，紙
　　上課程休諱痴。西堰頗聞江漲急，東山猶說雨來遲。錦城
　　樂事知多少，憂旱憂霖蹙盡眉。（冊 41，頁 25909）

當天候變化影響農事時，作爲父母官者當誠心致禱，此詩言「西堰頗
聞江漲急，東山猶說雨來遲。」以對偶句法表達祈晴祈雨的難爲，西
堰已一雨成災，東界農民猶缺雨水灌溉，故詩末以「憂旱憂霖蹙盡眉」
說明父母官的兩難，但也表露了詩人以人民心願爲出發點的仁者情
懷。卷十八〈初發太城留別田父〉詩，也有憂旱憂霖的心情：

　　秋苗五月未入土，行人欲行心更苦。路逢田翁有好語，競
　　說宿來三尺雨。行人雖去亦伸眉，翁皆好住莫相思。流渠
　　湯湯聲滿野，今年醉飽雞豚社。（冊 41，頁 25916）

于北山先生指出：「淳熙四年丁酉，五十二歲。……五月二十九日離
成都，行前賦〈題錦亭〉、〈初發太城留別田父〉。」〔註90〕《石湖詩
集》卷十八是范成大離開成都時所作，此卷一開頭即爲〈初發太城留
別田父〉一詩，可見詩人掛心所在。根據此詩序文云：「西蜀夏旱，
未行前數日連得雨。父老云今歲又熟矣。」〔註91〕可知，西蜀夏季原
本乾旱嚴重，所謂「秋苗五月未入土，行人欲行心更苦」，乾旱的情

〔註90〕同註 21，頁 242。
〔註91〕同註 50，頁 25916。

況使秋苗未能即時栽種，可能導致秋收受影響，還好在范成大離成都前，「數日連得雨」一解旱象，因此心中稍寬慰。詩末以「流渠湯湯聲滿野，今年醉飽雞豚社。」作結，秋收有望的喜悅之情溢於言表。正是這種與民同憂喜的情懷，使范成大在離開任所時，人民對其感念至深。據周必大〈范公神道碑〉（簡稱）記載，范成大離成都時，「送客數百里，不忍別。」〔註92〕可見其深得民心。

　　卷二十一〈次韻汪仲嘉尚書喜雨〉之二、〈大風〉及卷二十六〈芒種後積雨驟冷三絕〉之三，也是憂慮天災對農民工作成果的損害。詩云：

> 老身窮苦不須憂，未有毫分慰此州。但得田間無嘆息，何須地上見錢流。（冊41，卷二十一〈次韻汪仲嘉尚書喜雨〉之二，頁25952。）

> 颶母從來海若家，青天白地忽飛沙。煩將殘暑驅除盡，只莫顛狂損稻花。（冊41，卷二十一〈大風〉，頁25952。）

> 梅霖傾瀉九河翻，百瀆交流海面寬。良苦吳農田下濕，年年披絮插秧寒。（冊41，卷二十六〈芒種後積雨驟冷三絕〉之三，頁26000。）

第一首「但得田間無嘆息」一語，正是石湖仁者襟懷的最佳詮釋。第二首〈大風〉中的「颶母」，即夏、秋間的颱風，大風帶來豐沛的雨水與飛沙走石，而詩人的願望則是「只莫顛狂損稻花」，希望大風不要讓農民的辛勞化為烏有。第三首〈芒種後積雨驟冷三絕〉之三，此詩范成大自注云：「崑山農人梅雨時著氎絮以耘秧，歲以為常。」〔註93〕詩中將此「常景」融入詩人之憂，既憂「梅霖傾瀉」，造成「百瀆交流」氾濫成災，又憂農人下田插秧時水寒傷身，「良苦吳農田下濕，年年披絮插秧寒。」平淡質樸的語氣中，飽含詩人深切的憂心。

　　另外，范成大詩中常以農諺占語預告天氣的變化，並對此天氣變

〔註92〕同註22，卷61，頁648。
〔註93〕同註50，頁26000。

化將造成的農業損失憂心忡忡。如卷二十八〈秋雷歎〉詩云：

> 立秋之雷損萬斛，吳儂記此占年穀。汰哉豐隆無藉在，政
> 用此時鳴孛轆。向來夏旱連三月，吁嗟上訴聲滿屋。訟風
> 未愁復占雷，助魃爲妖天更酷。我雖閒寂忝祠史，家請官
> 供尚倉粟。塵甑貧交滿目前，辛歲將何救枵腹。但願吳儂
> 言不驗，共割黃雲炊白玉。天人遠近巨戲論，禪竈安能尸
> 禍福。（冊 41，頁 26015）

由於氣候變化造成水旱不均，嚴重時會影響農收的豐歉，這首詩中提
及一種占候農諺，這是古代農民經長期觀察，所累積的預測氣候變化
對農事影響的經驗與知識，因此，占候農諺可以說是古代農業民俗的
重要組成部份。而文人中最早注意這種民俗現象，並在詩中加以呈現
的就是范成大。〔註94〕〈秋雷歎〉一詩之序文：「吳諺云：『秋孛轆，
損萬斛』，謂立秋日雷也。」〔註95〕吳諺謂立秋日雷鳴，則日後天氣
必不利水稻生長，因此吳農每以立秋日雷鳴爲凶兆。詩中記敘了「向
來夏旱連三月」，已使莊稼受損嚴重，農民熬過酷暑後，卻又遇上立
秋雷鳴，農諺上的不祥之兆令農民憂心忡忡。范成大以憂民之心設
想，若農諺成眞，則歲末將有更多饑餓百姓，因此祝禱：「但願吳儂
言不驗，共割黃雲炊白玉。」由於晚期水稻生長的灌漿、成實都在立
秋左右，因此，立秋天氣的變化，是古代農民關注的焦點。關於立秋
農諺頗多，除上述立秋日雷鳴爲凶兆外，又有立秋後「虹見」，也是
農諺上的不吉之兆。范成大詩中對此現象也有述及，如卷三十〈七月
十八日濃霧作雨不成〉詩云：

> 曉霧障朝暉，日腳戰未透。儻然成一雨，亦足洗塵瞀。……
> 田間翻畏涼，能粃嘉穀秀。昨朝東有虹，光彩照高柳。占
> 云天掠剩，政恐耗升斗。……（冊 41，頁 26034）

〔註94〕王利華先生指出：「吳中農民精於占候，自宋時已然，……而文人最
　　　早注意到這類民俗事象並加以記述的，就是范成大。」參見王利華：
　　　〈范成大詩所見的吳中農業習俗〉，《中國農史》第 14 卷第 2 期（1995
　　　年），頁 93、94。
〔註95〕同註50，頁 26014。

范成大在此詩後的自注云：「吳人謂立秋後虹爲天收，雖大稔亦減分數。」〔註96〕立秋後彩虹見於天空，吳地農民稱此爲「天收」，意即稻穀要被上天收走，即使「大稔」，豐收在望，也必會減損幾分。因此，詩中云「占云天掠剩，政恐耗升斗」。出自老農直覺經驗累積的占候農諺與農事活動結合，實具有相當的實用性和準確性。范成大長期生活於農村，因此，詩中占候農諺的描寫，除爲切身體會外，也是其憫農情懷的呈現；同時，也爲古代農業文化的成熟，留下珍貴記錄。

　　除了上述氣候因素造成農業損失之憂外，范成大詩中對由人禍而導致的天災亦深感憂心。如卷二十八〈圍田歎四絕〉即爲描述圍湖墾田造成防洪抗旱系統的破壞。詩云：

> 萬夫陻水水乾源，障斷江湖極目天。秋潦灌河無洩處，眼看漂盡小家田。山邊百畝古民田，田外新圍截半川。六七月間天不雨，苦爲車水到山邊。墾鄰罔利一家優，水旱無妨眾戶愁。浪說新收若干稅，不知遺失萬新收。臺家水利有科條，膏潤千年廢一朝。安得能言兩黃鵠，爲君重唱復陂謠。（冊 41，頁 26017）

這四首七言絕句，對於圍湖墾田造成水利系統的破壞，特別是勢家豪族濫墾濫圍給予深刻揭露。「墾鄰罔利一家優，水旱無妨眾戶愁」，對這種損人利己、以鄰爲壑的行爲深表憂心。人爲圍湖墾田的「圩區」，每當大雨連綿，即一片汪洋，「秋潦灌河無洩處，眼看漂盡小家田」的狀況，正是人禍所導致的洪水氾濫成災。「六七月間天不雨」，遇到乾旱時，山邊的古民田卻因「田外新圍截半川」，使地勢稍高的山田，因河渠乾涸無法耕種。范成大在此四絕中，對於抗旱禦澇的水利系統，只爲了圍湖墾田的一點點「若干稅」而遭破壞，「膏潤千年廢一朝」造成永久損失，不僅憂心不已，也於詩中提出糾正。其他如卷三十三〈檢校石湖新田〉：「蘆芽碧處重增岸，梅子黃時早濬塘。」（頁 26052）也是對人禍所造成的不利形勢提出建議，希望在春夏梅雨季

〔註96〕同註 50，頁 26034。

前，提早築岸濬塘，以解民憂。藉由以上諸詩的闡釋，均可以發現范
成大與民同心、共憂其患的仁者襟懷。

（三）對下層市民的悲憫

本節上述天災、人禍之憂，主要是針對務農爲主的農民而發，由
於宋代商業繁榮，范成大詩中也有一些對社會下層勞動者所發出的悲
憫之音。如卷二十六〈詠河市歌者〉詩云：

> 豈是從容唱渭城，箇中當有不平鳴。可憐日晏忍飢面，強
> 作春深求友聲。（冊 41，頁 25994）

宋、王鞏《聞見近錄》云：「南京去汴河五里河次，謂之河市。」〔註97〕
河市，原指宋代汴京城南至汴河之間的市區，此地爲樂舞諧戲藝人聚
集的地方，其後亦泛指一般通都要邑的濱河之市集。在河市唱戲的藝
人，被稱爲「河市樂人」，在宋代爲下層社會的倡優，不僅地位不高，
也常被詆誚。如宋、王曾《王文正筆錄》云：

> 宋城南抵汴渠五里，有東西二橋，舟車交會，居民繁夥，
> 倡優雜户，厥類亦眾，然率多鄙俚，爲之高伶人所輕誚，
> 每宴飲樂作，必效其樸野之態以爲戲玩，謂之「河市樂」。
> 迄今俳優常有此戲。〔註98〕

可見，「河市」是商旅雲集、居民採買日常所需的市場，也是民間藝
人賣藝求生的地方。在河市上演的景象，則是宋代社會下層市民生
活縮影之一。范成大此詩即以民間藝人爲描寫對象，對下層市民的
生活表達深切的關注。首先，由聽覺摹寫入筆，從河市歌者紆徐婉
轉的〈渭城曲〉演唱中，感受到一種不平之氣，激越之音，「豈是從
容唱渭城，箇中當有不平鳴」，在一問一答中傳達了歌者的心聲。所
謂「物不得其平則鳴，……人之於言也亦然，有不得已者而後言，
其歌也有思，其哭也有懷。凡出乎口而爲聲者，其皆有弗平者乎？」

〔註97〕〔宋〕王鞏撰：《聞見近錄》（台北：臺灣商務印書館，1986 年 3 月，
影印文淵閣四庫全書本），頁 196。

〔註98〕〔宋〕王曾撰：《王文正筆錄》（台北：臺灣商務印書館，1986 年 3
月，影印文淵閣四庫全書本），頁 273。

〔註99〕歌者的不平爲何？三、四句轉入視覺摹寫，使讀者意會神領，「可憐日晏忍飢面」，一幅面黃肌瘦過了用餐時間仍未進食，猶忍飢歌唱的河市歌者景象如在目前。第四句「強作春深求友聲」，「求友聲」典出《小雅·伐木》：「嚶其鳴矣，求其友聲。」其〈序〉云：「燕朋友故舊也」〔註100〕，故此處暗示歌者處境艱困，且無人伸出援手的景況。范成大此詩以簡潔的語言，曲折有深致的技巧，反映了南宋社會下層市民的疾苦，可以說繼承了中唐元、白等人新樂府的精神。

　　除了爲歌者生活景況發聲，范成大詩中還有對賣魚菜、賣藥者等下層市民的深情書寫。如卷二十六〈雪中聞牆外鬻魚菜者求售之聲甚苦有感三絕〉云：

> 飯籮驅出敢偷閒，雪脛冰鬚慣忍寒。豈是不能扃戶坐，忍寒猶可忍饑難。憂渴焦山業海深，貪渠刀蜜坐成禽。一身冒雪渾家煖，汝不能詩替汝吟。啼號升斗抵千金，凍雀飢鴉共一音。勞汝以生令至此，悠悠大塊亦何心。（冊41，頁25993、25994。）

詩人在雪中聞牆外賣魚菜者求售之聲，觸動其悲憫之情，「忍寒猶可忍饑難」描繪出下層市民爲求溫飽，於天寒地凍中叫賣的艱難身影。第二首「一身冒雪渾家煖」一句，賣魚菜小販爲一家人溫飽，冒雪奔波的形象躍然紙上。第三首「啼號升斗抵千金，凍雀飢鴉共一音」，則呼應了第一首「忍寒猶可忍饑難」之語，呈現百姓爲求溫飽，勞碌奔波的生活苦辛。詩人捕捉了啼饑號寒的下層市民身影，予以深刻的吟唱，「汝不能詩替汝吟」展現了詩人的仁者情懷，站在下層市民的角度，代其發言。雖有批評者評范詩的語言風格：「平熟之中未能免俗也。」〔註101〕李重華《貞一齋詩說》也說：「南宋陸放翁堪

〔註99〕〔唐〕韓愈撰：《五百家注昌黎文集》（台北：臺灣商務印書館，1986年3月，影印文淵閣四庫全書本），卷19，頁333。見〈送孟東野序〉。

〔註100〕同註15，頁327。

〔註101〕郭紹虞編選、富壽蓀校點：《清詩話續編》（上海：上海古籍出版社，1999年6月），頁1435。見翁方綱《石洲詩話》卷4。

與香山踵武，益開淺直路徑，其才氣固自沛乎有餘，人以范石湖配之，不知石湖較放翁則更滑薄少味。」〔註102〕平熟淺直，似乎是前人對范詩語言缺點的批評，但是作為替下層市民發聲的代言體特色，這種語言實也可視為其優點之一。又如卷三十三〈墻外賣藥者九年無一日不過吟唱之聲甚適雪中呼問之家有十口一日不出即飢寒矣〉詩云：

> 十口啼號責望深，寧容安穩坐氈針。長鳴大咤欺風雪，不
> 是甘心是苦心。（冊 41，頁 26051）

這首詩以極平易淺近的語句，描繪一個賣藥者九年如一日，為生活打拼的原因與苦衷：家有十口，一日不出門做買賣賺取微薄收入，即全家陷入號飢啼寒的窘境。「長鳴大咤欺風雪」，在大風雪中全力叫賣，以大咤之聲壯威，力搏風雪；「不是甘心是苦心」，不是賣藥者甘心如此，而是為養家活口這不得已的苦衷啊！范成大此詩以白描手法，將下層市民汲汲營營、為生計奔波的辛勞，如實托出。再如卷二十七〈重陽後半月天氣溫麗忽變奇寒晦日大雪鄉人御冬之計多未辦〉詩：

> ……南鄰炭未買，北鄰綿未裝。敢論酒價湧，束薪逾桂芳。
> 豈不解蚤計，善舞須袖長。頻年田薄收，十家九空囊。被
> 凍知不免，但恨太匆忙。……兩鄰報無恙，為汝歌慨慷。（冊
> 41，頁 26008）

此詩描寫天氣的突然變化，大雪忽作，而鄉人抵抗寒冬的用品尚未備妥，「南鄰炭未買，北鄰綿未裝」，但誰不知要提早準備，以渡過寒冬呢？詩中立即點出百姓的苦衷所在：「頻年田薄收，十家九空囊。」詩末以「炭未買」、「綿未裝」的「兩鄰報無恙」，稍稍寬解詩人憂鄰之心，「為汝歌慨慷」更表現其一貫的為民喉舌的悲憫精神。

霍然先生曾指出，中唐時期韓愈等人那種被現實生活扭曲之後，而產生的以醜為美、愈醜愈佳的美學思維，到了宋代則成熟深化為美醜混合、以醜襯美的思維，而其中「最能體現出宋人美學思維這一深

〔註102〕　〔清〕王夫之等撰、丁福保編：《清詩話》（台北：西南書局有限公司，1979 年 11 月），頁 853。見李重華《貞一齋詩說》。

刻變化的，自然應推范成大。」〔註103〕經由本節的闡釋可以發現，《石湖詩集》裡田園農家的生活交響樂章中，夾雜著風雨、霜雪、租稅、田賦的苦惱變調，在范成大的詩筆下，這些詩篇美醜互襯，以平淡自然、質樸動人的美感，顯現出充沛的生命活力，同時也深蘊著詩人的仁者情懷。

二、使金紀行與憂國之詩

　　范成大詩作的兩大特色，除了上述反映農民與下層市民疾苦的作品外，另一重點即為乾道六年（1170）六月，以「充金國祈請國信使」的身份，奉命出使金國，一路渡淮，經南京、東京、相州、邯鄲、涿州到燕京的紀行之作，一般稱之為使金七十二絕句，目前收錄於《石湖詩集》卷十二中。

　　當然，除了卷十二所收錄的使金七十二絕句外，范成大早年也有零星作品抒發感時憂國之心。如卷一〈秋日二絕〉之一：

　　　碧蘆青柳不宜霜，染作滄洲一帶黃。莫把江山誇北客，冷
　　　雲寒水更荒涼。（冊 41，頁 25750）

此詩藉江南秋景，諷刺南宋小朝廷在東南半壁江山中過著苟安的生活，與林升〈題臨安邸〉一詩，諷刺南宋君臣沉醉杭州歌舞、暖風薰醉、忘記國恥的用意相同。紹興十四年（1144），南宋朝廷在蘇州建「姑蘇館」，供金使登臨觀覽。詩中「莫把江山誇北客，冷雲寒水更荒涼」，即暗示對宋、金和議後，每當北使來臨，宋朝君臣奴顏婢膝、極力奉承之狀，深表不齒。因為，討好獻媚的結果，是使江山蒙羞，徒增自己的醜態罷了。像這類表達悲憤憂國心聲之作，在早期《石湖詩集》中尚屬零星篇章，而且是遠距離的抒寫故國之憂，一直要到乾道六年的使金機遇，才使其憂國之思明顯噴發。「當他一跨越淮河，便有計劃地創作紀行組詩和《攬轡錄》，集中抒發其神州陸沉的悲憤。可以想見，如果沒有使金的經歷，其愛國情感則不會表現得如此充

〔註103〕 霍然：〈論南宋田園題材作品的美學意蘊〉，《殷都學刊》第三期（2006年），頁 64。

分。」〔註104〕可見，使金之行對《石湖詩集》題材與境界的擴大，有重要意義。

《宋史‧孝宗本紀》云：「（乾道六年閏五月）戊子，遣范成大等使金求陵寢地，且請更定受書禮。」〔註105〕周必大〈范公神道碑〉（簡稱）記載得更爲詳盡云：

> 初，大臣與上謀移侍衛馬軍屯金陵，示將進取，先遣使請祖宗陵寢河南故地。又隆興再講和，名體雖正，失定受書之禮，上常悔之。六年五月，遷公起居郎，假資政殿大學士，左大中大夫，醴泉觀使，兼侍講，丹陽郡開國公，充金國祈請國信使，爲二事也。上語公曰：「朕以卿氣宇不群，親加選擇。聞外議洶洶，官屬皆憚行，有諸？」公曰：「無故遣泛使，近於求釁，不戮則執。臣已立後，仍區處家事，爲不還計，心甚安之。」……國書專求陵寢，而命公自及受書事；公乞并載書中，朝廷不從。公遂行。〔註106〕

由上述可以得知，孝宗所交付的任務有二：一是收復河南陵寢之地；一是改變接受金國書信的儀節。因紹興和議時規定，金國使者向宋廷遞送國書時，宋朝皇帝必須跪拜受書，隆興和議後，宋金雖改爲叔姪相稱，但跪拜受書儀式未能廢除。孝宗任命范成大爲使者時，所攜帶國書上只明載「專求陵寢」事，至於另一任務「更定受書儀節」，則要求范成大自己想辦法交涉。當時許多大臣不敢接此任務，如李燾等人，而范成大則做好視死如歸的心理準備。八月抵金國燕京，遞交國書後，范成大拿出自己所寫的要求改變跪拜受書儀式之文，卻被嚴厲喝斥、趕出殿外，金太子完顏允恭甚至欲奪其性命。但最後因范成大挺立不屈的氣節，終能全節而歸，並贏得宋、金雙方的表揚與崇敬，七十二首使金紀行詩即在此背景下完成。范成大藉這次出使，見到了自靖康之禍以後淪陷的故土，接觸到淪陷區的中原父老遺民，因而感

〔註104〕 胡傳志：〈論南宋使金文人的創作〉，《文學遺產》第五期（2003年），頁73。
〔註105〕 同註39，卷34，頁459。
〔註106〕 同註22，卷61，頁644。

發吟詠。或書寫萬里孤臣憂國的心情，或表露對故國荒涼的感慨，或關注淪陷區人民的苦難，詩中呈現了一位憂國憂民的仁者形象。以下分別論述之。

（一）懷古傷今、直指現實的深切憂心

使金之行對詩人范成大來說，是一趟寶貴的愛國之旅，在抒發愛國熱情的同時，還表現了直面故國的心情轉折。面對故國的歷史遺蹟時，詩人在古蹟的吟詠中寄寓歷史興亡的滄桑感，更重要的是在懷古傷今時，每每能直指現實，聯繫對國勢的憂慮，賦予歷史古蹟新的時代意義。如卷十二〈雙廟〉一詩云：

> 平地孤城寇若林，兩公猶解障妖祲。大梁襟帶洪河險，誰遣神州陸地沉。（冊41，頁25847）

此詩序文云：「在南京北門外，張巡、許遠廟也，世稱雙廟，南京人呼爲雙王廟。」〔註107〕此處的「南京」爲「河南省商邱縣」。〔註108〕許遠爲唐、睢陽太守，防禦使，張巡曾爲眞源令，二人於安祿山叛變時合力守睢陽，城中糧盡，甚至以鳥鼠爲食，直至城陷被擄，仍痛罵賊死，二人以氣節著稱後世。詩中藉由緬懷唐代張巡、許遠守衛「平地孤城」的功績，對比宋代中原陸沉的現實，質問主政者：「大梁襟帶洪河險」，汴梁有天險可恃以及黃河爲屏障，何以仍讓神州淪陷於金敵之手？詩中對主政者的指責及沉痛之情，溢於字裡行間。此詩以古諷今，譴責妥協求和政策是中原淪陷的罪責之一。又如卷十二〈李固渡〉一詩：

> 洪河萬里界中州，倒捲銀潢聒地流。列弩燔梁那可渡，向來天數亦人謀。（冊41，頁25849）

「李固鎮」在大名府魏縣東南，約四十五里至渡河沙店，〔註109〕在

〔註107〕 同註50，頁25847。

〔註108〕 同註21，頁143。

〔註109〕 〔宋〕范成大著、富壽蓀標校：《范石湖集》（上海：上海古籍出版社，2009年4月），頁534。按：由於石湖詩尚無完整注本，此處所引是收錄於書中「附錄四」清、沈欽韓《范石湖詩集注》中的部份注解。

今河北省。這首詩也是在對黃河天險的描繪中，指責宋室君臣昏昧無能，若當初能於此險要形勝之地「列弩燔梁」，則金人哪敢渡河攻城？「向來天數亦人謀」，則指北宋之所以滅亡的原因，雖被認為是「天數」所致，但實則為「人謀」不當的後果。詩中語激意悲，表達了詩人的悲憤之情。

　　另外，范成大在面對被金人所佔據的故國山河、宮室呈現荒涼與毀壞景象時，常以較為憤恨的語調與用語，如犬羊、胡羶、胡地鬼……等貶低語稱呼金人，以抒其胸中憂憤。如卷十二〈宣德樓〉詩云：

　　　嶢闕叢霄舊玉京，御床忽有犬羊鳴。他年若作清宮使，不挽天河洗不清。（冊 41，頁 25849）

此詩序文云：「虜加崇葺，僭改曰承天門。」〔註110〕面對故國宮室遭金人妄加改置、易名，詩人相當敏感且沉痛，尤其「宣德門」為宋代東京七個城門中最為重要且具代表性的城門，凡遇國家大禮、正朔朝會，均聚會於此。〔註111〕因此，這宋室的代表建築被擅自更名，對代表宋室的使臣而言，是一種恥辱也是深憂。「御床忽有犬羊鳴」一句，認為是犬羊玷污了舊宮殿；「他年若作清宮使，不挽天河洗不清」則設想：若他年作為清理宮殿者，一定要以天河之水才洗得清這些污濁，由此二句即可知其心中憂憤。同樣的敏感心情，在卷十二〈滹沱河〉一詩中也可得見：

　　　聞道河神解造冰，曾扶陽九見中興。如今爛被胡羶涴，不似滄浪可濯纓。（冊 41，頁 25853）

　　此詩題下自注云：「即光武渡水處，在真定南五里。」〔註112〕首二句「聞道河神解造冰，曾扶陽九見中興」，即以河神有靈，曾有功於漢光武帝中興的事蹟，對比現今為金人腥羶之氣所污染之狀，原本如此有靈之河「如今爛被胡羶涴」，因此，已遠不如可供許由等高人

〔註110〕　同註 50，頁 25849。
〔註111〕　周寶珠著：《宋代東京研究》（開封：河南大學出版社，1999 年 2月），頁 28、29。
〔註112〕　同註 50，頁 25853。

濯纓、洗足的滄浪之水了。詩中以貼切的用事，哀傷滹沱河的不幸，實即暗示對金人的憤恨。又如卷十二〈唐山〉詩云：

> 勳唐遺德照清灣，百聖聞風不敢班。何物苦寒胡地鬼，二名猶敢廢堯山。（冊41，頁25852）

作者詩題下自注，指出唐山「即堯山。金主之父名宗堯，改山名，山下有放勳廟。」〔註113〕詩中對金人入侵因避金主之父諱，將「堯山」改名「唐山」大表不滿，激憤直陳：「何物苦寒胡地鬼，二名猶敢廢堯山。」以「胡地鬼」稱金人，表達對入侵者的憤慨。

在面對故國古蹟時，詩人亦常以今昔對照訴說國家亂亡之憂。如卷十二〈宜春苑〉一詩：

> 狐塚獾蹊滿路隅，行人猶作御園呼。連昌尚有花臨砌，腸斷宜春寸草無。（冊41，頁25848）

宜春苑，「在舊宋門外，俗名東御園。」〔註114〕「舊宋門」即為「麗景門」，〔註115〕金改名為「賓曜門」，在汴京內城東面，即今開封府城東門外。連昌，即唐代連昌宮，在今河南省宜陽縣。此詩描述昔日繁華氣派的皇家禁苑宜春苑，衰敗成今日的滿目淒涼，狐狸、豬獾在荒墟間掘土穴居，但卻仍被稱作「宜春苑」，頹圮的景象，甚至比唐代連昌宮荒廢時尚有花開的景況還不如。「連昌尚有花臨砌，腸斷宜春寸草無。」對比之下，宜春苑的荒蕪更令人痛心憂傷，詩人對國勢的衰頹也倍覺憂憤。又如卷十二〈市街〉云：

> 梳行訛雜馬行殘，藥市蕭騷土市寒。惆悵軟紅佳麗地，黃沙如雨撲征鞍。（冊41，頁25849）

作者在此詩題下自注云：「京師諸市皆荒索，僅有人居。」〔註116〕這是范成大當日所見的荒涼景象，但昔日宋代東京的繁華盛況是

〔註113〕 同註50，頁25852。

〔註114〕 同註50，頁25848。

〔註115〕 同註111，頁56。詳參此書所整理「東京諸城門名稱變化表」。按：麗景門屬於裡城，即舊城。「梁曰觀化，晉曰仁和，太平興國四年九月改名麗景，俗名宋門（舊宋門）。」

〔註116〕 同註50，頁25849。

如何呢？詩中所述梳行街〔註117〕、馬行街、藥市橋街、土市等，
均爲當時汴京最繁華的街市。北宋東京有所謂的「南河北市」之
稱，城南是沿汴河區商業最繁榮，而城北則是馬行街、牛行街、
潘樓東街等市區商業最發達。〔註118〕東京商業的發達，也出現了
繁榮熱鬧的夜市，三更才盡，五更又開張，造成通宵達旦的交易
盛況。東京夜市最熱鬧的地方有二，一爲御街一帶的夜市，有兩
個中心點：一是朱雀門至龍津橋一帶；一是州橋南北。〔註119〕這
些地方商業繁盛、店鋪林立、妓館尤眾。東京另一個夜市鬧區，
即爲以土市子爲中心及其以北的馬行街一帶，亦即本詩的重要場
景所在。馬行街相當熱鬧，有醫藥店、香藥鋪、妓館、酒樓……
等，各種店鋪、娛樂場所，櫛比鱗次。如《東京夢華錄》卷三〈馬
行街北醫鋪〉云：

> 夜市比州橋又盛百倍，車馬闐擁，不可駐足，都人謂之里
> 頭。〔註120〕

可見土市以北，馬行街一帶的夜市，熱鬧更勝州橋附近，不僅通宵達
旦，且風雨無阻，照常開業。宋人蔡絛在《鐵圍山叢談》卷五，曾描
述馬行街夜市的熱鬧景象云：

> 天下苦蚊蚋，都城獨馬行街無蚊蚋。馬行街者，都城之夜
> 市、酒樓極繁盛處也。蚊蚋惡油，而馬行（街）人物嘈雜，
> 燈火照天，每至四鼓罷，故永絕蚊蚋。上元五夜，馬行南

〔註117〕　按：宋代東京，坊、郭、戶按經營種類不同，分成許多行業，每個
　　　　　行業建立有本行的行會，首領稱行頭，鋪戶稱行戶。據有關東京史
　　　　　料記載，行相當多，如肉行、魚行、牛行、馬行，梳行、紙行、茶
　　　　　行、米行……等。詳參周寶珠《宋代東京研究》一書第七章〈商業〉。
　　　　　同註111，頁261～265。
〔註118〕　同註111，頁235。
〔註119〕　同前註。
〔註120〕　〔宋〕孟元老撰：《東京夢華錄》（台北：臺灣商務印書館，1986
　　　　　年3月，影印文淵閣四庫全書本），卷3，頁137。按：見〈馬行街
　　　　　北醫鋪〉，原文作「夜市北州橋又盛百倍」，周寶珠根據日本靜嘉堂
　　　　　文庫影元本，認爲「北」當作「比」。筆者根據文意，亦認同其說，
　　　　　故逕改爲「比」。

　　　　北幾十里，夾道藥肆，蓋多國醫，咸巨富，聲伎非常，燒
　　　　燈尤壯觀，故詩人亦多道馬行（街）燈火。〔註121〕

上述引文除說明了馬行街夜市的熱鬧非凡外，還指出了馬行街的另一
特色，即醫藥鋪店在此街為一大行業，是為重要的藥市。〔註122〕根
據上述對北宋東京繁華市街的介紹，可知汴京商市原本按行業分聚，
形成梳行街、馬行街、藥市、土市的熱鬧街區，然而淪陷於金人之手
後，則漸趨混雜，淒涼蕭索，此即范成大詩中所云「梳行訛雜馬行殘，
藥市蕭騷土市寒」，今昔對照的強烈落差，更令詩人不勝唏噓。「惆悵
軟紅佳麗地，黃沙如雨撲征鞍」，而原本綺麗繁華的都市，酒館佳麗
相招的市街，卻成了眼前黃沙撲征鞍的景況，更增添詩人惆悵之感。
國家亂亡，繁華不再的感嘆，實為范成大此詩中最深沉的憂慮。又如
卷十二〈邢臺驛〉詩云：

　　　　太行東麓照邢州，萬疊煙螺紫翠浮。
　　　　誰解登臨管風物，枯荷老柳替人愁。（冊41，頁25851）

此詩題下詩人自注云：「信德府驛也。去太行最近，城外有荷塘柳隄，
頗清麗，不類河朔。」〔註123〕河朔，即黃河以北地區，按理處於此
區的邢臺驛，應較無翠綠景致。然而，邢臺驛城外，雖有煙螺紫翠、
荷塘柳隄等清麗美景，詩人登臨此處，面對明媚風光卻無心欣賞。詩
末以「枯荷老柳替人愁」，表達詩人內心之憂，亦即感嘆如此清麗美
景，卻淪為異族之地。

　　以上，或藉故國遺蹟的緬懷，寄寓黍離之悲；或在懷古傷今、今
昔對照之際，直指現實。檢視范成大此行所作諸詩，或言激詞憤，或
意切語悲，在在寄託了詩人的憂國之情。

〔註121〕　〔宋〕蔡絛撰：《鐵圍山叢談》（台北：臺灣商務印書館，1986年3
　　　　　月，影印文淵閣四庫全書本），卷5，頁598。
〔註122〕　筆者按：《東京夢華錄》卷三〈馬行街北醫鋪〉云：「馬行北去，乃
　　　　　小貨行。時樓大骨傳藥鋪直抵正係舊封邱門，兩行金紫醫官藥鋪，
　　　　　如杜金鉤家、曹家……，其餘香藥鋪席、官員宅舍，不欲遍記。」
　　　　　同註120，頁137。可見，馬行街為重要的醫藥、香鋪集中市街。
〔註123〕　同註50，頁25851。

(二)對中原遺民情感的集中關注

宋室南渡後,中原淪陷區的百姓成了所謂的「遺民」,這些淪陷區百姓生活的景況,對宋室恢復故土的期盼,以及對金廷統治的態度,都是使金文人關注的議題。四大詩人中,陸游雖有南鄭前線從戎的經驗,但並沒有使金的經歷,因此其詩作中「遺民淚盡胡塵裡,南望王師又一年」、「遺民忍死望恢復,幾處今宵垂淚痕」等語,便帶有較多的詩人主觀情感想像;而范成大則以其渡淮所見、所聞、所感,較貼近遺民的情感與生活實況,並表達對遺民的關注與憂慮之情。如卷十二〈州橋〉一詩云:

> 州橋南北是天街,父老年年等駕迴。忍淚失聲詢使者,幾時真有六軍來。(冊 41,頁 25849)

此詩題下注指出,州橋所在位置「南望朱雀門,北望宣德樓,皆舊御路也。」〔註124〕「州橋南北是天街」,指出州橋南北一帶,是北宋東京御街重要而熱鬧的市集。《東京夢華錄》在〈州橋夜市〉中,曾記載了此地夜市發達的盛況,吃喝玩樂,可以「直至三更」。〔註125〕州橋夜市的發達與其地理位置有極大關係,州橋以北,官府集中;以南至朱雀門外,則店鋪林立;以東汴河兩岸,商業繁榮;以西曲院街,則妓館眾多。因此,州橋成為相當熱鬧的市集區。州橋,本為汴京城內橫跨汴河的天漢橋,〔註126〕為石頭平橋的代表。《東京夢華錄》云:

> 州橋,正對於大內御街,其橋與相國寺橋皆低平不通舟船,唯西河平船可過,其柱皆青石為之,石梁、石笋楯欄,近橋兩岸皆石壁,雕鐫海馬水獸飛雲之狀,橋下密排石柱,蓋車駕御路也。〔註127〕

由於其地理位置「正對於大內御街」,是「車駕御路」,同時也是汴京

〔註124〕 同註 50,頁 25849。
〔註125〕 同註 120,卷 2,頁 133。
〔註126〕 按《東京夢華錄》記載:「汴河……自東水門外至西水門外,河上有橋十三。從東水門外七里曰虹橋,……投西角子門曰相國寺橋,次曰州橋(正名天漢橋)。……」同註 120,卷 1,頁 128。
〔註127〕 同註 120,卷 1,頁 128。

居民重要的市集，因此，這座橋對使臣范成大與遺民來說，並不僅是
一座尋常的橋，而是能勾起故國黍離之悲，象徵故國的「天街」。在
這座橋上，「南望朱雀門，北望宣德樓」，不勝今昔興亡的感觸。范成
大在此行的日記《攬轡錄》中也曾寫道：

> 過櫺星門，側望端門，舊宣德樓也，金改爲承天門，五門
> 如畫。……使屬官吏望者，皆隕涕不自勝。〔註128〕

由此可見，「州橋」對南宋使臣的情感意義。范成大在〈州橋〉一詩
中，對天街現今景況並未大力著墨，其關注所在是州橋附近所接觸的
百姓，第二句「年年」二字，點出遺民對故國之思與期盼恢復之情，
然而南宋朝廷卻是年復一年辜負遺民的期待。第三、四句「忍淚失聲
詢使者，幾時真有六軍來？」更是悲憤與失望交織的詰問，「真有」
二字，傳神描繪了遺民父老的迫切心情。對於父老的詰問，詩人無法
回答，無言以對中，實有著作者對宋室不思恢復的憂憤。

　　對於遺民的追問，陸游在卷二十五〈夜讀范至能《攬轡錄》言中
原父老見使者多揮涕感其事作絕句〉一詩則提出回答：

> 公卿有黨排宗澤，帷幄無人用岳飛。遺老不應知此恨，亦
> 逢漢節解沾衣。（冊39，頁24796）

亦即造成父老年年失望的原因，正在於朝廷苟安求和、迫害主戰的將
領所致。值得一提的是，在金人統治下，渴望恢復的遺老，是否敢在
大街上攔路詢問南宋使臣：「幾時真有六軍來？」一事，學者對此曾
提出討論。根據范成大《攬轡錄》云：

> 遺黎往往垂涕嗟噴，指使人云：「此中華佛國人也。」老嫗
> 跪拜者尤多。〔註129〕

比范成大早出使一年的樓鑰，在《攻媿集》卷一百一十一〈北行日錄〉
上也曾指出：

> 都人列觀，……戴白之老多歎息掩泣，或指副使曰：「此必

〔註128〕　〔宋〕范成大撰：《攬轡錄》（北京：中華書局，1985 年，叢書集成
　　　　　初編本），頁 2。
〔註129〕　同前註，頁 3。

宣和中官員也！」〔註130〕

錢鍾書先生在《宋詩紀事補正》卷五十一〈州橋〉一詩「補正」云：「此事早見《全唐文》卷七百十六劉元鼎〈使吐蕃經見紀略〉，……石湖當時未必真實經歷，題中應有此義耳。所謂典型環境典型性格是也。」〔註131〕亦即遺民垂淚詢問使臣六軍何時來之事，范成大也許沒有親身被詢問過，但此詩仍確確實實傳達了當時遺民盼望恢復的氛圍，「寥寥二十八個字裡濾掉了渣滓，去掉了枝葉，乾淨直捷的表白了他們的愛國心，……我們讀來覺得完全入情入理。」〔註132〕清人潘德輿在《養一齋詩話》中也稱〈州橋〉一詩：「沉痛不可多讀。」〔註133〕可見，范成大以其使金經歷，貼近了遺民的生活與情感，並在詩中表達了遺民的共同盼望。又如卷十二〈相州〉一詩，也是類似的情感呈現：

> 禿巾鬅髻老扶車，茹痛含辛說亂華。賴有鄉人聊刷恥，魏
> 公原是魯東家。（冊41，頁25850）

范成大在此詩下注云：「推車老人自言：『吾州韓魏公鄉里，南北兩墳尚無恙。』」〔註134〕此詩寫路逢推車老人，老人「茹痛含辛說亂華」，並以鄉人韓琦相誇於使者，韓琦是抗金名將，「賴有鄉人聊刷恥」一句，實即痛斥時無英雄，遂導致神州陸沉。愷切沉痛之感，溢於詩中。另外卷十二〈翠樓〉一詩亦云：

> 連袵成帷迓漢官，翠樓沽酒滿城歡。白頭翁媼相扶拜，垂
> 老從今幾度看。（冊41，頁25850）

這首詩也是寫百姓圍觀宋使，「白頭翁媼相扶拜，垂老從今幾度看」，寫出白髮遺民對宋室的眷戀期盼之情。范成大詩中除了關注遺民對恢

〔註130〕　同註3，卷111，頁690。
〔註131〕　錢鍾書：《宋詩紀事補正》（瀋陽：遼寧人民出版社，2003年1月），頁3582。
〔註132〕　同註1，頁224、225。
〔註133〕　郭紹虞編：《清詩話續編》（台北：木鐸出版社，1983年12月），頁2148。見錢德輿《養一齋詩話》卷9。
〔註134〕　同註50，頁25850。

復的渴望之心外，也揭露了在金人統治之下，遺民的不幸遭遇。如卷十二〈清遠店〉詩云：

> 女童流汗逐氈軿，云在淮鄉有父兄。屠婢殺奴官不問，大
> 書黥面罰猶輕。（冊 41，頁 25854）

此詩題下自注云：「定興縣中客邸前，有婢兩頰刺逃走二字，云是主家私自黥涅，雖殺之不禁。」〔註 135〕詩中形象化描寫了一個被剝奪自由，不堪忍受苦痛曾逃跑過，被主人抓回後施以黥面之刑的女童。此詩以女童的控訴為重點，「屠婢殺奴官不問，大書黥面罰猶輕」，女童對於自己被黥面雖精神痛苦萬分，但相較於被屠殺的奴婢，仍慶幸自己能僥倖活下來。詩中藉著女童的遭遇，反映了金人統治下社會的殘酷與草菅人命的暴行，更激起詩人對遺民的關懷與悲憫。

　　以上諸詩，范成大以直抒感觸、沉鬱頓挫的詩筆，表達了使金文人的深憂，也較為集中關注了淪陷區人民的生活與情感。

（三）對中原胡化的深切焦慮

　　「年年等駕回」的遺民，年復一年的失望，「幾時真有六軍來」的等待，一再落空，使遺民對宋室的情感逐漸產生變化。雖然，使金文人在詩中不斷強化遺民對宋廷的眷念之情，但也對淪陷區遺民胡化現象，深感憂慮與不安。如范成大至汴京時，即發現中原漢人胡化的現象，在《攬轡錄》中曾云：「民亦久習胡俗，態度嗜好與之俱化，最甚者衣裝之類，其製盡為胡矣。」〔註 136〕卷十二〈叢臺〉詩亦云：

> 憑高閱士劍如林，故國風流變古今。袨服雲仍猶左衽，叢
> 臺休恨綠蕪深。（冊 41，頁 25851）

叢臺，戰國時趙築，在河北邯鄲城北門外，數臺相連，故名叢臺。《漢書‧鄒陽傳》云：「夫全趙之時，武力鼎士袨服叢臺之下者一旦成市，

〔註 135〕　同註 50，頁 25854。
〔註 136〕　同註 128，頁 2。

而不能止幽王之湛患。」〔註137〕袨服，為黑色禮服，指武士之服。左衽，衣襟向左。《尚書·畢命》云：「四夷左衽，罔不咸賴。」〔註138〕《後漢書·西羌傳》：「羌胡被髮左衽。」〔註139〕左衽，即夷狄服飾。「袨服雲仍猶左衽」，詩中對女真文化影響遺民隱含了強烈不安，同時，也對中原文化逐漸被取代深感失落。異族服裝只是外在形態的改變，其實詩人真正掛心的是，遺民若「久習胡俗，態度嗜好與之俱化。」那麼，對宋室的眷戀勢必逐漸淡化，而故國的收復之日就更加遙不可期了，這才是詩人的深憂所在。又如卷十二〈相國寺〉一詩：

> 傾簷缺吻護奎文，金碧浮圖暗古塵。聞說今朝恰開寺，羊
> 裘狼帽趁時新。（冊41，頁25848）

相國寺是北宋東京第一大寺，也是著名的瓦市。所謂瓦市，取「來時瓦合，去時瓦解」之意，與文藝演出的「瓦子」有相同之意，〔註140〕亦即買賣雙方來時成市，去時則市不復存在，通常是伴隨廟會而設，每月開放數次，〔註141〕成了商品交易的重要場所。如《燕翼詒謀錄》卷二指出：

> 東京相國寺乃瓦市也，僧房散處，而中庭兩廡可容萬人，
> 凡商旅交易，皆萃其中，四方趨京師以貨物求售、轉售他
> 物者，必由於此。〔註142〕

范成大在〈相國寺〉詩題下注云：「寺榜猶祐陵御書，寺中雜貨皆胡

〔註137〕　〔漢〕班固撰、〔唐〕顏師古注：《漢書》（台北：臺灣商務印書館，1986年3月，影印文淵閣四庫全書本），卷51，頁265。

〔註138〕　〔漢〕孔安國傳、〔唐〕孔穎達疏：《十三經注疏——尚書》（台北：藝文印書館，1993年9月），卷十九，頁292。

〔註139〕　〔宋〕范曄撰、〔晉〕司馬彪撰志、〔唐〕李賢注：《後漢書》（台北：臺灣商務印書館，1986年3月，影印文淵閣四庫全書本），卷117，頁671。

〔註140〕　同註111，頁239。

〔註141〕　同前註。按：一般廟會大多每年一次或數次，相國寺則為每月朔（初一）、望（十五）、三（初三，十三，二十三）、八（初八，十八，二十八）日開放。

〔註142〕　〔宋〕王栐撰：《燕翼詒謀錄》（台北：臺灣商務印書館，1986年3月，影印文淵閣四庫全書本），卷2，頁728、729。

俗所需而已。」〔註143〕「祐陵」是宋人對徽宗的敬稱,「奎文」爲皇帝所書之文。此詩前二句「傾檐缺吻護奎文,金碧浮圖暗古塵」,指出相國寺的匾額仍是徽宗親題,但如今已成傾檐殘飾的破敗狀貌,昔日的金碧輝煌對照今日的塵埃滿佈,今昔對比,揭露時空環境的變換。三、四句以白描句法,平淡的語氣道出:今天恰逢市集日,所賣的「羊裘狼帽」都是現今流行的風尚。語調雖平靜,但在胡人服飾成爲時下流行風尚的描寫中,實暗示了詩人內心對中原胡化的隱憂。而卷十二〈眞定舞〉則對於中原音樂的衰落,心有戚戚焉。詩云:

> 紫袖當棚雲鬢凋,曾隨廣樂奏雲韶。老來未忍耆婆舞,猶倚黃鐘衰六么。(冊41,頁25853)

范成大在此詩題下注曰:「虜樂悉變中華,惟眞定有京師舊樂工,尙舞高平曲破。」〔註144〕范成大使金時,對於異族音樂隨處可聞,但中原傳統音樂逐漸式微的現象,有著強烈的衝擊,認爲「虜樂悉變中華」。直到在眞定(今河北正定),看見有舊樂工「尙舞高平曲破」,乃感慨作此詩。詩中「廣樂」指鈞天廣樂,即天帝之樂、仙樂。《穆天子傳》卷一云:「天子乃奏廣樂。」〔註145〕《史記·趙世家》云:「我之帝所甚樂,與百神游於鈞天,廣樂九奏萬舞,不類三代之樂,其聲動人心。」〔註146〕雲韶,爲黃帝《雲門》樂和虞舜《大韶》樂的並稱,後泛指宮廷音樂。黃鐘,爲音之本,是古代十二律之第一律,《周禮·春官·大司樂》云:「乃奏黃鐘,歌大呂,舞《雲門》,以祀天神。」〔註147〕黃鐘、大呂,均爲雅正、莊嚴之樂。六么,爲唐教坊曲名,又稱《綠腰》,節奏較繁急,以上皆爲中原傳統音樂。耆婆,爲梵語,本爲印度古代名醫,精藥理,後被尊爲神。耆婆舞即當時流

〔註143〕 同註50,頁25848。
〔註144〕 同註50,頁25853。
〔註145〕 〔晉〕郭璞註:《穆天子傳》(台北:臺灣商務印書館,1986 年 3 月,影印文淵閣四庫全書本),卷1,頁249。
〔註146〕 同註45,卷43,頁711。
〔註147〕 〔漢〕鄭玄注、〔唐〕賈公彥疏:《十三經注疏——周禮》(台北:藝文印書館,1993 年 9 月),卷22,頁339。

行的胡人樂舞。詩人看見白髮稀疏的老樂工，在表演歌舞雜耍的戲棚裡演奏中原雅樂，探詢原因，發現此老年輕時曾在宮中演奏過「廣樂」、「雲韶」，因此「老來未忍耆婆舞，猶倚黃鐘袞六么。」意即中原雖已被胡人所佔據，但老樂工依舊有其堅持的愛國情懷，以及對中原文化的不忍割捨。范成大在詩中雖對中原雅樂的被保存與演奏稍感欣慰，但從另一角度來看，也說明了「耆婆舞」等胡人樂舞，在中原的流行盛況。因此，對於虜樂的風行，詩人實有著深切的焦慮。

　　綜合本節所述可知，范成大憂民疾苦之作貫穿全集中，得到學者普遍的認同與讚賞；相較之下，其憂國之作則集中於使金七十二絕句中，憂國旋律似乎未貫徹始終，尤其在後期的詩作中，幾乎不見抒發憂國、報國激情的作品。事實上，除了陸游自始至終，慷慨激昂表達對國勢的憂慮外，楊、范二人在此主題上的作品，相對平靜沉默。檢視此問題，實與整個求和國策以及內部文人黨爭的益發激烈，使文人士大夫們在屢遭排擠或畏禍自保下，用世之心漸趨內斂、自省有密切關係。此問題留待下章再討論。然而，不可否認的是，楊、范等人在關心國事的詩作數量上雖不及陸游，但二人在擔任接伴使或出使金國的任務上，都因目睹淪陷區的現況以及因對人民的關注，也有不少佳作呈現。因此，憂國主題雖未貫穿全集之中，但憂民疾苦之作則彌補了二人在此主題上的不足。

第四節　尤袤詩中的憂患意識

　　在尤袤為數不多的現存作品中，體現憂患意識的詩作約五首左右，作品數量雖不多，但仍可見其仁者之襟懷。尤袤恤民體民之作，首推〈淮民謠〉一詩。此詩以淮南亂後，因官吏不思安撫百姓，反置山水寨，使百姓深以為苦，乃作此詩為民請命。詩云：

> 東府買舟船，西府買器械。問儂欲何為，團結山水寨。寨
> 長過我盧，意氣甚雄粗。青衫兩承局，暮夜連勾呼。勾呼
> 且未已，椎剝到雞豕。供應稍不如，向前受笞箠。驅東復

驅西，棄卻鋤與犁。無錢買刀劍，典盡渾家衣。去年江南荒，趁熟過江北。江北不可往，江南歸未得。父母生我時，教我學耕桑。不識官府嚴，安能事戎行。執槍不解刺，執弓不能射。團結我何為，徒勞定無益。流離重流離，忍凍復忍飢。誰謂天地寬，一身無所依。淮南喪亂後，安集亦未久。死者積如麻，生者能幾口。荒村日西斜，破屋兩三家。撫摩力不足，將奈此擾何。（冊 43，頁 26854）

尤袤〈淮民謠〉一詩作於泰興知縣任內，據《三朝北盟會編·炎興下帙》云：「袤字延之，嘗以淮南置山水寨擾民，不能保其家屬，竊悲哀之，作〈淮民謠〉一篇。」〔註 148〕可見此詩之作，是為民請命。詩中第三、四句一問一答，「問儂欲何為？團結山水寨。」將主題點出，因宋代兵制，除官軍之外，尚有鄉兵。據《宋史·兵志四》所云：「鄉兵者，選自戶籍，或土民應募，在所團結訓練，以為防守之兵也。」〔註 149〕換言之，山水寨是當時淮南一帶的地方武裝，可幫忙抗擊金兵。但此詩所揭露的是，抗金尚未起作用，卻因寨長抽丁時的粗暴傲慢、敲詐勒索，給人民帶來騷擾危害，「驅東復驅西，棄卻鋤與犁。無錢買刀劍，典盡渾家衣。」不僅原來務農的人民被東驅西趕，疲於戎事也荒廢了農事，甚至連買刀劍的錢也要自己承擔，無可奈何之下，只好典當妻子的衣物，其狀況之慘苦，由此可得知。詩中又以人民的口吻云：「團結我何為，徒勞定無益。流離重流離，忍凍復忍飢。誰謂天地寬，一身無所依。」更揭露了官吏豪強以建寨抗金之名，行剝奪民脂民膏之實，造成了人民的惶恐與社會的不安。百姓流離失所，殘酷的現實使人民發出了「誰謂天地寬，一身無所依」的憤激之言。天災固不可免，但人禍實可避免，對於官方無力救濟民困，反徒增困擾之事，尤袤代人民發聲、為民請命，其目的正如白居易創作新樂府的精神「惟歌生民

〔註 148〕 〔宋〕徐夢莘撰：《三朝北盟會編》（台北：臺灣商務印書館，1986年 3 月，影印文淵閣四庫全書本），卷 240，頁 410。
〔註 149〕 同註 39，卷 190，頁 505。

病，願得天子知。」〔註 150〕尤袤上憫國難，下痛民困的仁者襟懷，在〈淮民謠〉一詩中深刻呈現。

　　其他憂民之情的作品，如〈雪〉一詩云：

　　　睡覺不知雪，但驚窗戶明。飛花厚一尺，和月照三更。草
　　　木淺深白，丘壠高下平。饑民莫咨怨，第一念邊兵。（冊 43，
　　　頁 26858）

此詩方回評曰：「見雪而念民之饑，常事也。今不止民饑，又有邊兵可念。歐陽詩：『可憐鐵甲冷徹骨，四十餘萬屯邊兵。』以此忤晏相意，而晏相亦坐此罷相。然則凡賦詠者，又豈但描寫物色而已乎？」〔註 151〕紀昀則云：「此論正大，能見詩之本原。」又云：「有為而作，便覺深厚。」〔註 152〕此詩情深景真，又具悲憫胸懷，既念邊兵，又憫饑民，有風人比興之旨，具社會關懷的儒者懷抱，在平淡自然中見真性真情。又如〈正月二十八日夜大雪〉詩云：

　　　一冬無雪潤田疇，渴井泉源凍不流。昨夜忽飛三尺雪，今
　　　年須兆十分秋。占時父老應先喜，忍凍饑民莫漫愁。晴色
　　　已回春氣候，晚風搖綠看來年。（冊 43，頁 26859）

此詩方回評曰：「淳熙八年辛丑，遂初為江東倉行部時詩。三、四輕快。」〔註 153〕當時江東大旱，災荒嚴重，饑民之愁，尤袤感同身受。此詩寫正月二十八日夜大雪，「昨夜忽飛三尺雪，今年須兆十分秋。」因瑞雪有豐年之徵兆，故云「占時父老應先喜」，並以此鼓舞饑民，荒寒之年即將過去。又如〈節愛堂〉一詩云：

　　　誰憐窮山民，糠粃不自贍。紛紛死溝壑，往往困征歛。夫
　　　惟節與愛，是謂仁且儉。揭茲聖人言，聊用自鍼砭。（冊 43，
　　　頁 26851）

此詩寫實地指陳窮困山民無以自養，困死溝壑，苦於征歛的慘況，並

〔註 150〕　同註 61，卷 1，頁 23。見〈寄唐生〉。
〔註 151〕　〔元〕方回選評、李慶甲集評點校：《瀛奎律髓彙評》（上海：上海
　　　　　　古籍出版社），卷 21，頁 875。
〔註 152〕　同前註。
〔註 153〕　同前註，頁 897。

以此自惕，以「節、愛、仁、儉」聖人之言，作爲鍼砭。正如《孟子‧萬章上》所云：「思天下之民，匹夫匹婦，有不被堯舜之澤者，若己推而內之溝中，其自任以天下之重如此。」〔註 154〕尤袤的仁者襟懷亦由此詩得以彰顯。又如〈次韻德翁苦雨〉詩云：

> 十年江國水如淫，怕見三秋雨作霖。可念田家妨卒歲，須煩風伯蕩層陰。禾頭昨夜憂生耳，木德何時卻守心。兀坐書窗詩作祟，寒蟲鳴咽伴愁吟。（冊 43，頁 26856）

此詩方回評云：「苦雨誰不能和？『禾頭生耳』本是俗語，忽用『木德守心』爲對，則奇之又奇，前無古人矣。……《孝經‧援神契》曰：「歲星守心，年穀豐。」《傳》曰：「……歲星者，東方星，屬春木，於五常爲仁，主福。主大司農，司主五穀，所在之宿主其國壽昌富樂。心爲天子之位，而木德守之，天下之福，不止歲豐而已。」〔註 155〕此詩屬對奇特，如方回所云，有江西詩派用僻典之嫌。但詩中藉著和德翁苦雨之作，也指出了大雨成災，有害田家歲末收成，「禾頭昨夜憂生耳」，寫詩人爲民之憂；「木德何時卻守心」，則婉轉指出「天下大豐」、「壽昌富樂」之時，不知何日可以得見。詩人寒夜愁吟，皆爲民而發，憂民之情溢於言表。從以上所引尤袤詩篇可以發現，其憂患意識主要表現於關注爲生存而掙扎的社會下層人民，在這些憫農憐兵、爲民疾呼的詩作中，後世讀者仍然可以得見詩人之眞心。

〔註 154〕 〔漢〕趙岐注、舊題〔宋〕孫奭疏：《十三經注疏——孟子》（台北：藝文印書館，1993 年 9 月），卷 9，頁 170。
〔註 155〕 同註 151，卷 17，頁 704。